观天下·新世纪散文精品文存

何不就叫
杨绛
姐姐？

李 舫 / 主编

人民日报出版社

图书在版编目（CIP）数据

何不就叫杨绛姐姐？/ 李舫主编.—北京：人民日报出版社，2019.1
（观天下.新世纪散文精品文存）
ISBN 978-7-5115-5640-0

Ⅰ.①何… Ⅱ.①李… Ⅲ.①散文集－中国－当代
Ⅳ.①I267

中国版本图书馆CIP数据核字（2018）第197477号

书　　名：	何不就叫杨绛姐姐？
主　　编：	李　舫
出 版 人：	董　伟
责任编辑：	宋　娜
作家画像：	郭红松
装帧设计：	秦志超
出版发行：	人民日报出版社
社　　址：	北京金台西路2号
邮政编码：	100733
发行热线：	(010) 65369527　65369846　65369509　65369510
邮购热线：	(010) 65369530　65363527
编辑热线：	(010) 65369521
网　　址：	www.peopledailypress.com
经　　销：	新华书店
印　　刷：	北京盛通印刷股份有限公司
开　　本：	880mm×1230mm　1/32
字　　数：	186千字
印　　张：	8.75
版　　次：	2019年1月第1版　2019年1月第1次印刷
书　　号：	ISBN 978-7-5115-5640-0
定　　价：	42.00元

以文为鉴,可观天下

(代序)

李 舫

盖文章者,经国之大业,不朽之盛事。

中国是文章大国,有文字记载并从完整作品开始计算的文学史,已达3000年之久。作为与诗词并列为文学正宗的重要文体,中国散文更是源远流长,浩浩汤汤,在殷商时代已初具特质,发展到今天已经成为中国文学的重要门类。自由,开放,包容,博大,这是中国散文的独特气质,更是从正值盛年的中国土壤里生长出来的文化情怀和文化自信,元气蓬勃,淋漓酣畅。

特别是新世纪以来,中国散文呈现着喷薄的生产态势、磅礴的创作力量、多元的文化禀赋、厚重的文学积淀,是中国文学中不可忽视的中流砥柱。新世纪,不仅是一段时间的度量,更是中国当代文学的一座丰碑。由此我们想到,编纂一套新世纪以来的优秀散文选集,以"观"与"天下"之间的动静、起承、转合,命其名为《观天下·新世纪散文精品文存》,旨在借助这一方平台,延揽天下有识之士,佳构美文,赓续传统,接续文脉,传承星火。

观天下,其实亦是一种天下观。

江山盛文藻,风流亦吾师。这些,在历史上屡见不鲜。昔者,老子观道,孔子观水,张衡观天地,陆羽观茶茗,鬼谷子观兵势进退,司马迁观史海沉浮,徐霞客观山川纵横,曹雪芹观人情厚薄……但有如兰之心,如炬之眼,世间万物,莫不可观,每观一物,莫不有所得。因于此,中华文化时有天光迸射,奇绝突进——在漫长历史的某个节点,在广袤大地的某个角落,忽然就会有某个人,源于一生默默积累,也源于一时灵感驾临,观天下事,察世间理,洞幽烛微,豁然开悟,由此写下了流传后世的灿烂篇章。

于世道有补益,于人心有润泽,于时代有启悟——这是"观天下"的宗旨,也是"天下观"的初心。

《观天下·新世纪散文精品文存》共收录文章85篇,分为4卷,分别为《何不就叫杨绛姐姐》《鹤梦不离云》《辛亥年的枪声》《在土地上睡着和醒来》,每一卷文章均按照作者姓氏拼音排序。这些文章,每一篇都可圈可点,无论是观人文、观世事、观历史、观山水,或者观其他,均厚积薄发,皆有所创见。

在这套文存中亮相的作家,有已过杖国之年的文坛宿将,如王蒙、贺捷生、蒋子龙、梁衡、王充闾、郑欣淼、陈建功、王巨才、冯骥才、高洪波、丹增、毛时安、叶廷芳、杜书瀛;有正值人生盛年的中流砥柱,如铁凝、陈晋、莫言、贾平凹、吉狄马加、单霁翔、张抗抗、李敬泽、阎晶明、阿莹、阿来、麦家、陈世旭、叶兆言、宗仁发、南帆、龙一、韩毓海、梁平、彭程、徐坤、刘亮程、陆春祥、鲍尔吉·原野、古耜、孙甘露、邱华栋、黄宾堂、陈启文、何向阳、武歆、朱伟;有清典可味的青年才俊,如贾梦玮、蒋蓝、宁肯、熊育群、周晓枫、李修文、祝勇、饶翔、李菁、郭文斌、成都凹凸、齐欣、穆涛、徐可、叶舟、萧歌，等等。他们风格迥异，各有妙趣，却纵横浩荡地连接起中国新世纪以来色彩缤纷的散文长廊。

贺捷生是开国元勋贺龙元帅的女儿，是中国文学界深受敬重的老大姐。每每读到贺捷生的文章，我们都更加怀念在民族危难之际高举义旗、为新中国诞生而浴血奋战的先辈们。往昔岁月沧桑，犹忆血火峥嵘。在贺捷生的文章中，那些柔韧而刚强的叙事，那些凝聚生死、牵连命运的革命历史细节，令人震颤，更令人振奋。长歌可以当哭，远望可以当归。贺捷生的文章如夜半啼血、呼唤东风的子规，有着挥之不去的悲壮。与此同时，她也在用淋漓热血般的文字警示后人——我们走向未来，绝不能忘记昨天，不能忘记我们的初心。

从对现代文明充满憧憬的少女香雪，到具有象征意味的红衬衫；从撕开了生活丑陋和血污的玫瑰门，到尹小跳饱尝艰辛的情感历程；从被汪曾祺称赞"俊得少有"的孕妇和牛，到浓缩了旧中国数十年历史的冀中平原小村庄……铁凝的每一次亮相，都带来当代中国文坛的一次惊喜。作为中国文学的女掌门，铁凝细腻地关注生活中普通的人与事，关注生命本质和苦难的思考。清爽而机敏，明朗而干练，熨帖而泼辣，沉着而睿智，这是铁凝的风格，她的每一个字、每一篇文章、每一本著作，都期冀用文学的薪火温暖世界，致敬理想，遥望未来。

古人说，君子坦荡荡。我以为说的就是蒋子龙。他澄净、真挚、率性，冷酷的外表下埋藏的是一颗火热的心，犀利的笔锋中挺立的是一个大丈夫的伟岸。他的每一次出现，似乎都意味着正义和真理的一次隆重宣誓，恰如当年，他的每一部新作的诞生，都会以雷霆之势引发一场轩然大波——不管我们曾经遭遇哪些坎坷、波折、苦难，正义和真理从未曾缺席。

40年前，他携改革文学横空出世，真实、立体、多元地记录了中国改革开放的历史方位和社会路向，他笔墨沉着，舍我其谁，赞美中蕴含忧患意识，讴歌里不失批判精神。40年后，我们发现，他不仅是改革的记录者、见证者，更是改革的参与者、实践者、推动者。

陈晋是文献研究专家、党史研究专家，他的研究重点在毛泽东文献和思想。近年来他青灯黄卷，稽古钩沉，相继出版了一系列关于毛泽东研究的著作，每一部都引发了学界的极大反响。在《文章千古事》中，陈晋以扎实的研究功力，通过毛泽东在新中国成立后对自己著述的评价，科学地、客观地陈述了毛泽东思想从萌芽到成熟的脉络，写出了毛泽东的理论能力、认识水平、政治智慧、担当意识、创造精神、个人魅力，表达了他对于历史问题和和历史人物的理性的态度

1925年10月10日，紫禁城第一次向公众敞开大门，北京城万人空巷。把皇权定格为记忆，迎普通百姓进门，故宫博物院的诞生是历史的慷慨馈赠。此后的93年，是故宫的公共生涯，每一任故宫博物院院长，都会被浓墨重彩地书写在中国历史上。在这套书中亮相的郑欣淼、单霁翔是历任故宫掌门中不可被忽视的两位。

郑欣淼国学根底深厚，深谙旧体诗词格律。他对故宫保护功莫大焉——首开"故宫学"，主持故宫大修，纪念故宫南迁80周年，提出故宫是重要的世界文化遗产，有着丰富的历史文化内涵，必须将故宫作为一个历史文化整体进行完整保护，唯有如此才有利于其在现代社会中凸显见证历史和展示历史的价值，

这也是我们的前辈——民主革命时期先行者的遗愿。郑欣淼与故宫是心心相印的。在《短简小诗忆旧游》中所记叙的北京故宫同台北故宫隔绝半个世纪之后的文化交往，以及他与台北故宫博物院院长秦孝仪的诗书唱和，拳拳之情溢于言表。

文章须得江山助，这句话放在单霁翔身上是不错的。早年在日本学习时，单霁翔便开始从事关于历史性城市与历史文化街区保护规划研究，此后主持故宫筒子河、圆明园遗址、明北京城墙遗址的保护整治，北京旧城、北京皇城、北京奥林匹克公园的保护和规划。辽阔而悠远的中华文明在支撑着单霁翔，他的文章有着非凡的底气和视野，纵横捭阖，浑然天成。近年来，单霁翔执掌国家文物局，入主故宫博物院，着手乡土建筑、文化景观、文化线路、工业遗产的研究和实践，这是中华文明的诞生之地，是中国历史的幽静渊薮，是中华民族以迈往之气、行正大之言的豪气底气所在，这让他的文章充满了非同寻常的凝重、深邃。

丹增的文字具有自然般的神力，复苏了一个古老大陆的命运和梦想。丹增，翻译成汉语的意思，就是继承佛法、弘扬佛法、扶持佛法。丹增出生在怒江上游的森林中，明净的怒江及其同样美好的森林一直珍藏在他心里。从青藏高原到彩云之南，丹增不断地以明察而热切的力量，加持自我，照亮周遭，为日渐消弭的世界筑起了一道永恒的记忆堤坝。不论是藏文还是汉语，黑黢黢、密麻麻的文字背后，我们仿佛看到那些不甘心的光芒挤压出来，它们飘浮着，陌生，别致，灵动，晦涩难懂，曲折复杂，像雾像雨又像不羁的风，像预言像隐喻又像莫名的谶语。他笔端的生死，不是两极，而是一体；他胸中的万物，各有其灵，尽善尽美。在湿润温暖的土地里，生死万物都平等地沐浴阳光，开枝散叶，春种秋藏，它们是神祇的宣示、真理的昭告，大音希声，却震慑寰宇。丹增的散文，具有的是史诗般的气势，它们如同漫漫长夜中的启明星，用即将到来的晨曦征兆光明。他用天真隽永、朴素热烈的书写，深情抒发他对自我的呼唤、对生命的勘悟、对永恒的追寻，深情讴歌他对人类命运黄金时代的怀恋和追忆。

从苍茫寂寥的大凉山走到历史纵横的古都北京，又从历史纵横的古都北京走到灵魂直接天际的青藏高原，吉狄马加始终坚持自己是一个彝族文化的守望者。他的眼睛里盈溢着圣洁的太阳，他的血管里回荡着马蹄的声音，他的灵魂在字词诗行间舞蹈，他的心在高山和原野间歌唱。数十年来，吉狄马加痴痴地用他的寂寞的吟唱、他的粗犷的文字，编织着一个属于自己，更属于同样痛苦、倔强、高贵的伟大民族的颂歌与梦想。他的散文与他的诗歌一样，视域宏阔，洞察敏锐，警譬精妙，蕴含着超凡脱俗的慈爱与悲悯，从而具有了超越种族局限的人类情感，具有了穿越时空暌隔的深邃伦理，具有了史诗的气质和力量。真正优秀的作家，他的创作是寂寞而伟大的，吉狄马加尤其如此。

李敬泽首先是优秀的评论家，他以笔为犁，掘采爬梳，为中国当代文学培养了庞大的队伍、奠定了雄厚的基础。贾平凹曾经列举坊间流传去北京不可或缺的三大盛事——登长城、吃烤鸭、见李敬泽，并不是笑言。李敬泽还是一个出色的作家，他的散文、随笔、杂记、小品文无不妙趣横生。从理论到体系，从解构到建构，从纪实到虚构，从理解到意义……这些在

以文为鉴,可观天下(代序)

批评家的文章中反复出现变得硬邦邦的概念,在李敬泽的文章中却显得异常深沉、宽厚、柔软。值得一提的是,他用他的散文,构筑了一个神奇的世界。在这个世界里,春秋时代宽阔敞亮,荷马歌吟血气方刚,万历皇帝清敏讷言,时光之晷凝重忧伤,他的历史叙事让人拍案惊奇,让人魂飞魄散。

中国有个成语"绵里藏针",李敬泽的文章则从来都是"绵里藏刀"。古代的兵书里有三十六计,李敬泽的文章之道却常常在三十六计之外,连环相扣、环环相生数不清的三十六计,在他倒转的笔锋里。时间如流水,更如刻刀,他的满腹的才华变成了行云流水的任性,满腔的热忱变成了睿智老辣的和颜悦色,满纸的锋芒变成了四两拨千斤的恬淡从容。这是多年阅读与思考练出的慧眼,是生命与智慧成就的通达。

从《尘埃落定》开始,"阿来"这两个字便注定有了特殊的含义。带着敦厚的憨笑,拖着沉重的脚步,阿来从他身后敦厚沉重的高原走来,如同晨曦浮动在大地之上。他的声音,有些沙哑,但是坚定;他的神情,有些落寞,但是沉着;他的笔锋,有些滞涩,但是凝重。阿来出生于马尔康大渡河上游的嘉绒藏族,而他生命的道道履痕都始终围绕嘉绒。

在这里,他见证了世世代代半牧半农耕的藏民族的寥廓幽静,见证了土司部落从富裕、繁华、精致到贫穷、衰落、土崩瓦解的整个过程,见证了具有魔幻色彩的高原缓缓降临的浩大宿命;也是在这里,他见证了那些暗香浮动、自然流淌的生机勃勃,见证了随着寒风而枯萎的花朵、随着年轮而老去的巨柏、随着时间而荒凉的古老文明。阿来的目光,掠过高原,掠过天空,掠过河流,掠过冰封的大地,掠过凋谢的荣耀,然后——抵达不朽。这就是阿来，他用温暖包裹起彻骨的寒凉，用锋芒挑落被华丽尘封的沧桑，他是这个时代寂寞而执着的书记官。当然，我们不曾忘记马尔克斯的那句谶语，生命中所有的灿烂，终究都要用寂寞来偿还。

从小便顶着祖父叶圣陶、父亲叶至诚光环的"听话的老实孩子"叶兆言，从来没想到过要做一名作家。祖父和父亲作为知识分子的戏剧化命运，让他对文字爱恨交加。然而，缪斯却因此更加偏爱他。他出生时，父亲听从拆字先生的点拨，将自己姓名中的"诚"字拆出"言"，将母亲姓氏中的"姚"拆出"兆"，组合为他的名字，这便有了"叶兆言"。

20世纪80年代末期，凭着一鸣惊人的中篇小说《枣树的故事》和"夜泊秦淮"系列，叶兆言以一个"世故而矜持"的叙事者形象登上中国文坛，以后一发而不可收。不管是饱蘸笔墨，追忆秦淮遗事，还是淋漓抒怀，编织市井传奇，叶兆言的内心里都有着一股"摄身凌青霄，松风拂我足"的傲岸。然而，喜欢叶兆言的人却懂得，无论写什么说什么做什么——谈历史，谈生命，谈神佛，谈祖先，谈未来，谈灵魂——他傲岸的内心却有着一种不同寻常的匍匐，对普通人平凡生活的尊严总有着忍不住的关怀。

黑格尔曾经说过一句妙趣横生的话："只有在天黑以后，密涅瓦的猫头鹰才会起飞。"其实，不妨用这句话来讲述宗仁发的故事。20世纪80年代，在中国改革开放的大潮下，宗仁发主持被誉为"中国的《纽约客》"的《作家》杂志。35年来，虽然偏居东北一隅，但是，这个杂志却成为中国当代文学的一块热土，中国当代文学创作的"第一现场"，刊发了一大批不胜枚举的有影响的作品。作为主编的宗仁发,还有着很多身份:诗人、作家、评论家。他用诚恳真挚的作品,将内心世界的瑰丽想象与现实生活的朴素存在融会贯通,在高速行进的现代化、全球化的喧嚣中,用文学给整个世界保留足够的温暖和静谧。

何向阳出身于书香世家,自幼浸润于诗书礼法文章之道。正如韩愈所言,"目濡耳染,不学以能。"何向阳永远是恬淡冲净的,如同寒冬里的暖阳,优雅柔和,方雅清劲,起居行坐,虽水一般柔弱,却无时无刻不见其士君子之风。若以酒来比喻何向阳,她该是日本的清酒,没有肆虐的香醇,却令人头晕目眩;若以饮茶来品味何向阳,她该是安吉的白茶,没有泼墨般的颜色,却有着回甘不已的芳甜;若以季节来形容何向阳,她该是早春的那一抹惊诧和喜悦,抑或是晚秋的那一抹流连忘返,短暂,如梦,如烟,如闪电。何向阳是曹雪芹笔下不染一丝尘埃的雪原,白茫茫的大地真干净。何向阳不是一无所有的干净,那是一种"挫其锐,解其纷,和其光,同其沉"的清澈和从容,是一种"知其雄,守其雌""知其白,守其黑""知其荣,守其辱"的丰盈与饱满。

作为玩家、小说家、历史学家的龙一,其实是散文高手。他的每一部小说和每一部小说中的人物都呈现着特别的精致——精致的设计、精致的描摹、精致的工艺、精致的结构。他像一个耐心的银匠,专心致志地"潜伏"在自己的写作中,在方寸之地里挥舞笔墨,搅动山河。与他惊心动魄的小说不同,他的散文精致、闲散、舒缓、优雅,是他的人生观、世界观。他安静于自己安静的生活,我思故我在,我在故我思。所以,他的每一篇小说都像一颗炸弹,在依然不再有惊奇的世界炸出频频的惊奇；他的每一篇散文都像一株他精心侍弄的花草，安详，茁壮，清香拂面，唇齿留芳。

周晓枫的文字精灵古怪，无所不及，无所不能，无所不嬉笑怒骂，然而皆成就她的文章。如同一个老得连自己年龄都记不住的巫师，她数十、数百，不！数千年、数万年如一日，不厌其烦地熬着她的私密魔法神汤。她将一个又一个简简单单的方块字投进去，将一篇又一篇诡谲莫测的文章捞出来，让周遭的朋友一次又一次瞠目结舌。时光恍惚，她像大树一样隐藏着自己的年轮，魔法在年轮之间沉淀、积蓄、储藏，爆发为磅礴的力量。巫师的心里，有着比她的年龄更庞杂和繁密的丰富。巫师的汤里，是纤毫毕现、色泽斑斓的细腻，还是秉烛探幽、独辟蹊径的勤勉？是心机缜密、水泼不进的沉潜，还是生龙活虎、底气充盈的洞察？那些神奇的配料，只有周晓枫自己知道。

如果说文章是有感觉的，那么李修文的文章对应的感觉一定是"疼痛"。不论在小说还是散文中，他都以鲜活的灵感、难得的赤子之心追逐并享受着这种疼痛——爱的疼痛，恨的疼痛；执的疼痛，舍的疼痛；喜悦的疼痛，哀伤的疼痛；欢聚的疼痛，离散的疼痛；生的疼痛，死的疼痛；山风呼啸的疼痛，水波不兴的疼痛；枝繁叶茂的疼痛，粉身碎骨的疼痛。

李修文的语言是疼痛中的精灵，既跳荡又幽静、既沉郁又生动、既疏朗又密致，深邃从容，超然物外。语言的力量，看似平静，却如冰山下的潜流，它推动着那种埋藏在大地深处的疼痛，顺着树干、顺着枝叶向天空伸出手臂，大声呼号，这是李修文扎根在生命深处的超感，超拔远览，渊然深识，无远弗届。

想到古人诗书里"玉树临风"几个古里古气的字，便想到

以文为鉴，可观天下（代序）

饶翔。这四个字，不仅是一种仪容和风貌，更是一种生的姿态、活的姿态——吟咏四时，吐纳天地，神与物游，澡雪精神，形在江海之上，心存魏阙之下。饶翔喜爱侍弄花草，喜爱烹饪美食，喜爱聚友浅酌，喜爱淡泊功名，喜欢于现代化的社会里全然业已消逝的一切，他将"异化"这个颇令现代人尴尬的词断然隔绝在生命之外，像武林侠客仗剑江湖，每每手起剑落，干净，利索，不留后患，不滞牵绊。饶翔是一个好作家，更是一个好编辑，他像侍弄他心爱的花草一样侍弄文章，像烹饪美食一样烹饪美文，我敢说，中国当代文学行将存世的大半文章，将出自他的园地。"玉树临风"，说到底，这里面是透露了一个人生活的秘密。活在俗世，难避红尘万丈，他到底能走多远，到底能飞多高？我以为，在饶翔这里，我们能够找到样本，可以没有终点，可以没有止境。

作为名杂志主笔的李菁，文章看似不动声色，却有着一股充满野心的狠辣。这个世界似乎没有她的脚步抵达不了的地方，也没有她的心灵解读不了的苦难。她的作品，几乎都是一个人的行走，却都是与整个人类的命运息息相关的大题材。这篇《切尔诺贝利，苦难之后》记录的是切尔诺贝利核爆炸30周年之后她的一次回访。1986年4月，一声巨响，切尔诺贝利核电站在火光中爆炸并发生核泄漏，其辐射量相当于400颗美国投在日本的原子弹，这片无人区至今仍令人闻声色变，访问者寥寥。然而，李菁狠狠地将自己扔在这里，她用她泼辣野蛮的行走，写出了这片土地经历的磨难，写出了文明世界的道德和尊严。这是她对人类苦难的哀悼，是对人类面对苦难的勇气的敬礼。

必须说明的是，书稿付梓之时，我发现，因阅读有限，目力所及,这套文存所选文章难免挂一漏万,有所局限。我会在下一部书中吸取经验,尽力完善。更加遗憾的是,在我着手整理这套文存的时候,高莽、陈忠实、雷达、张胜友四位先生还在为这套书出谋划策,遗憾的是,待到这套文集问世,他们先后驾鹤西去,这真令人唏嘘不已,不禁有今夕何夕之问。让他们的心血永存,精神不朽,我以为,恰是对他们最好的纪念。

"观天下"是一套书,是一种人生观、世界观,更是一种实践论、方法论。这些作者、这些文章,代表着中国新世纪散文的一组群像,更折射着中国新世纪政治经济、社会生活、文化历史的方方面面。在每一篇文章之中,我们不难体悟作者的苦心与雄心;在每一篇文章之外,我们更需要思考宇宙的奥妙和人生的真谛。

时光如流水,一去不复返。在未来的某一天,当风吹皱了我们的容颜,吹皱了我们的心事,也许能让我们在喧嚣中专注倾听的,是这些永远无法被时光抹去的奥妙和真谛吧?观天下方能平天下,平天下方能安天下;所谓观天下之道,实乃安天下之道。

以文为鉴,可观天下;以文为剑,可安天下。

目 录

艾 平
我的两个额吉
/ 006

陈建功
默默且当歌
/ 024

陈世旭
归 真
/ 036

邓 楠
我们心中的父亲
/ 046

杜书瀛
风采常在怪异间
/ 056

高 芬
陨 石
/ 064

何建明
毛泽东的文化梦想
/ 074

韩小蕙
绝 唱
/ 084

贾梦玮
此 岸
/ 104

蒋 蓝
熄灭的马蹄
/ 116

梁 衡

又见海棠花开

/ 130

李 菁

切尔诺贝利,苦难之后

/ 142

李修文

长安陌上无穷树

/ 160

毛时安

非人磨墨墨磨人

/ 170

宁新路

踏 空

/ 182

宁 肯

少年穿过70年代的城

/ 190

铁 凝

"何不就叫杨绛姐姐?"

/ 200

张抗抗

高山流水听诗琴

/ 216

张曼菱

弦诵幸未绝

/ 224

周晓枫

初洗如婴

/ 242

■ 艾 平

作者简介

1956年出生于内蒙古呼伦贝尔盟。中国作家协会会员。已出版散文集《呼伦贝尔之殇》《雪夜如期》《长调》《在五星级饭店流浪》《风景的深度》《草原生灵笔记》《聆听草原》,长篇纪实文学《一个记者的长征》,并编著有纪实文学集《呼伦贝尔往事》等。作品多见诸《人民文学》《收获》《十月》《中国作家》《散文》《美文》《作家》《人民日报》《光明日报》等报刊。曾获华语最佳散文奖、百花文学奖(散文)、在场主义散文新锐奖、三毛散文奖、《人民文学》"美丽中国"全国游记文学一等奖、冰心散文奖、第二届汪曾祺散文奖、内蒙古索龙嘎文学创作奖等。

作 家 印 象

艾平的散文,如同一股来自草原的清风,不仅仅有天、地、人的神秘、圣洁、温暖,还有岁月、自然的凛冽、苍凉。牛、马、羊、狼、牧羊犬、骆驼,碱草、冷蒿、百里香、针茅,牛肚子里封存的冻羊肉,酸奶子制成的奶豆腐……深谙草原秉性的艾平懂得如何驾驭她的笔,如何找到万物背后那些隐秘的自然秩序和法则。在她的文章里,呼伦贝尔大草原已经是与人类同呼吸共命运的草场,更是中国几千年游牧文化的象征之地。蒙古族是一个淡泊的民族、一个浪漫的民族、一个悠闲的民族,光影在草甸和游牧之中飞逝,生命在冬牧场与夏牧场之间轮换,在艾平的文字里,仿佛就听得到马背上深情的长啸,也听得到水草边的反思和质疑——一个民族如果不知道伸出一只手去牵住昨天,那么如何将另一只手伸向明天?

是的,正如艾平所期待的,许多年以后,马鞍还在马的脊背上,骑手还在马鞍上,骏马还在碧绿的草原上,古老的长调和史诗依然充盈在蒙古人的血脉里。这才是我们的明天。

——李 舫

我的两个额吉

■ 艾 平

我的家无边无际。

呼伦贝尔草原面积八万平方公里。在我上小学的时候,蒙文教科书这说——在呼伦贝尔草原,平均一平方公里只有十个人,有的地方只有四个人,主要是游牧的蒙古族和鄂温克族、达斡尔族。

这里没有公路,没有电线杆,夏天绿草和繁花淹没了马蹄,掩映着白莲花一样的蒙古包;冬天大雪覆盖了一切呼吸,只有夕烟和马群、羊群在缓慢地变幻着形态。蓝天下的地平线浑圆而漫长,人们常说那就是天边。天边因为你的追寻而永在远处,我小的时候非常想到天边去看看,可是一次都没有成功。我那英勇无畏的海骝马呀,它总是在嘴巴没有亲吻到天边彩霞的时候就耷拉下耳朵,累得大汗淋漓了。

大野浩瀚,不能说哪里我的家,只能说草原就是我的家。骏马的四蹄走过四季,我们要在季节的变换中,寻觅水草丰美、气候适宜的地方游牧。吃草尖的马群带领着我们的畜群,不断地迁徙,到处都是蒙古包的栖息之地,我们的家园和天地一样辽阔。

我的人生记忆是从一盏佛灯开始的。

我就像一只母马肚子里的小马驹，每天聆听着风的声音和大地的呼吸，慢慢长成。当靛蓝的夜色再次来临，我突然一抻脖子，闻到了原野上的草香味儿。我来了，在温暖的草地上打个滚儿，站立起，眼前一片明亮。我看见了佛像前那盏日夜不熄的黄铜佛灯，它玲珑灿烂如刚出壳的雏鸟一般轻盈跳动，那就是我的生命之光。

我记得自己被一条长长的红绸子捆绑在小黄马的身上，辽阔的草原便慢慢地在我身旁后退。我不知道自己是一个生于草原的孩子，也不知道自己将在马上走向未来。但是作为一个人，我在那一刻具有了不可更改的属性，我的血液和呼吸，我的步伐和歌声，我注视万物的眼神，都蕴含着来自草原的安详和勇敢。

大额吉说是小额吉给她生的我，小额吉说我是佛爷给这个家送来的孩子。为了吉祥如意的祝福，她们给我理发时，在我的头顶留下一簇短头发，在后脖根蓄了一根小辫子，其余的位置便剃成光溜溜的样子了。这是古代征战时，圣主成吉思汗发明的发型，为的是马上射箭挥刀，头发不影响视线。

说到这里，我还得告诉你，我小时候的这种发型，现在竟又悄悄地时兴起来了，原因是五彩呼伦贝尔合唱团的那个胖小子剃了这个发型，于是人们为了自己的孩子也能参加儿童合唱团，纷纷模仿，他们想让自己的孩子参加合唱团，是想让后代过上城里人的生活。要是孩子考不进去的话，发型还要改回来，因为当孩子进城上学的时候，这个发型就显得有些与环境不和谐了，当然了，谁也不愿意被别人围观。

我在马背上飞着长大。如果让我说自己是如何学会骑马的，我说不出来。学骑马，那不是草原孩子的功课，我们的摇篮就在马背上，因此天生就是骑手。我模模糊糊中觉得大阿布轻轻一拍马屁股，马就把我送出十来里地，到了小额吉和小阿布放羊的营盘。他们把我从马鞍上解下来，给我吃肉干和奶干。然后，小阿布就把一头小牛犊递给我，让我骑着小牛犊在草原上跑。他还教我甩鞭子，后来我学得一鞭子下去，能打得在洞口探头的鼹鼠弹到针茅草那么高。说了怕没有人相信，在三年困难时期，为了糊口，我用鞭子，抽断过狍子腿，猎杀过好多的旱獭子和野兔。

两个额吉和两个阿布从来没有对我隐瞒什么，我对自己的身世没有什么匪夷所思的感觉。我有两个额吉和两个阿布，他们都把我当成小骆驼，时时刻刻捂在心口上。我十岁了，都能拿着套马杆套小牛犊了，每天晚上我还要摸着大额吉的乳房入睡。当小额吉来住的时候，我就黏在她身上，等着她给我篦头发上的虱子和虮子。大额吉眼睛花了，看不清了，她只能在冬天里把我的皮裤和蒙古袍拿到包外去冷冻，然后一抖落，那些小小的寄生虫，便像黑芝麻一样落在白雪上。小额吉年轻，她总是在我们家接羔和打草、杀冻肉的时候，骑着她的小母马赶来帮忙。

我小的时候草原缺孩子，有布氏杆菌、梅毒泛滥过的原因，也有长期在极寒天气中生活，牧民普遍患有风湿症的原因，寒大的男人女人是不会怀孕生孩子的。我的大额吉常年在冰天雪地里劳作，挤牛奶、接羔、放羊，是一个严重的风湿症患者，她的双手就像长出了木疖子的树枝一样筋骨嶙峋，两条腿也弯成了马肚子那样的圆圈。大额吉和大阿布的家庭和草原上很多家庭一样，没有孩子。

我的小额吉和小阿布，是一对漂亮的夫妻。他们都是高高的个头，骑在当时还没有消失的蒙古矮马上，两条腿都能蹬到地上的草尖了。他们的皮肤虽经过风吹雨打和高原阳光的暴晒，依然像奶豆腐一样洁白细腻，他们细长的眼睛由于有浓密的睫毛衬托，显得如云如雨，透出幽深的光泽。他们的嘴，有棱有角，錾刻出来的一般。在他们的故乡，曾经发生过嘎达梅林起义，由于农耕的铁犁日益逼近，他们成了失去牧场的人。由于他们的故乡已经半农半牧，他们的蒙古袍，几经异化，变短了，大襟到了膝盖上就不再延长了。他们翻越大兴安岭来到呼伦贝尔，追寻游牧生活，被人称作短袍蒙古。

他们青春旺年，健康开朗，生命的力量和呼伦贝尔大草原的盎然万物相得益彰。他们辗转在草原上，形影相随，相亲相爱。虽然他们没有牛羊和蒙古包，只能给放苏鲁克（新中国成立初期牧区实行的委托放牧方式）的人家打零工，给白音（蒙语，富牧）家放牧，终年栉风沐雨，爬冰卧雪，可是他们生的孩子，像小马驹般壮实。他们每天用皮口袋装着两个幼小的孩子，揣在胸前的蒙古袍大襟里面，出去放羊。小额吉常常在绿野长风里，解开胸襟，露出羊脂一样饱满的乳房，让孩子咕咚咕咚地吸吮乳汁，令草地的女人们看得眼热。

我的两个额吉相识在夏天的伊敏河河边。绸缎一样柔软的河水打了一个又一个弯，映出一连串小额吉的马影子，五彩缤纷地晃着大额吉的眼睛。我的大额吉是来拉水的，我的小额吉正在河边洗濯她的两个孩子，也就是我的姐姐萨如拉塔拉和我的哥哥孟和沙。这两个日夜被装在皮袋子里的孩子,身上长了热痱子,经清爽的河水一洗,舒服得不得了。他们光着身子在柔软的沙滩上乱跑乱爬,不一会儿,又拱在小额吉的身旁,一人叼住一只乳房,像小牛犊那样吃鼓了肚子。那是一番怎样生动的景象啊,天碧蓝,水碧蓝,草碧绿,还有红的萨日朗和黄的金针花开放,太阳长长的手指在一对胖胖的小屁股上移动着,马儿站在水中享受凉爽,尾巴撩起无数金子一般亮的水滴……我的大额吉看着看着,突然就哭出声来了。

小额吉正要向大额吉问个好,见状赶紧就走了过去。

大额吉说:"把你的皮口袋换一换吧,都到伏天了,孩子的屎尿味儿要招苍蝇的。我包里有刚刚熟出来的羊胎皮,比河水还要柔软,比冬天还要洁白。我拿给你。"

小额吉说:"姐姐我知道你喜欢我的孩子,可是他们都有点大了,姐姐抱不走了。我就给姐姐生一个孩子吧!在草原上骑马走过的人都说,姐姐是最能干的女人,姐夫是不贪酒的男人,家里还有自己的羊群,能把天下的孩子都养大。"

我的大额吉说:"可怜哪,你生孩子太辛苦啊……"

小额吉说:"可怜啊,没有孩子的蒙古包是空的,经不住大风刮呀。"

就这样,小额吉在我们家的包里吃了一顿羊肉干下的面条,给姐姐哥哥换上了羊胎皮的襁褓袋子,便回我小阿布放牧的营盘去了。她走到时候,大额吉在蒙古包门口向小额吉的背影扬了三勺子牛奶,一直看着她骑在马上,一前一后背着两个孩子,渐渐在天地之间成为一个小小的黑点。

小额吉一走没有音信,大额吉在河里把油乎乎的羊毛洗得跟棉花一样白,擀成一块大毡子,把几头母牛的初乳,都做成坨,等着小额吉来。到第二年接羔的时候,大阿布把亲手做的桦树皮摇篮拿出来,用马肚皮绳子吊在了蒙古包的撑竿上,他们坚信我的小额吉一定会给他们送来孩子。

让你说出来的是话,让你站着的是地,这是巴尔虎蒙古人的老谚语。

第二年打草的时候,小额吉的马蹄踏着满地的清霜,嘚嘚嘚地来了。小阿布的枣红马在前开路,让小额吉的马踩着他的马影子走,恐怕前面突然跳出一只兔子,或者出现豆鼠洞,惊了马,使即将临盆的小额吉有什么闪失。

蒙古包的炉子里压了羊粪砖,除了天窗故意露着一小块蓝天,支出铁烟筒,其他的地方都严严实实,我诞生在大额吉擀制的白毡子上。新鲜的羊汤和牛奶香气四溢,门外的马儿和牧羊犬似乎明白了这个家发生了大事,静静地不出一点声音。

大阿布手里是他亲手刻的一只木弓箭,小阿布手里是一块湖蓝色的绸子。我有多么好的命啊,在没有来到这个世界之前,就有两对父母在为我操心。大额吉后来告诉我,当蒙古包里传出我的第一声啼哭时,马竖起了耳朵,直晃脑袋,狗用嘴掀起了皮门帘,要进包看个究竟。大额吉赶紧出来告诉门外的两个男人——是个小子。

四十岁的大阿布乐疯了,一个箭步就冲到包门口,把木箭头插在了门楣上。这个蒙古男人,找不到一句可以表达喜悦的话,便一脚踏上马镫子,没等坐上马鞍就拍了马屁股。马一个蹶子跑出几十里路,翻越了云雾缭绕的宝格达乌拉山,在一座叫阿尔山的小庙里找到了格斯贵喇嘛,求他赐给自己的儿子吉祥平安。格斯贵喇嘛已经对以往的信仰讳莫如深，可是大阿布长跪不起，他只好开口。他说这孩子是佛爷给你的，是还愿的命。待他长到七岁，你要把它送到五台山出家，不然保不住。大阿布一听更是不肯起身。格斯贵喇嘛只好拿出一盏紫铜小佛灯，亲手点亮，交给了大阿布。

佛光万里，照亮了蒙古人渴望的眼睛。大阿布为了这灯不熄灭，一只手将它搂在胸襟里，走马回到家里。这盏佛灯在我们家整整点了十五年。无论春夏秋冬，无论游牧的日子多么颠簸，都不曾熄灭。大额吉每天晚上都要起来一次，给这灯填油续捻，她用自己的命来守着这盏灯，直到去世。

如果有人问我，是从什么时候开始这么称呼两个母亲和两个父亲的，我也说不清楚，只知道每天早上给我熬好茶，给我烤热了袍子和靴子，把我从羊皮筒子里拽出来的母亲是大额吉。在马鞍上搂着萨如拉姐姐从彩霞里飞来的母亲是我的小额吉。领着我出牧放羊，教我认识各种牧草的父亲，冬天用雪给我搓脸蛋，以免落下冻伤的父亲，给我的海骝马修整铁掌的父亲，是我的大阿布；在蒙古包前下了马，总是有羊腿骨棒带给我，不等喝碗奶茶就赶紧给我砸开那骨棒，把骨髓递到我舌头尖上的父亲，把我搂在他的鞍子上，和他一起追赶狍子的父亲是我的小阿布。

大额吉和大阿布整天在我身边，小额吉和小阿布总是在新月升起的初一初二来看我。我老远就听到小额吉的歌声，那是比草原上的小路还要蜿蜒悠远的长调。我的小额吉、小阿布出牧在达赉湖的北岸，他们来的时候，肩上除了舍不得吃的羊腿，还有一个装满了山泉水的干羊肚子。每到那一天，风都乐得围着蒙古包打起转转,把许多的蓝蝴蝶从一头小牛犊身上吹到另一头小牛犊的身上。

大额吉穿上没有补丁的紫袍子,扎上橘红色的绸子腰带,换上洁白的包头巾,她小心翼翼地用银碗斟满甘甜清澈的泉水,衬着湖蓝色的哈达,端端正正放在佛爷的像前。我老老实实坐在门西边的狼皮褥子上,等着听大额吉说话。大额吉总是在这个时候跟佛爷说一些平常我听不到的话——蒙古包的门不能天天敞开,心里话在佛爷的面前才能说出来。我们家的孩子、我们家的牛羊,还有我们家的天鹅和狼崽害怕呀,黑灾白灾你走吧,回到佛爷的脚底下像狗一样趴着吧,那里才是你们的家……喝完这碗不会在风雪里结冰的泉水,你们就痛痛快快地离开吧……

接着小额吉会用她带来的泉水煮上羊肉。在喷香的肉味儿中,大阿布和小阿布促膝而坐,通宵达旦默默饮酒,两个额吉在旁边唱起她们出嫁时唱的歌。天亮了,我醒了,歌儿和奶茶还是滚热的。

没有人在我的面前曲意掩饰,四邻相聚的时候,人们都会夸我像小额吉一样的长眼睛好看,还有一副高挑的身架子,很像我的小阿布。人们还说我手巧这一点是从大阿布的身上传下来的。我会做马鞭子,我挑选的皮鞭梢总是结实又爱出响儿,我还会使用吃肉的刀刻奶豆腐的模子,这都是大阿布教给我的。大阿布常常说:"马上坐一个手艺人,比坐着一个光会吃肉的人强,过河的时候你就知道了。"生我的父母和养我的父母,就这样把他们的生命融入了我的生命里。

我是小额吉给这片草原生的第一个孩子,我的名字就像露珠,在草原上的每一株草的草尖上滚过。人们念叨着我的名字,赞扬我的小额吉和小阿布,说是当年化作了湖水的呼伦和贝尔,如今转世在达赉湖岸边的草场上了,他们的袖子里装满了来自湖底的珍珠,每一颗珍珠就是一个漂亮的孩子。

有人在敖包前等待着小额吉和小阿布放羊归来,像叩拜佛爷那样五体投地,说家里遍地的牛羊在乱跑,就缺一个牵着头羊的好小子。小额吉和小阿布赶紧下马,说要是你命里有儿子,我们过年打草的时候,就会把骏马拴在你们家的拴马桩上;有的人家赶来满山坡二岁子羊,跟小额吉说,他们家里的勒勒车里还有数不清的珊瑚、琥珀和金银,有一辈子穿不完的华达呢和团花织锦缎,将来一定好好报答你肚子疼的恩情。小额吉说,年年揣驹子的是健壮的母马,年年肚子疼的是高贵的女人。在我的眼睛里金银财宝不如一碗滚烫的奶茶,千万不要让我们背上不好听的闲话。你要是能等,就快快赶着畜群去寻找那黑绿黑绿的野韭菜吧,到时候你会在风里听见我的马蹄踏碎雪壳子的声音,那就是你的孩子来了。

夏天来了又远去,小额吉和小阿布,起早贪黑,放马牧羊,也在茂密的草丛中顽强地播种生命。每当冰雪消融,就会有一个哭声嘹亮的婴儿和春羔一起呱呱坠地。小额吉在我的身后又一连给七家乡亲生了孩子。频繁怀孕,年年分娩,小额吉的身体像牛羊啃过的草场,被一个个蒙古包里的期盼累垮了。

这期间,小额吉还遇上了一个母亲最大的苦难。在父母出门帮人家剪羊毛的时候,我那八岁的哥哥孟和沙饿极了,骑着马过河去找父母,不知道为什么从马背上掉到河里,被湍急的流水冲走了。哥哥出殡前,小额吉用羊血和了草木灰,涂在那哥哥小小尸身的胸脯处，她说可怜的孩子是饿着肚子走的，他的鼻子正在四处寻找额吉身上的奶味儿，母子的缘分没有断。要是自己以后生出了有黑红色胎记的婴儿，那就是她的儿子孟和沙回来了。小额吉后来一连生了好几个孩子，都没有发现黑红色的胎记。可怜的小额吉坐月子的时候，在人家的蒙古包里待不住，她总是不到满月就上马走开，因为在马上她不必掩饰自己心中的悲伤，不必把眼泪藏在衣服的袖子里。她呼唤着孟和沙的名字，呜呜地哭出声来，骏马和她的悲伤一起在空旷的草原上徘徊。

　　小额吉去世之前来了一趟，她从勒勒车下来的时候，弓着身子不敢直腰，是小阿布把她抱下来的。她歪在蒙古包东边的床上，当我把大额吉煮好的羊汤端给她喝的时候，她把我的头搂在胸前。她和大额吉说："我的姐姐呀，让你高高大大的儿子，来吸吮几口他小额吉干瘪的乳房吧，你这喝牛奶长大的儿子啊，还没有吃过母乳呢，我想记住他裹奶时的模样……"她嘴笑着，眼泪在脸上的皱纹里流出来，又上了勒勒车。她把自己生的八个孩子的家走了一遍，不久就去世了。

　　小额吉走得很安详。我们在许多天之后才知道这个噩耗。小额吉不许小阿布和萨如拉姐姐招呼她送出去的八个孩子来送葬。她说你们没有见过自己的心，还没有见过牛马羊的心吗？都是像拳头一样紧紧攥着呢，分出来一个手指头，孩子们留给父母的孝心就不像拳头那么结实了。

　　她把自己身上藏着的小口袋拿出来，传给了萨如拉姐姐。口袋里有九个最珍贵的宝贝，那是她在世的九个孩子落地时剪下的脐带。这九个脐带在小额吉心口上珍藏了一辈子。小额吉交给萨如拉姐姐的时候说:"没有额吉了,你要把这个保护好,将来他们走的时候要带上,不能让他们托生的时候身体有残缺。"这是小额吉唯一的嘱托,这个在草原上生养了一生的女人,没有其他放不下的事。那九个脐带已经干枯萎缩,像坚硬黝黑的小石块,一个一个都差不多,小额吉拿起一个就能说出这是哪一年生的哪个孩子的。萨如拉姐姐说,不知道额吉在一个个病痛难熬的黑夜里,曾经把这些小石头抚摸了多少回,亲吻了多少遍……

小额吉的经历变成了草原上人人传颂的故事,故事里我圣洁的生身母亲被尊称为"替佛爷给我们送孩子的媳妇"。政府奖励英雄母亲的时候,我和大家一起从广播喇叭里得知小额吉的名字叫赛吉娅,好命运的意思。如今她的名字还写在厚厚的地方志里,她的孩子已经一个一个带着自己的脐带走了,在世上想着她的人只剩我一个人了。

我的大额吉是在我十五岁的那年故去的。她的风湿病侵蚀了心脏,常常胸闷后背痛,发病的时候脸色青白,一头冷汗。我记得那是个静寂的早晨,草原没有一丝风,卧在河边的草丛中能听到蜻蜓飞翔的声音,站在山坡上能听到乌兰泡里天鹅翅膀击水的声音。大额吉给我扎腰带的时候又重复起常常她挂在嘴边的话:"我的骑海骝马的儿子啊,看着你长成男子汉了,额吉可以闭上眼睛歇息了。"我说:"亲爱的大额吉呀,快让你不吉祥的唠叨顺着乌尔逊河漂走吧,因为你的儿子一听到这些话,心就像掉进了冰窟窿。"

我在凉快的山峦下放马,惦记着中午大额吉的肉干蜇麻子(一种野菜)汤和黑面开花大馒头。我的海骝马,却好像有心事,它不吃草,蹄子直刨草皮,脖子直往家的方向挣。

自从畜群变成了集体财产,家里靠工分生活,日子没有以前那么富裕了。我放弃了读书,回嘎查当了马倌。那时乌兰夫允许牧民在集体化的同时保留少量自留畜,别人家都把自留羊当眼珠子一样心疼着,别说吃肉,连卖出去换点零钱都舍不得。只有我家冬天夏天都杀羊吃。大额吉说:"还是把膘情给我可怜的儿子吧,下夜的时候身上有肉,比穿皮大氅抗寒湿。"

那时候杀一只羊,可舍不得像现在这样先敞开肚皮造一顿手把肉,筋头巴脑都没啃干净,就把骨头扔出去喂了野猫。每当杀羊,大额吉要经心在意地忙乎好几天,直到把最后一把肉末做成美食。草原上再没有比大额吉心思巧妙的女人了,经过她的料理,我们家一头羊能顶别人家两头羊吃。

大额吉杀羊手法相当利索,加上抓羊的时间,整个过程用不了一个钟头,而且不会落在羊腔子外面一滴血。她不慌不忙,像一个优雅的手语者在深情地讲述着心中的故事,全神贯注地操作,转眼就肉是肉,骨头是骨头,下水是下水地把那羊变成了一个个精美的作品,然后以不同的方式保存起来,供全家慢慢享用。

大额吉先用短把的套马杆,在羊群里套住一只八个牙的羊,放倒在青草密布的地上。她用膝盖抵住羊脖子,用锋利的尖刀在羊的胸肋下一划,三寸长的口子张开,她伸进一只手掐断羊的心血管,羊的痛苦还没有开始,便在这瞬间和它的灵魂一起消失了。

草原外面的人,可能听过蒙古骑兵横扫欧亚大陆的铁血故事,很少知道蒙古人的心肠其实很软,就像那天下第一曲水莫日格勒河一般柔情绵延。男人会把受伤的牛用肩膀扛着回家，女人会用自己的乳汁哺育母羊抛弃的小羊羔，蒙古人永远不会抛弃任何一个用眼睛看着自己的生灵。杀羊杀牛的时候，不允许刀在牛羊的身上拉锯，那样牛羊会痛；也不让血瘀在牛羊的肉身里，那样意味着它们的灵魂还没有走开，更不能让牛羊看到自己的血，在蒙古人的眼里牛马羊和人一样聪慧多情。

大额吉从羊肚子中间开膛，然后取出所有的羊内脏，她用一支头上包了布的筷子抵住羊肠子头，两手不停撸着，迅速把羊肚子和羊肠子翻过来，洗净。大额吉用一只去了尖头的牛角当漏斗，把羊腹腔里洁净的血灌入羊肠，然后一段段线扎住，正宗的羊血肠就这样制作完成。现在旅游饭店往羊血里加上花椒大料香菜和一半面粉，制作出来的那种面血肠，是蒙人的东西。你说也怪，游客们竟然还吃得一个劲儿啧啧称赞，我想那是因为他们没有尝过原汁原味的羊血肠，因此不知道什么是真正的草原美食。

接下来，大额吉开始剥羊皮，她使用轻快的尖刀贴着羊肋条唰地往后探，待只剩下脊背处没剥的时候，便两只手拎两只羊后腿，膝盖压住剥开的羊皮，使劲向前推一把，整张的羊皮就下来了。

杀羊的当天我们不吃肉，我们只吃不易保存的鲜血肠；第二天我们吃下水汤，我们家的下水汤里比别人家多一样东西，就是大额吉在草原上捡来的花脸蘑，因此味道说不出来的好；大额吉把余下的羊肉切成细条，用盐和酒浸透，在阴凉的上风口晾成肉干，装进密不透风的羊肚子里面，放几个月都是保鲜的。此后我们家的奶茶里天天有肉渣，稀粥里天天有肉丁。招待客人时,大额吉会烤风干羊心羊肝给客人下酒,剩下的骨头她也不丢掉,她把骨髓掏出来炼油,炸软软的原麦面馃子,给我带着放马的时候吃。

每次杀羊大额吉要精心保留的,是两岁崽羊的肩胛骨。在牧民的眼睛里,两岁崽羊的肩胛骨纹理中蕴含着许多信息,今年草场旱不旱,冬天雪大不大,有没有鼠害和虫害,请个喇嘛看看两岁崽羊的肩胛骨就都明白了。还有嘎拉哈,就是羊的后腿关节骨,那是她给我的姐姐萨如拉攒着的。哪一个蒙古姑娘出嫁的时候没有一口袋羊脂玉一样的嘎拉哈,在勒勒车里哗啦哗啦响呀。游牧人家的女儿嫁出门,因为娘家和婆家都在跟着畜群走,从此不知道自己会去哪里、额吉走到了什么地方,不知道自己与分离的亲人何年何月再相见,额吉给女儿带一串儿时玩过的嘎拉哈,让女儿想家的时候,数一数、摸一摸就不哭了。

草原上的马,在春天的时候跑青,因为青草刚冒芽,远看有,近看无,所以马不肯在一个地方停留,老是要奔着远处的绿色跑。春天已经走到了夏天,地上的草都已经长出了半尺高,我的海骝马呀,到处都有你爱吃的嫩草尖,你为什么如此躁动不安?莫非有什么事情要告诉我?

远远望见自己家的蒙古包,我就觉得不对劲儿,拴马桩上大额吉的白马不见了,天窗里伸出的炉筒子里没有炊烟。我一进包门,大额吉忙碌的身影不见了!更怪的是,佛爷当初嘱咐点七年不能熄灭,大额吉每天夜里起来续一次油,一点就是十五年的铜佛灯竟然熄灭了!

蒙古人认为风走过的山冈像温暖的母体一般圣洁,那是他们用尽一生寻找到的原乡。大额吉身穿没有补丁的紫色蒙古袍,扎着橘红色的绸子腰带，换上了洁白的包头巾，卧于她的梦中之地，长生天覆盖着她历尽辛苦的躯体，云霞在她的脸上变幻奇妙的花朵。她看见亲手养大的儿子在丰沛的河流里饮马饮羊，茂密的牧草碧绿连天，便放心地闭上了眼睛。她的白马不愿意打扰她的长梦，在一旁徜徉觅食。

大额吉活着的时候常常说，人在小的时候就应该像羊羔那么温驯；人长大了就应该像骏马那样驰骋；人要遇到了相爱的伴，应该像达乌兰泡的天鹅那样一对对形影相随；人要是有了自己的孩子，就应该像母牛那样献出最后一滴乳汁；人到了该走的时候，就应当像骨瘦毛长的老狼，去寻找一个安静的地方，不慌不忙地等待长生天叫你的名字。

■ 陈建功

作者简介

广西北海人,毕业于北京大学中文系。曾任作家出版社社长,中国作家协会党组成员、书记处书记,中国现代文学馆馆长,中国作家协会副主席等职。第十届、十一届全国政协委员,第十二届全国政协常委。

代表作有短篇小说集《迷乱的星空》,中短篇小说集《陈建功小说选》《丹凤眼》,中篇小说《鬈毛》,中篇小说集《前科》,散文随笔集《从实招来》《北京滋味》,长篇小说《皇城根》(合作)等。作品曾获全国优秀小说奖等奖项,并被译成英、法、日等文字在海外出版。作品《找乐》《丹凤眼》《飘逝的花头巾》等被改编为电影和电视剧。

作家印象

发蒙即移居京城,耳顺之年重返故地,陈建功日常生活的双城记里,有着比他自己的想象多得多的悲欣交集。在"寻根文学"风生水起的时候,他找到了"京味儿"的魅力;在小说创作之外的零碎时间与零散感悟中,他一路播下的散文种子,已成长为荫翳蔽日的万亩松林。

陈建功的文字,幽默风趣,鬼斧神工,他描述人、事、物,寥寥数笔,却栩栩如生。他的散文,沉着中有昂扬,追索中有挣扎,平静中有波澜,温醇和煦,温情脉脉,却如寒风一般劈开一城的雾霾,清冷凛冽。陈建功曾在未名湖畔徜徉,早就洞悉了人生的真谛,亦早就与世界达成了和解,而今时光荏苒,他却越来越不满足于这些所谓的真谛与和解。陈建功同他的文学一道,置身历史进程的迷狂,搏击历史洪流的漩涡,却大开大阖,收放自如,他的文学就是他的人生。他深深地懂得,无论怎样的须臾怎样的永恒,伟大的时代不仅需要讴歌者,更需要叹惋者与沉思者。答中有问,问中有答,无所不能,无远弗届——这是陈建功的出世之法,亦是他的入世之道。

——李 舫

默默且当歌

■陈建功

我是在山脚下筛沙子的时候,听说自己被北大录取的。

那时我已经在京西矿区干了十年了。打了五年岩洞,第六年上被矿车撞断了腰。伤好以后,我就在那个山洞里,天天率领着四个老太太筛沙子。

更确切地说,那位工友兴冲冲地跑来报信的时候,我正仰面朝天,躺在沙子堆上晒太阳。我记得,听他说完了,当时似乎只是淡淡一笑。

我又翻了个身。我想晒晒后背。当后背也被晒得热烘烘之后,我爬起来,去领我的录取通知书。

你会骂我。

"玩儿深沉。"你说。

我不知道"深沉"有什么可"玩儿"的。那会儿既不知道高仓健,也不明白海明威。我只是想,晒完了后背,什么也耽误不了。

回想起来,有点儿后怕。

我的心,已经像岩石一样粗糙了。

那一年，我28岁。28岁，已不再是激情澎湃的年龄。

那么，38岁的今天，当你打算为那些日子写下一点什么的时候，你是否能"激情澎湃"一次？

这或许就是无法挽回的遗憾。啊北大，啊摇篮，啊粼粼的湖光，啊婆娑的树影。你忽然发现，你根本"啊"不出来。

你怅然若失，你不那么甘心。那粼粼的湖光、婆娑的树影，毕竟对你的一生都非同小可。

那也"啊"不出来。

可是，一定要"啊"出来吗？

我更喜欢默默地想。

写小说写出了毛病。

想的，常是那些别人以为不足挂齿的事。

比如，水房歌手。

他们每天晚上9点、10点时的歌唱。

如今，不知那带有几分戏谑的雅号是否能代代相传，可是我担保，那忘情的歌声不会消失。

当年的水房歌手们，他们知道自己至少拥有一个动了情的听众吗？

他们是不会知道的。他们从来不指望拥有什么听众。他们只管赤条条地在水房里蹿来跳去。举起一盆盆凉水，灌顶而下，在"哗哗"的水声里，发出酣畅淋漓的尖叫。要不，他们就站在水池旁，抓住盆里的衣物，搓呀搓，一寸一寸地搓，痴痴地盯着莹莹泛光的皂泡，好像那里不是有童年的梦幻，就是有恋人的倩影。

他们开始如醉如痴地歌唱。

冰雪覆盖着伏尔加河,
冰河上跑着三套车……

歌声在湿漉漉的水房里回响,居然显得格外圆润而悠扬。可以想象他们的得意。再往下,决心和刘秉义一比高低,唱得更加哆哆嗦嗦——

有人在唱着忧郁的歌,
唱歌的是那赶车的人……

一般说来,伏尔加河上的"三套车"是很难跑完全程的,因为很快就可能有"青松岭"的那挂车出来与之并驾齐驱了——

长鞭唉那个一甩哎,
叭叭地响哎,唉嘿咿呀,
赶起了那个大车,
出了庄唉嗨嗨哟……

另外还有一匹"马儿"则被恳求"慢些走喂慢些走",因为"我要把这壮丽的景色看个够"。而那匹"叮叮当当叮当铃儿响叮当"的"马儿"呢——

……那马儿瘦又老,

它命运不吉祥，

把雪橇拖到泥塘里，

害得我遭了殃……

那时，我住在32楼的332房间，和水房是对门。我的铺位是门后的上铺，敞开的通风窗像个咧开大嘴的喇叭，对着我的脑袋，天天晚上为我送来这永无休止的歌声。

我得承认，开始的时候，你真恨不得想骂娘——你们还有完没完呀！心里骂着，脑袋扎进了被窝里，可被窝外还是唱得顽强。"唰"，电闸不知被谁拉了，水房里漆黑一片，短暂的静寂之后，那里又亮起了电筒的光柱。那气氛更加热烈而神秘，俨然一道道追光在舞台上闪烁——

深夜花园里，四处静悄悄，只有风儿在轻轻唱。人家的闺女有花戴，你爹我钱少不能买，扯上二尺红头绳，给我闺女扎起来。河里青蛙从哪里来？是从那水田向河里游来。甜蜜爱情从哪里来？是从那眼睛里到心怀。哎哟妈妈。谢谢妈，临行喝妈一碗酒，浑身是胆雄赳赳。雄赳赳，气昂昂，跨过鸭绿江。鸠山设宴和我交朋友，千杯万盏会应酬。哎哟妈妈，你可不要对我生气，年轻人就是这样相爱。莫斯科郊外的晚上。第七不许调戏妇女们。向前进向前进，战士的责任重，妇女的冤仇深……

1978年就是这样一个年代。你的耳畔还萦绕着八个样板戏震耳欲聋的鼓点子，从海峡彼岸却传来了邓丽君半喘着气绵绵软软可又挺中听的流行曲。你刚刚听到了一条大河波浪宽十八岁的哥哥呀细听我小英莲,又不能不迷恋上了梨花开遍天涯晨雾袅袅如纱峻峭的河岸上站着的喀秋莎。

在这样的年代,在每一个人都可以无拘无束地歌唱都可以自命为歌星的地方,如果唱不出这颠三倒四的效果,说不定倒成了一件怪事。

恢复高考是新时期带给青年的第一个狂喜,而1977级的大学生是最先享受了这狂喜的幸运儿。他们中间,又有谁能没有命运转机的喜悦和自得?

能不让他们唱?

看来,我唯一的办法只能是:躺在我的"包厢"里听。

听他们昏天黑地地唱。

生活中往往有这种事情发生,有一天你忽然发现,以往你以为最原始、最粗鄙、最不值一顾的事物里,却蓬勃着激动人心的生命的律动。这道理是很久以后我才懂得的。

值得庆幸的是,在我悟到这点之前,我每天都不能不无可奈何地接受着水房里的喧嚣。

慢慢地你能听出来,谁最爱唱《三套车》,没完没了地对人生喟然长叹。谁最爱唱《乡间的小路》,悠悠不尽思乡梦。谁能一句不落地唱下来舞剧《红色娘子军》的总谱,管乐弦乐锣鼓铙钹一人独揽。

"文武昆乱不挡"的,大概就是天津小伙儿苏牧了。不过他的特点倒不难把握:为了充分显示男子汉的自信,他永远要在嗓子眼里压扁每一个音符,"文武昆乱"不管。扮演插科打诨角色者,必是李彤。未来的《人民日报》编辑的拿手好戏有:样板戏唱段,毛主席语录歌,惟妙惟肖的"林副统帅"讲话。于是之扮演的几乎所有角色的复制。他常常"足不出户",只需在我们332室里恰逢其时地吆喝一嗓子,稍加"点染",就会使水房里爆发开怀的笑声……你终于感受到了这昏天黑地的喧腾的底蕴。这里是一个每个人都充分展示个性的舞台。你听到的,竟是这样有趣的歌唱。且不管它是庄严是调侃是忧郁是反讽,也无须管它是否还有一点自鸣得意。它们都是被禁锢的精灵冲出瓶口的呐喊,是白兰鸽们在欢腾的白云里、灿烂的蓝天间自由自在地歌唱。

也许,回味那个年代,更值得叙说的,是思想解放的大潮如何涌入沉寂多年的未名湖,引起隆隆的回响。规模浩大的五四学术讨论会。日益开放、日益大胆的讲坛。活跃的学生社团。广泛的社会交流。熄灯后的宿舍,关于"凡是派""实践派"的喁喁低语。大礼堂里,倾听新学科讲座的一幕幕……相比之下,水房里的歌声也许是1978年的北大校园里最无关紧要的声响。然而,又何尝不可以说,这声响恰恰也是那奔突汹涌的潮水的回声呢?

是的,当年躺在那张吱吱作响的双层床上,听着水房里送过来的歌声,仿佛真的可以感受到那潮头的喧闹、那潮头的迷人了。这歌声是我的同代人以情感的方式对一个新的开放的时代伸出的臂膀。这时代不再容忍专制和封闭,不再容忍僵死和愚昧,不再容忍压抑个性,不再容忍蔑视知识和才华。这歌声又是我的同代人对一种新人格的呼唤。这人格不再苟苟且且,无须仰人鼻息,只管让想象自由地飞翔,坦坦荡荡地唱自己的歌。

我知道,这感受说不定只属于我一个人。这足够了。又何妨只属于我个人。

因为我曾经在这喧闹声中反省自己18岁到28岁的时光。你可曾有过一次这样酣畅淋漓的歌唱?当你被怀疑为"反革命集团成员"而接受"审查"的同时,你还接受了审查你的那位书记的吩咐,为他拟定了学习九大文件的辅导报告。当你被取消当"工农兵学员"资格的同时,你发表了你的"处女作",那恰恰是一首讴歌"工农兵上大学"的诗篇。其实,严格地说,你的"处女作"早在这之前已经发表了,不过那署的是别人的名字。那位"劳动模范"气宇轩昂地在劳动人民文化宫朗读了"他的"诗作《煤矿工人这双手》,然后他到北京饭店吃他的庆功宴。第二天,"他的"诗作就登在了《北京日报》上。而你,老老实实地回到岩洞里开你的风钻……你可料到,会有这样一个时代终于到来?可曾知道,还有这样一种富于魅力的人生值得认同?

选择,就是在这喧嚣与骚动中重新开始的。

你今后还会唱你不想唱的歌吗?

我只唱自己想唱的歌。

当一个水房歌手是多么欢乐。

唯一遗憾的是,我一次也没有到水房里真正地唱过。即使在这以后。

我指的,是用我的笔。

默默地想。

耳边,盆碗响叮当。——又是那些别人不当回事儿的事。

毛巾布缝制的碗袋，拴在书包带上。沿着柏墙环绕的小马路，从32楼奔一教，从图书馆奔食堂。一路叮当。

岂止我一个。校园里，不时地四散着叮叮当当的大军。

至少在我离开北大的1982年，这响声没有消失。

现在也许消失了。食堂里大概安上了碗柜。

心里流过一丝留恋。

有什么意义？

没什么意义。只是觉得有点意思。如果硬要说出有什么意义的话，好像当年听见这声响曾经嘻嘻一笑。它似乎提醒你一点什么。

大概，时不时听一听这叮当声，能使你少点傻气，少说一点"堂堂北大，八千精英"之类的话。

默默地想。

朱光潜先生去世后，曾想写一篇文章。后来我没有写。因为我从来无缘向先生求教，甚至连一句话都没有说过。

只有两次，在燕南园的围墙边，呆呆地望着他。

他是在散步，还是在跑步？小臂弯曲，平端在身体的两侧，攥着双拳，努力把身板挺得平直，目光平视前方。他的两脚在草地上一蹭、一蹭，每一蹭挪动的距离，顶多一寸。

我在矿山的时候，曾经偷过一次书。那批书被当作"四旧"，准备送去造纸厂。我裹上一件棉大衣，装作和那位打捆装车的师傅闲聊，趁其不备，往腰里掖了几本。

其中就有一本1964年版的《西方美学史》。

上北大以后，我读了新版的《西方美学史》，朱先生那篇新版序言曾使我久久难眠。

这以后，就见到了燕南园里跑步的他。

望着他那瘦小的衰老的身影，我无法想象，正是这老人，写了那么一篇风骨劲健的文章。

他的心里，该是多么有力气。

我知道，仅仅凭这材料，何以能写出一篇纪念的文字。

可是，我还是想说，仅仅凭这一点印象，我总觉得自己的心里永远流着一条很宽很宽的河。

默默地。我甚至想到了发财。尽管这是梦想。

毕业的时候，班里给中文系的老师们写了一封辞行信，贴在五院的办公楼。我记得是黄子平写的。后来我加上了几句话。

大致的意思是，老师们生活太清苦。我们一介书生，爱莫能助。寄希望于未来。但愿不久的将来，房子会有的，工资会涨的。学生将为此感到欣慰。

那时心里就慨然一声，闪过一个发财的念想。

然而至今也没发财。

恐怕将来也难得这机会。

欣慰，还是时时感到了一些的。特别是最近，不时传来某位老师出谷迁乔，某位老师家里接通了电话之类的消息。

真希望这消息多一点。

■ 陈世旭

作 者 简 介

江西省南昌人。当代作家,中国作家协会会员。现居广州。出版有长篇小说、中短篇小说集、散文随笔集多种。其中,《小镇上的将军》《惊涛》分别获1979年、1984年全国优秀短篇小说奖;《马车》获1987—1988年全国优秀小说奖;《镇长之死》获1998年首届鲁迅文学奖短篇小说奖。先后出版长篇小说《梦洲》《裸体问题》《将军镇》《世纪神话》《边唱边晃》《一半是黑色 一半是白色》等,以及散文随笔集、中短篇小说集《风花雪月》《都市牧歌》《中国当代作家选集丛书·陈世旭卷》等多部。

作家印象

陈世旭将书斋由相对安静的老区迁至繁华喧嚣的大都市,他的写作却越发有一种大隐隐于市的淡泊和从容。

陈世旭勤于读书,长于思辨,学养厚实。他的文字简洁洗练,刚健沉雄,大气磅礴,既浸淫着寥廓的古意,又充满了蓬勃的现代感。他热爱自然,寄情山水,登山则情满于山,观海则意溢于海,从美学和世界观的高度阅读大地文章,延续了中国文字自古以来洋溢着的无限张力和灿烂传统。他笔下的黄河,有着惊世骇俗的慷慨悲壮;他笔下的大漠,有着懵懂未开的混沌;他笔下的岁月,水面不惊之下是令人热血沸腾的波澜壮阔。

陈世旭的散文如同一幅幅中国画,寥寥数笔之外是广袤的留白,言外之言、意外之意,令人浮现联翩。阅读他的文字,不仅需要丰厚的知识积淀,更需要深厚的智慧储备。

——李 舫

归 真

——陶潜故里感悟

■陈世旭

陶渊明纪念馆建馆,主事者为活动征集墨迹,我写了"归真"二字。这两个字放在一块做一个词用,见于《正法眼藏》。禅宗的所谓"正法眼藏"是指全体佛法(正法)而言的。但我用这个词,根据的是《国策·齐策》里的"归真返璞"的意思,也就是去其外饰,还其本真。

很多年前,我有幸在陶渊明故里参与过文物的挖掘、搜集、整理工作,由此开始了对这位1500多年前的同乡大诗人的神往。

因为不学无术,我对陶渊明的认识更多的只是凭印象。在我的印象中,因为贫穷,因为没有社会地位,有关陶渊明的生平,除了他自己不算太多的传世文字,见诸其他社会历史文献的记载很少。

陶渊明死后14年出生的沈约在《宋书·列传·隐逸》里列上了陶渊明,说他"曾祖侃,晋大司马"。除此,关于他的家世再无一言,真是惜墨如金。在这里,陶渊明显然是沾了做过大司马的曾祖陶侃的光。

陶渊明生前诗友颜延之写过《靖节徵士诔》,自然是感慨多于史料。

昭明太子肖统的《陶渊明传》,所依据的材料主要仍是陶渊明本人的夫子自道:

"渊明少有高趣……尝著《五柳先生传》以自况,时人谓之实录。"

但那"实录"录的其实是精神情状,关于他本人的履历,仍是语焉不详。别人除了从中知道他的"宅边有五柳树",并"因以为号焉";知道他"闲静少言,不慕荣利";知道他"好读书,不求甚解";知道他"性嗜酒","期在必醉";知道他的家"环堵萧然,不蔽风日";知道他总是"短褐穿结,箪瓢屡空";知道他"常著文章自娱","以此自终",之外,则不知他是"何许人也",闹不好是上古时候的老百姓:"无怀氏之民欤?葛天氏之民欤?"

陶渊明显然不指望有谁会给他写悼词,也就不必留下写悼词的材料。

陶渊明是清高了,却给要靠他吃饭的后人留下了许多不便和麻烦。

我在一条很深长的山垄里看到的陶渊明"故里",有一幢很破旧的据说是清朝末年的建筑,格式同当地的大户民居无异。前后两进,两进之间有一条窄巷,因为是"陶靖节祠",故名"柳巷"。从屋后向山上走几十步,便是陶渊明墓。它的形制和所用的砖石都自觉地表明那不过是后人的寄托。仅凭这些,显然无法为生前的陶渊明提供任何有意义的佐证。

正因此,关于陶渊明故里,学者们歧义颇多,一直争论不休;

陶渊明的生年，我在正式出版物看到不同的三种说法；至于"桃花源"就更多。

一说是在庐山一带。这在情理上是符合的。以陶渊明那样贫困的一个有文化的老农民，即便有雅兴旅游，能走多远？喝醉了酒，兴之所至，跌跌撞撞地在附近山垄转悠，所谓"既窈窕以寻壑，亦崎岖而经丘"（《归去来兮辞》），忽发奇想，是再自然不过的事。那年，庐山下面某县有关部门居然真的在县境内找到一处"先世避秦世乱"的"康王谷"，称其中的山林溪流村舍，酷似《桃花源记》的描写。因而在交通要道俨然矗起高大的桃花源牌坊；而江西邻省湖南，不仅有桃园县，还真有像模像样的"桃花源"。某年，参加湖南文艺出版社办的笔会路过那儿，不由得一愣；之后又听说，皖赣接壤处又发现了一个"桃花源"。想想，一过彭泽就是安徽地界，当年的彭泽令在不得意的公务之余散心逾出了现今的省界，也不是不可能的事。

类似的公案自然永远不会有了断的时候。"桃花源"本来就是一个乌托邦，后人也不过是借题发挥罢了。醉翁之意不在酒，甚至也不在山水，而在山水可能带来的经济效益。认真了，就不免迂阔。

但陶渊明只有一个，其本来的生存状况也只有一种。遗憾的是人们却不得不靠想象来臆测。

这就难得确凿。

我在鲁迅关于陶渊明的文字里，就看到两种不同的描绘。

在《魏晋风度及文章与药及酒之关系》里，鲁迅写道：

"……他非常之穷……就去向人家门口求乞。他穷到有客来见，连鞋也没有，那客人给他从家丁取鞋给他，他便伸了脚穿上了……"

在后来的《隐士》里，鲁迅写道：

"……然而他有奴子。汉晋时候的奴子，是不但伺候主人，并且给主人种地营商的，正是生财器具。所以虽是渊明先生，也还略略有些生财之道在，要不然，他老人家不但没有酒喝，而且没有饭吃，早已在东篱边饿死了。"

这两段话，哪一段更可信呢？

我倾向于相信前一段。

要尽可能接近真实地想象一个古人，我觉得还是以他本人的记录为依据比较可靠。

我在陶渊明的诗文里看到的"他有奴子"的依据，是《归去来辞》里"童仆欢迎"一句。这"童仆"是否就是"奴子"，不知有没有确切的考证。但陶渊明诗文里其他关于他的生存状态的描写应该是无须考证的。

他明明白白地写过自己的劳动："种豆南山下，草盛豆苗稀。晨兴理荒秽，带月荷锄归。道狭草木长，夕露沾我衣。……"很难说这是个坐享其成的人。

他明明白白地写过自己的乡居生活："……农务各自归，闲暇辄相思。相思则披衣，言笑无厌时。……衣食当须纪，力耕不吾欺。"活脱脱一个老村夫。

他明明白白地写过自己的《乞食》："饥来驱我去，不知竟何之。行行至斯里，叩门拙言辞。……"不过是比乞丐多一点羞惭。

就是在《归去来兮辞》的序里，陶渊明对自己的贫穷困窘的陈述也原是再明白不过的：

"余家贫，耕植不足以自给。幼稚盈室，瓶无储粟，生生所资，未见其术",万不得已,才去做了一个小官:"公田之利,足以为酒,故便求之。"没有几天,就觉得为了混口饭吃逼着自己做违背意志的事,实在太痛苦了:"违己交病。"便找了个理由,一走了之。从上任到"自免去职",前后才"八十余日"。

显然,这样讨论下去,是不会有什么公认的结果的。大家不过是在猜一个没有人会给出谜底的谜。不过有一点我想是可以肯定的,陶老先生的日子就是好,也绝好不到哪里去。一个"质性自然",不肯"矫励",也就是常说的"不为五斗米折腰",跟主流社会离得那么远的倔老头,没有挨整就是万幸了,当然也得不到主流社会的恩宠。死了,只有朋友给一个私谥。

对于陶渊明,这样一个结果似乎不太公平。但对于中国文学,却是一种幸事。

陶渊明先生如果不当官了却又不亦乐乎地去社团争当主席,争当代表,争当评委,争当客座教授,当不上就上蹿下跳,不达目的誓不罢休,而社会也不亦乐乎地请他上报、上广播、上电视、上主席台,任其眉飞色舞、唾沫四溅地从经国谋略说到厕所装修,以至于面目可憎到让人连媒体也一并嫌恶起来,我们也许就读不到那些"一语天然万古新,豪华落尽见真淳"的诗文,也就不会有我们今天认识的陶渊明。金元时期的大诗人元好问甚至为此感谢晋朝社会对陶渊明的无知或冷遇,说是"南窗白日羲皇上,未害渊明是晋人"。不是没有道理的。

对后人来说,尤其是对步了陶渊明的后尘也操了文学营生的后人来说,弄清陶渊明吃喝拉撒睡的光景如何是无所谓的事,有所谓的事是怎样看待陶渊明的精神遗产。

鲁迅认为真的"声闻不彰""息影山林"的"隐君子""世间是不会知道的",而有了"隐士"美名的人有时不免被人"当作笑柄"。他看不起隐士是显见的。但他对陶渊明却高抬贵手。他一面认同"陶渊明先生是我们中国赫赫有名的大隐",一面又指出"陶潜因为并非浑身都是静穆,所以他伟大"。

鲁迅很赞赏地说:

"……所以现在有人称他为'田园诗人',是个非常和平的田园诗人。他的态度是不容易学的,他非常之穷,而心里很平静……还是'采菊东篱下,悠然见南山'。这样的自然状态,实在不易模仿……这是何等自然。"(《魏晋风度及文章与药及酒之关系》)

鲁迅在这篇并非专门研究陶渊明的讲稿里用一再的强调明白而准确地给了陶渊明一个定位:自然。

同时也就在无意中给了陶渊明的崇尚者一个难以达成的人生命题:自然。

当然,"有钱人住在租界里,雇花匠种数十盆菊花,便作诗,叫作'秋日赏菊效陶彭泽体'",很容易,却不合陶渊明的"高致"。与这可笑相比而成为可恶的是,一些恨不得天下风光占尽的利禄之徒,却总喜欢请人书了"岫云""宁静致远,淡泊明志"之类挂在客厅里。

所以可笑和可恶,就因为:不自然。

自然是静穆的:"暖暖远人村,依依墟里烟。"自然也是激动的:"刑天舞干戚,猛志故常在。"

自然是健全的生命活力。

自然是一种极度的简朴:"甘天下之淡味,安天下之卑位,不戚戚于贫贱，不忻忻于富贵。"自然也是一种极度的奢侈："怀良辰以孤往，或植杖而耘耔，登东皋以舒啸，临清流而赋诗。聊乘化以归尽，乐乎天命复奚疑。"

自然是内在精神的富有。

自然是一种选择："久在樊笼里，复得返自然。"自然也是一种随意："问君何能尔，心远地自偏。"

自然是独立人格，是不在万丈红尘中迷失自己。

在物质主义高涨的生态中间，一个身心疲惫的人果真能复归本真，质朴自然，那不是一种勇气，不是一种牺牲，而实在是一种福气。

行文至此，我忽然想起"缘分"这个词。人与人，今人与古人，也是有缘分的。我少年下乡，恰好去了陶渊明终老所在的县。后来又有机会参与能够向先贤竭尽崇敬的工作。又由此而迷上了他的人格和诗文。因为业务需要偶尔翻一翻他老人家的作品，那些平淡爽朗的句子不必太用心就多少能记个大概。而对同样发生于江西、同样是千古绝唱的《滕王阁序》，多少年来，我无数次咬牙切齿地下决心，费了九牛二虎之力，却怎么也念不下来，更莫说背了。念的时候，我总是很惊奇地在想：一个小小年纪的人，怎么会如此懂得阿谀奉承，又怎么会有那么多委屈心酸。多少有了些阅历之后，我才忽然发现，陶渊明和王勃根本就是两种人。倘若天假陶渊明以年，让他活到唐朝滕王阁落成的日子，即便受到"诚邀"，他大约也不会受宠若惊，诚惶诚恐，自然也不会躬逢其盛的。而假使时光能倒退两三百年，别说自愿，就是差人解着王勃到当年的柴桑栗里那样的广阔天地去练红心，那么躁动不宁却又敏感脆弱的一个才子会不会半路自杀都未必不是一个问题。

事情这就明白了：虽然都无疑是天才之作，但因为人不同，所以有了文章格调的不同。两相比较，如果不讲境界高下的话，那么至少可以这样说：《滕王阁序》对权力和富贵的艳羡和失落所体现的上流气味，造成了跟下层社会的心理距离——起码我是觉得很隔膜的；而平民诗人陶渊明，则首先就让我们感到了亲切。

在无数关于陶渊明的诗中，有两句我很喜欢：

"你悠然面对南山采摘的菊花，便是性灵和诗歌的本质。"

愿我们拥有自然的性灵，愿我们拥有诗歌一样的人生。

■ 邓　楠

作　者　简　介

　　四川广安人，1945年10月出生于河北涉县。毕业于北京大学物理系物理专业。高级工程师，曾任中国科协党组书记、中国可持续发展研究会理事长、国际地圈生物计划中国全国委员会副主席。邓小平同志次女。

作家印象

2018年,是中国改革开放四十周年。值此之际,我们尤其缅怀邓小平这位中国改革开放的总设计师,他敢破敢立、敢闯敢试,义无反顾把改革开放不断向前推进,带领中国人民奋勇前行在中华民族伟大复兴的征途上。

2014年的8月22日,是邓小平同志诞辰110周年纪念日,邓小平之女邓楠以她深情的笔触,写下了这篇文章,勾勒出一个女儿眼中的父亲,一位信仰坚定的共产主义者,一位风起云涌中的改革者,一位以民族复兴为梦想的百折不挠的共产党员;这样一位钢铁般的战士,也是一位爱生活、爱家庭、爱亲人的普通人,他喜欢游泳、打台球、打桥牌,喜欢寄情山水名胜,喜欢一切美好的事物,这是他对祖国、对人民大爱的深刻源泉。

空谈误国,实干兴邦。这是邓小平20世纪90年代初在南方谈话中语重心长嘱托全党的精神遗产。今天,我们纪念邓小平,最好的方式莫过于继承他的精神,践行他的理念,秉持他的原则,继续他的道路。

——李 舫

我们心中的父亲

■ 邓 楠

父亲离开我们已经17年了,他到底给我们留下了什么?我们今天应该怎样纪念他,认识他?这是我反复思考的一个问题。

信仰坚定的共产主义者

父亲对共产主义的信念很年轻时就确定了。他16岁时去法国,本来是想勤工俭学,但是他做工所得连糊口都困难,"工业救国""学点本事"的初衷变成了泡影。父亲回忆说,那时候小小年纪,在克鲁梭的钢铁厂拉红铁,做一个月的苦工,赚的钱连饭都吃不饱,还倒赔了100多法郎。这样的切身感受,造就了他坚定的马克思主义信仰,这种信仰融入了他的生命。他后来说:我自从18岁加入革命队伍,就是想把革命干成功,没有任何别的考虑。

父亲对社会主义事业充满感情。新中国成立以后,社会主义建设取得的每一个成功，他都高兴；社会主义建设经历曲折，走了弯路，他忧心。"文化大革命"结束以后，党和国家面临着重大历史选择，中国向何处去，中国的社会主义事业在经历曲折和挫折后如何向前发展？父亲在古稀之年，毅然挑起历史重担，带领党和人民恢复实事求是的思想路线，走出"以阶级斗争为纲"的泥潭，把工作重点转移到现代化建设上来，实行改革开放，开创中国特色社会主义道路，使社会主义在中国又迸发出勃勃生机。

20世纪80年代末90年代初，国际国内风波迭起，社会主义在世界的前途命运令人担忧。在这样的关键时刻，1992年父亲发表南方谈话，坚定地表示：虽然一些国家出现严重曲折，社会主义好像被削弱了，但人民经受锻炼，从中吸取教训，将促使社会主义向着更加健康的方向发展。不要惊慌失措，不要认为马克思主义就消失了，没用了，失败了。哪有这回事！他说：我坚信，世界上赞成马克思主义的人会多起来的，因为马克思主义是科学。我们要在建设中国特色社会主义的道路上继续前进。在父亲南方谈话精神指引下，中国特色社会主义顶风破浪，取得更大的成就，到今天，全世界都在谈论中国道路。我们那时候陪在父亲身边，真的感到他是在用尽自己的生命来讲那些话。时值88岁的老人家，讲得多激动、多恳切、多用心啊！他真是付出了自己的所有感情，甚至最后的一点精力。这次谈话以后，父亲的身体状态在很短的时间里急转直下，再也没有缓过来。父亲正是用这种拼命精神，完成他对社会主义的历史任务，完成他的政治交代。

百折不挠的共产党员

父亲的坚强意志是在斗争和考验中磨炼出来的,最有名的是"三落三起",特别是每一次"落",都要承受普通人难以承受的压力。但他愈挫愈奋,愈压愈强。他一次次被打倒,又一次次地站起来,而且比以前更加辉煌。父亲总是说,他能够在被打倒后极其困难的情况下坚持下来,是因为他有坚定的信念,是乐观主义者,相信天塌下来不要紧,总有人顶住。在我们子女看来,父亲具有钢铁般的意志,他是个顶天立地的人、特殊材料铸成的共产党人。

"文化大革命"中父亲第二次复出恢复工作之后,为了扭转当时的困难局面,他不怕被再次打倒,发动领导了1975年的全面整顿。他不顾"四人帮"的重重阻挠,大刀阔斧地开展各方面的整顿,全力扭转经济下滑的局面,为了党和人民的事业,跟"四人帮"进行坚决的斗争,连毛主席都说,他是钢铁公司对钢铁公司。

父亲第三次复出,已经是73岁高龄了。这是别人含饴弄孙的年纪,但父亲以共产党员的历史担当和坚定意志,克服重重困难,毅然决然地带领中国共产党和全体人民,开创了中国特色社会主义道路。记得1979年他去登黄山,那时候他已经75岁了。我们对他说,老爷子你年纪这么大了,给你准备一个滑竿,要是爬不动了一定要坐滑竿,不要勉强。父亲话不多,只是干脆地说:"我能走!"登黄山对我们还算年轻的人,都是很累人的事。父亲其实也非常累,下山以后腿肿了整整一个月。下了黄山以后,他说了一句话:"黄山这一课，证明我完全合格。"他不只把登黄山看作体力上能不能上去的问题，而是要表达他为党为人民工作的决心和那种坚持不懈、永远向上的精神。以后的岁月，他充满自信和勇气，坚定不移地推动改革开放，为我们的党和国家开辟一片新天地。

敢于创新的改革者

父亲称他自己是实事求是派，自认是比较活泼，善于接受新鲜事物、不走死路的人。他的思维是很敏锐的，善于发现和总结群众的创造，来推动工作。他总是从实际出发，而不是从本本出发，不是从固定的思维模式出发。他一再强调要解放思想，实事求是，开动脑筋，用自己的实践回答新情况下的新问题。他经常和我们说，马克思主义是很朴实的东西、很朴实的道理。教育我们想事情，考虑问题，不要脱离现实，不要主观臆断，要符合客观实际。

父亲提出开创中国特色社会主义道路，首先就是从解放思想开始的。"文化大革命"结束以后，有的人主张"两个凡是"，固守成规，走老路。父亲坚决反对，主张实事求是，一切从实际出发。他支持"真理标准讨论"，发动思想解放运动，动员全党开动脑筋，把工作重点转移到现代化建设上来，实现了伟大的历史转折。

父亲领导改革开放，总是鼓励大家要大胆地闯，大胆地试。当安徽农民的大包干受到非议的时候，父亲给以支持。他对省委书记万里说：你就实事求是地干下去。最后，安徽农民的创造变成了农村改革的燎原之火。对外开放最初没有经验,当广东提出要办特区,父亲支持他们,要他们自己去搞,杀出一条血路来。1984年,当对社会主义经济是商品经济这个话题仍有很大争议的时候,父亲明确表示赞成这个提法,使十二届三中全会取得了经济体制改革理论上的重大突破,为从计划经济向社会主义市场经济转轨打开了道路。父亲对此高度评价,说这次说了老祖宗没有说过的话,有些新话。

父亲很重视科技创新。他在设计现代化蓝图的时候,特别重视现代科技在生产力中的作用,认为科技是第一生产力。1992年父亲在珠海参观高科技企业的时候,对科技人员说:"搞科技,越高越好,越新越好。越高越新,我们也就越高兴,不只我们高兴,人民高兴,国家高兴。"对改革开放和现代化建设中每一个实践创新、理论创新、科技创新,父亲都是那么热情,那么振奋。

热爱生活的普通人

父亲在政治上是个伟人,但他同时是一个热爱生活、热爱家庭的普通人。

父亲喜欢打台球,喜欢打桥牌、游泳,喜欢寄情山水名胜,喜欢一切美好的事物。父亲指挥过千军万马,但他对描写战争残酷的电影一概不看,我们问他为什么,他说以前打仗看到的死人太多了。所以他特别珍惜和平年代,特别热爱生活。1979年他访问美国,美国政府为他举办了一个大型演出。在演出中,一群美国儿童唱了《我爱北京天安门》。当孩子们唱完歌以后,父亲和母亲上台亲吻了这些孩子。当时世界还是东西方意识形态对立，西方国家对中国人还有"好战"的偏见。父亲作为社会主义国家的高级领导人，在台上亲吻美国孩子，这温馨的一幕让大家都很感动，流下了眼泪。卡特总统后来在回忆录里还特别对这件事做了很感慨的描述。

父亲把家庭看得特别重。他曾经说过，"家庭是个好东西"。他把工作和家庭分得很清楚，从来不把工作上的事情跟家里人讲。公事是公事，家庭是家庭。在他心里，家庭就是给他快乐、使他能充分休息以便更好地工作的地方，他非常喜欢这个家，特别爱和子女在一起享受家庭的温情。在我们眼中，父亲是最朴实、最普通的父亲。父亲是这个家的中心，他爱家里的每一个人，我们也爱他。父亲跟我们说，如果世界上评选最优秀爷爷奖、最佳爷爷奖，那我应该当选。他是发自内心地以当个好爷爷为荣。

父亲爱生活、爱家庭、爱亲人，源自他心中对祖国、对人民的大爱。他把自己、把亲人，看作千千万万普通百姓的一员，推己及人。他说：我是中国人民的儿子，我深情地爱着我的祖国和人民。他每去一个地方都要反复告诫对方，绝不能扰民。父亲是特别喜欢跟群众在一起的。1983年春节，他到江浙去，看到人们喜气洋洋，新房子盖得多，市场物资丰富，十分高兴，回来就同中央领导谈话，希望各个地方都做好规划，到20世纪末建设一个人民物质和精神生活都丰富的小康社会。1992年春节，父亲在深圳参观仙湖植物园，看到一棵玉树。我们对他说："这是发财树，我们都来摸一下嘛，都发财。以后咱们家也种一棵。"父亲深情地说："让全国人民都种，让全国人民都发财。"父亲说过:"将来国家发展了,我当一个富裕国家的公民就行了。"不管何时何地,父亲心里装的总是千家万户的老百姓。

  今天,父亲领导开创的中国特色社会主义事业充满活力,人民的生活比以前更好了,民族伟大复兴的中国梦前景广阔。父亲设计的现代化建设第三步战略目标正在一步步实现,他老人家如果今天还在,会多么欣慰!

■ 杜书瀛

作 者 简 介

笔名田中木。1938年出生，山东宁津人。作家，文艺理论家。1964年毕业于山东大学文学系，1967年获中国社科院文学研究所美学研究专业硕士学位。历任中国社科院文学研究所研究员、文艺理论室主任、学术委员会副主任。著有《论李渔的戏剧美学》《论艺术特征》《论艺术典型》《文艺创作美学纲要》《文学原理——创作论》等。

作家印象

　　文艺理论出身的杜书瀛在写作随笔时也常常沉湎于思考,他的逻辑成就了他的哲思,他的勤勉又成就了他的智慧。

　　作为李渔研究专家,杜书瀛最重要的贡献是将李渔还原到17世纪的市井之中。阅读他笔下的李渔,如同品味张择端的《清明上河图》,山川、风貌、民俗、交通、市场,李渔笔下的人物也都在这样的场景中活色生香。每个人各有身份,每个人各有神态,每个人各有情节。这是理论家的严谨,也是史学家的细腻。

　　一笔不苟,方成气象。

——李　舫

风采常在怪异间

■ 杜书瀛

李渔,号笠翁,清初戏曲家、曲论家、小说家,杰出的日常生活美学大师。他的名字曾如明星一样家喻户晓,红遍17世纪的中国大地——虽然少数封建卫道者对他颇有微词,但大多数人,上自达官,下至草民,雅自舞文弄墨的士大夫,俗至目不识丁的引车贩浆者流和妇人小儿,都喜欢他、赏识他,为他的作品所倾倒。

他的剧本,有时候上半部刚一脱稿即被抢去付诸演出,不得不急急撰写下半部以为后继,许多优伶因能搬演笠翁作品而身价倍增。几百年来,李渔作品《笠翁十种曲》《闲情偶寄》《一家言》等无数次被重印、翻刻乃至盗版;李渔所创造的喜剧让人们一直笑到现在,他的剧目如《风筝误》《怜香伴》等,今天还在被各剧种上演。

李渔生前,人们常称他"怪物""异人",这实在是对他生动而真实的写照。他"怪"在何处?"异"在哪里?因其行为违抗时俗、作品标怪立异也。他的人生光彩在"怪""异",他的历史贡献亦由"怪""异"生发的超越性而来,"怪""异"实乃其艺术创造的标志性品格。

李渔之"怪""异"似乎与生俱来。从小,他干什么都别出心裁,特立独行。进入青年,他的许多行为也很"另类"。19岁那年,父亲去世。按旧时习俗,死者逝去,葬后第一天晚上曰"起煞",鬼魂随之而去;而第七天晚上,鬼魂要回家巡视,曰"回煞",这一晚,亲人须移外避鬼,不然有性命之虞。一位"日者"(以占候卜筮为业的人)以此规劝李渔,李渔却质疑:遍读圣贤之书,并无"回煞"之论;翻检历史,亦不见"回煞"记载。于经无据,于史无证,人们却笃信不疑,岂非咄咄怪事?孟子曰"尽信《书》,则不如无《书》",王阳明说,"夫学贵得之心,求之于心而非也,虽其言之出于孔子,不敢以为是也,而况其未及孔子者乎!求之于心而是也,虽其言之出于庸常,不敢以为非也,而况其出于孔子者乎!"李卓吾也告诫人们,不要以圣贤之是非为是非。再看看邻里百家,也并没听说哪个有"回煞"之难。于是李渔认定:"我之所师者心,心觉其然,口亦信其然,依傍于世何为乎?"于是他挥笔写了一篇《回煞辩》,痛斥"回煞"之谬,令"日者"哑口无言。

李渔读书,爱做翻案文章,满脑子逆向和多向思维。前人大都赞扬春秋时晋国大臣介子推的耿耿忠心和自我牺牲精神;李渔则一反历史定见,认为介子推是伪君子。介子推当年追随晋公子重耳逃亡国外,曾经割自己大腿上的肉,煮了给重耳吃。后来重耳成了晋文公,重赏流亡时跟随他的人,唯独没有介子推的份儿。当时有人作歌这么唱道:"有龙矫矫,顷失其所。五蛇从之,周遍天下。龙饥无食,一蛇割股。龙反其渊,安其壤土。

四蛇入穴,皆有处所。一蛇无穴,号于中野。"怨怼之情显而易见。由此,李渔推测:介子推"割股",可能是做样子给重耳看,以图他日之报。李渔认为,这并不崇高。

有个故事说,尧帝想把天下让给许由,许由一听,忙说:"请不要弄脏我的耳朵!"赶快到颍水去洗耳;此时又恰逢巢父在颍水下游饮牛,立刻把牛牵走,说:"请不要弄脏我牛的嘴!"李渔看了这段记载,笑道:当年的天下竟然如此一文不值,逢人即让,还不如小孩手里的一个馅饼,怎能令人相信!李渔真乃名副其实的"疑古"先驱。

李渔就是这样不信邪、不唯书,违俗违众,自由狂放,不愿受常规约束,"我性本疏纵,议者憎披猖"。亦正因此,李渔在各个领域向凡俗和陈规开战。

按常规,作传奇(戏曲)重在词曲和音律,李渔则反其道,提出"结构第一"的口号,因为"传奇之设,专为登场",戏曲是通过优伶演给人看的,不是像诗文那样置于案头供人阅读的,因而"结构"最重要。李渔论戏曲布局之"立主脑""密针线",论戏曲语言之"贵显浅""重机趣",论戏曲音律之"恪守词韵""凛遵曲谱""别解务头",论戏曲宾白之"声务铿锵""语求肖似""词别繁简",论戏曲格局之"出脚色""小收煞""大收煞"……都贯穿"结构第一"的思想,这是戏曲史上的创新。李渔还把以往的"案头之曲"扭转为"场上之曲",把以往戏曲"抒情中心"扭转为"叙事中心"。以往的戏曲总是把"抒情性"放在第一位,眼睛着重盯在戏曲的抒情性因素上,而常常对戏曲的叙事性视而不见,连金圣叹也不能免俗。而李渔则认为戏曲应以叙事为主,在他的作品中大大加强了以叙事功能见长的宾白的分量，从而做出了历史性超越。

李渔不仅对中国曲论卓有洞见，同时也是清初白话小说第一人，在他之前，小说家大都袭用宋元作品的老故事、旧关目，照搬成事。李渔决心改变这一状况，摆脱对前人作品现成故事的依傍，自己挖掘新情事、寻求新人物、构想新关目，进行全新的创造。孙楷第说："冯梦龙述古之作，有时只就本事敷衍，不能加上新生命；在笠翁的小说，是篇篇有他的新生命的。"就此而言，李渔堪称勇敢的小说革新家，他走出了小说创作的新路子，比冯梦龙等人大大前进了一步。

他的园林美学，倡导的也是超越凡俗的创新思想。李渔生活的时代，某些"通侯贵戚"造园，不讲究艺术个性，以效仿名园为荣。有的人在造园之先就告诉大匠："亭则法某人之制，榭则遵谁氏之规，勿使稍异。"而主持造园的大匠也必以"立户开窗，安廊置阁，事事皆仿名园，丝毫不谬"而居功。李渔勇敢地否定了这些错误观念。他以辛辣的口吻批评说："噫，陋矣！以构造园亭之盛事，上之不能自出手眼，如标新立异之文人；下之不能换尾移头，学套腐为新之庸笔，尚嚣嚣以鸣得意，何其自处之卑哉！"李渔提倡的是"不拘成见""出自己裁"，充分表现了自己的艺术个性。他自称"性又不喜雷同，好为新异"，葺居治宅必"创新异之篇"。他的那些园林作品，如层园、芥子园、伊园等，都表现出李渔独特的艺术个性。

李渔坚决维护自己的权益而反对盗版。李渔当时写书、编书、刻书，以获取正当收益，维持一家生计。如此辛辛苦苦赚钱谋生，哪容得不法之徒盗版？然而，盗李渔之版者，连连在苏州、杭州出现；因此，李渔连连出"战"。李渔维护自己的出版权益毫不含糊,他说:"我耕彼食,情何以堪?誓当决一死战,布告当事,即以是集为先声。"斗志之坚决,由此可见。今天看来,300多年前李渔说的话,与现代中国的作家权益法中的许多精神,十分吻合;他所表现出来的希望通过辛勤劳动、公平竞争而获得生计,这种强烈的版权意识,以及誓与盗版行为"决一死战"的决心,非常难能可贵。

在自我封闭、自给自足的小农经济时代,"怪""异"之李渔,许多思想都显得那么不合世俗、那么超前,他大胆创新的品性使他前进的脚步永不停息,他的思想、作品总是追求日新月异,他熟悉传统而又惯于"自我作古"——颇类似于近代西方卢梭、托克维尔等人所谓的"自我统治",即个体不服从他人的意志。他总是接连不断而又出人意料地展示奇异招数,想人所不敢想,道人所未曾道;他的传奇和小说总是语破天惊,"救得人活、又笑得人死",难怪他常常被人视为"怪物""异人"。面对李渔这样的品性,再想想今天各级学校培养出来的许多小绵羊、大绵羊式的青少年——他们善于死背课本、死记老师的话,高分低能,缺乏逆向思维、多向思维与创造能力,难道不值得我们深思吗?

■ 高 莽

作者简介

1926年10月出生于哈尔滨,毕业于哈尔滨市基督教青年会。作家、翻译家。曾任中国社会科学院荣誉学部委员,中俄友好协会顾问,中国作家协会、中国美术家协会、中国翻译工作者协会会员,俄罗斯科学院远东研究所荣誉博士,俄罗斯作家协会名誉会员,俄罗斯美术研究院荣誉院士。著有《妈妈的手》《灵魂的归宿》《圣山行》《心灵的交颤》《白银时代》《高贵的苦难》等随笔集和长篇传记《帕斯捷尔纳克》等。

2013年11月,译作阿赫玛托娃的叙事诗《安魂曲》获"俄罗斯-新世纪"俄罗斯当代文学作品最佳中文翻译奖。2004年11月被中国译协表彰为资深翻译家。

2017年10月6日在北京去世,享年91岁。

作家印象

　　高莽常说自己有三个身份——翻译家、作家、画家，他一生都在运用翻译、写作、绘画来诠释他所热爱的俄苏文化。高莽翻译的普希金、莱蒙托夫、阿赫马托娃、帕斯捷尔纳克、马雅可夫斯基，以及当代俄罗斯小说家和诗人的大量作品，至今仍是人们精美的文学飨宴。

　　高莽的文学创作亦多以俄罗斯文化为主。在《久违了，莫斯科》《灵魂的归宿——俄罗斯墓园文化》《俄罗斯大师故居》《俄罗斯美术随笔》等文化随笔中，他以飞扬文采和浪漫情怀，勾勒出诸多俄罗斯巨匠鲜为人知的故事。因为心有灵犀，沃兹涅先斯基与文坛前辈帕斯捷尔纳克结为忘年之交，同样因为心有灵犀，高莽与沃兹涅先斯基惺惺相惜……在这篇《陨石》中，我们得以洞见的，不仅是俄罗斯文学的风云过往，还有高莽对自由之灵魂、创新之精神的热爱与向往。这正是我们今天纪念他的缘由。

——李　舫

陨 石

■ 高 莽

四年前,俄罗斯诗人安德烈·沃兹涅先斯基逝世了。我一直在想他。他的散文、他的画、他的建筑设计,总是极富个性。前几天,热心的朋友给我送来一帧照片,沃氏的墓碑——一个大而又圆的石球,宛如陨石,耸立在墓地上。与众人习惯的墓碑那么不一样,令人浮想联翩。

登上诗坛从《戈雅》开始

沃兹涅先斯基1933年出生在一个爱好文艺的工程师家中。少年时代酷爱绘画,大学时代学习建筑,同时开始写诗。那时还是苏联时代,诗风都太类似了,在当时诗人中,沃兹涅先斯基只佩服一位:遭尽冷遇的帕斯捷尔纳克。在中学读书时,他怯怯地把自己的诗稿寄给帕斯捷尔纳克请教。出乎意外的是年近花甲的帕斯捷尔纳克居然对这个14岁少年表示了赞许,把他请到家中,为他解读对诗的看法。后来沃兹涅先斯基回忆此事时说,那是

"老狮子与小狗崽的友谊"。当时帕斯捷尔纳克说了一句：如果这些诗是我写的，"我会把这些诗收入我的诗集"。沃兹涅先斯基喜出望外，到了家中后，他的想法却变了，他认为如果这些诗能被视为他人所作，即使再好，又有什么价值？从此，沃兹涅先斯基开始寻找自己。1957年《戈雅》一诗面世，他有了自己的作品。

《戈雅》意味着"战争"。如果不知道他写作时的背景，这首诗也许一下子难于理解，原作的声韵，余味无穷。他之所以把"戈雅"和"战争"联系在一起，是有原因的。德国入侵苏联时，不满10岁的他随母亲疏散到大后方。他以为父亲在列宁格勒（现彼得格勒）阵亡了。可是有一天父亲从前线回来，带给他一本戈雅画册。那时他对这位西班牙画家尚一无所知，但画册中有枪杀游击队员、吊死乡民的场面，有战火有炮声。广播里每天报道的也是战争。于是这一切汇合成两个字——戈雅。"戈雅——民族大迁移时疏散的火车如此哀鸣，戈雅——我们离开莫斯科时汽笛与炸弹如此呻吟，戈雅——村后的狼群如此嗥叫，戈雅——收到伤亡通知书的女邻居如此哭诉，戈雅……这记忆的音乐写成了诗，我的最早的诗。"

但当时有很多人认为这不是诗，而是文字游戏，报刊上把他骂得体无完肤。沃兹涅先斯基说：当时"最温和的标签是'形式主义'"。现在看，那些批评家或少见多怪，或是顽固地抵制新的艺术形式的发展。

这时帕斯捷尔纳克给他寄来了一封短信祝贺他："我正在住院。重病缠身，反复无常。恰逢此时，你登上了文坛，如此突然、神速、疯狂，能活着看到这一天，我太高兴了。我一向喜欢你观察事物、思考问题与表达自我感受的方式和手法。但是我没有料到它会这样迅速地被公众听到,并得到承认,我尤其为这件意外的事,为你的成功而高兴……"

继《戈雅》之后,沃兹涅先斯基发表了长诗《工匠们》。这又是一部新颖大胆之作。《工匠们》描写俄国古代一个沙皇下令找来七位工匠,在莫斯科中心广场上建造一座教堂。他们根据自己的设计建造起绚丽烂漫、奇异非凡的大教堂。沙皇唯恐世上再出现这样值得骄傲的建筑物,便旨谕把工匠们关进牢房,挖掉他们的眼睛。诗人并不是单纯为了再现流传已久的故事或颂扬这座美丽无比的教堂,也不是单纯为了缅怀过去,而是追求更深层的内涵:原始的工匠是艺术家,他们有革新的魄力,他们创作的杰作有永恒的魅力,他们的精神是鼓舞后人勇敢前进的动力。诗人在长诗中寄托了自己的艺术信念:让历史为现实服务,用历史唤醒人们沉睡的心灵,艺术家,不管有名还是无名,他们的血脉相承。

沃兹涅先斯基几乎年年有新作问世:《长诗〈三角梨〉的40首离题抒情诗》,诗集《隆日莫》《阿喀琉斯的心》《声音的影子》《一瞥》《把小鸟儿放走吧!》《彩绘玻璃大师》《万人坑》,等等。无论是描写生活中的琐事,还是社会上的大案,无论是涉及国内题材或国际题材,他都在捕捉一种无影无形的东西,即一种人的精神,他想为人的每一举动找到道德答案。也许他想弄清楚,人类经历了诸多动荡,科技发展到了难以想象的高度,人应当具备怎样的道德观念。为什么时代迅猛前进,而卑鄙、仇恨、龌龊、贪婪、非自然的死亡……仍然作祟?除诗歌创作之外,他还用小说来回答问题,如《我十四岁》、中篇小说 O 等。

渴望被中国读者理解

1987年秋天,我与沃兹涅先斯基有过几次会晤。我细细地端详这位诗人:中等身材,一双微笑的眼睛,硕大的额头上散飘着一些稀疏的褐色头发,两片厚厚的嘴唇说话时发出隆隆的声音。那一天,我们谈了好久,从他的创作到当时的苏联诗歌状况,从俄罗斯建筑到中国书画。几天以后,我们又见了一次面。那天,我问及有关他的中篇小说 O 中的一些问题。其中有一句话:"发炎的脑髓中产生一种日食感,而且还有高举的拳头。医生说,这是受了挫折,神经过度紧张的结果……"我希望他解释一下这段话的背景,他一听,笑了起来,说,其他国家的译者在翻译这部作品时,也弄不清楚这段话的含意,所以有的外国译本索性把这段文字删掉了。他告诉我:那写的其实是他和赫鲁晓夫的一次口角经历。

1963年,赫鲁晓夫在克里姆林宫会见文艺界人士,30岁的沃兹涅先斯基是被邀请的一位。赫鲁晓夫点名让沃兹涅先斯基上台发言。他走上台去刚说了几句,赫鲁晓夫就把他的话打断,大声呵斥:"沃兹涅先斯基先生,从我们国家滚出去,滚出去!"1964年赫鲁晓夫退休以后,他让人捎口信给沃兹涅先斯基,说他很后悔,因为那次的辱骂给这位青年诗人造成了很多痛苦。的确,如果翻阅一下当时的苏联报刊,什么帽子都给他扣上了,甚至有人说他是美国中央情报局的帮凶。

沃兹涅先斯基问我,中国读者对他的作品有何看法。我说,O 的译文一发表,作家朋友叶楠就给我打来电话表示祝贺。沃兹涅先斯基感谢这位中国同行的称赞,同时表示抱歉,因为自己没有读过对方的小说,也没有看过对方的电影。他说,我觉得中国人应当最容易理解我。说着,他把两只手一合,形成一个"O"。他说,"小说 O 的标题,与其说是字母,不如说它是一个象形文字,是宇宙的视觉比喻。"

"诗呢?"他微笑着反问我。我脑子里忽然闪出他写过的一句话:"所谓诗——就是用别种语言写不出来的东西。"不等我介绍他的诗在中国翻译发表的情况,他自己接着说了下去:"能根据伟大的汉文来阅读我的作品,对我是极为珍贵的。"他又说:"诗——就像中国戏曲一样,是程式化的艺术,同时它又是现代艺术。"他想了一下:"如果我的诗能够为中国读者所理解,我将感到非常高兴。"

从诗、戏曲我们又谈到建筑与绘画。他说:"我从来不把自己的创作分为文学的和建筑的。我在建筑学院学习时,经常作画,中国画家的技巧是我钦佩的楷模。"为证实他没有放弃作画,便当场在赠给我的一本诗集扉页上画了一个自画像,说:"这是我对你的画像的答谢。"

"您对中国读者可有什么希望?"我问。

"我不仅想从书本上了解中国的伟大历史……"这句话他没有说完,接着转了题。他既认真又戏谑地说:"我是个自私的人。我只对自己提出希望,而不是对中国读者。"他目光直直地注视着我,看我有什么反应,然后嚅动着厚厚的嘴唇,隆隆地说:"我希望有一天能亲自到中国去访问,并且能够见到我的中国读者。"可惜他的愿望生前没能实现,只有他的作品译成了汉文,走进了神州大地。

一生都没有停止创新

苏联解体后,沃兹涅先斯基被选为俄罗斯教育研究院院士,担任帕斯捷尔纳克文学遗产委员会的主任委员。为出版先师文集,为把帕氏故居改建为纪念馆,为举办国内外帕氏创作研讨会,做了大量工作。

1990年,帕斯捷尔纳克100周年诞辰,国内外举行了广泛的纪念活动。沃兹涅先斯基为这项活动专门绘制了一幅画,题名:《帕斯捷尔纳克的世纪》。作者把帕斯捷尔纳克的姓的俄文字母竖着排起来,利用其中一个字母又横着排成"世纪"二字,形成了一个黑色的十字架。十字架左下端是帕氏的半身像,右上端是耶稣受难像。黑色字母上有星星点点的白字,如同俄罗斯的雪花。画面上零零散散地还有些破碎的句子和破碎的字。这是一首用图、用字母、用色彩组成的没有写出来的诗,它仿佛在调动每一个观众的智能与想象,让他们在自己的脑海里把它完成。沃兹涅先斯基把这幅画称为"视觉诗"。后来他还画了同类一些作品,其中大部分都是表现作家的,而且在一定程度上揭示他们坎坷的生平。如《叶赛宁和邓肯》,画上一段用绳子卷成扣子形状的"Е"字,即叶赛宁俄文的第一个字母。这段绳子让观众联想起诗人自缢时的悲惨场面。扣环处拖出一条白色长纱,使人想起邓肯喜欢围在脖子上的纱巾,同时又会联想到被汽车的轮带绞紧的围巾,它勒死了美国这位杰出的舞蹈家,比叶赛宁年长17岁的夫人——邓肯。

1993年的复活节,莫斯科复活大教堂对面的广场上竖立着一个4.5米高的彩绘大蛋。彩蛋有一处是表演台,沃兹涅先斯基站在这里朗诵了他的新作——祈祷文似的长诗——《俄罗斯复活了》，用"俄罗斯"代替了祷文中的"耶稣"。

沃兹涅先斯基认为诗不仅可以感受到某一事件发生后传出来的回音，也可以预感到某一事件发生前的声响，如同野兽对地震有预感一样。他把某些作品归入"回音诗"。每次读到沃兹涅先斯基的新作，我不能不佩服他的创新精神，正像他所说，"诗的未来是联想""艺术永远是突破屏障""诗人的主要共同点在于彼此不相同""近亲婚姻将导致绝种"……

诗人离我们远去，只把硕大的陨石圆球留在新圣母公墓里了。

我忘不掉，他的声音、他的作品和他的神采。

他一生没有停止创新。连墓碑也是那么不同寻常。

■ 何建明

作者简介

  1956年出生，江苏苏州人。现任中国作家协会副主席、党组成员、书记处书记，中国报告文学学会会长。曾获全国优秀报告文学奖、鲁迅文学奖、正泰杯报告文学奖、徐迟报告文学奖、中宣部五个一工程奖。代表作有《共和国告急》《落泪是金》《国家行动》《部长与国家》等。

作家印象

　　何建明的文章，兼具史的气魄和诗的情思，他闻鸡起舞，笔耕不辍，沉甸甸地抒写了中国从革命、建设到改革开放的历史进程。《我的天堂》是何建明作为苏州人骄傲讲述家乡的颂歌，他以亲历者的视角，以强大的人物阵容，描绘了中国改革开放的创业者形象。《国家》讲述了中国有史以来最大的海外撤侨行动——2011年年初利比亚发生内战，中国政府冒着枪林弹雨保护3万余名在利比亚的中国公民的生命安全。《南京大屠杀》以铁的事实、雄辩的史料对侵华日军进行了庄严的"纸上审判"，为被屠杀的30万同胞写下血和泪的往事。这些鸿篇巨制连缀起来，构筑了一个琳琅满目的国家叙事长廊，浩浩汤汤，横无际涯。

　　《毛泽东的文化梦想》写于2013年12月毛泽东诞辰120周年之际，是《人民日报》"观天下"栏目的开栏文章，也是何建明非虚构历史叙事中不可忽略的重要篇章。在这篇文章中，何建明以深沉的情感，饱蘸浓墨，描述了一个思想家、政治家、革命家之外的毛泽东——他饱读诗书，温文尔雅，然而，在他看似平静的诗书情怀中，却包含着不平静的文化理想——认识世界、把握规律、追求真理、改造世界，正是在他的文化理想中，我们清晰地认识到新中国的缔造者的伟大一生。

——李　舫

毛泽东的文化梦想

■ 何建明

当激情的巨斧向历史的大山猛烈劈去,一定会迸射道道异常绚丽的火光。伟人毛泽东的文化观就是这样一把巨斧,它所闪耀的光芒,便是这个民族近现代的时代光芒,便是一个立志改变中华民族落后现实的不懈追求者的光荣梦想。

一

独立寒秋,湘江北去,橘子洲头。
看万山红遍,层林尽染,
漫江碧透,百舸争流。
鹰击长空,鱼翔浅底,
万类霜天竞自由。
怅寥廓,问苍茫大地,谁主沉浮?

自古文人墨客多有旷世之作。这首《沁园春·长沙》作于

1925年，充盈着指点江山的抱负与情怀。

从一名爱国青年，到新中国开国领袖，毛泽东一生激扬文字，指点江山，成就了由一个民主主义者转变为马克思主义者的人生追求，实现了为民族复兴与人民翻身解放而奋斗终生的伟大梦想，并且使得毛泽东思想中的文化艺术光芒焕发异彩。

毛泽东从青年时代就是一位理想主义者。从接受康有为、梁启超等人改良主义思想的影响开始，他的内心就期待时代浪潮急风暴雨式的战斗洗礼。这份激情沉积，化为影响他大半生的革命文化思想和革命文化性格。

1915年9月，《青年杂志》出版。当时还在湖南第一师范学校就读的毛泽东在老师杨昌济的推荐下读到此刊，立即被这本宣传新思想、提倡新文化的杂志深深吸引，也由此促使他探索振兴中国之路。1918年，毛泽东与蔡和森、萧子升等人在湖南发起成立新民学会，这是一个反帝反封建的革命团体，毛泽东开始由革命文化梦想向革命文化实践迈进。

五四运动爆发，毛泽东立即响应北京学生的行动，带头组织成立了《湘江评论》周刊，擎起文化这个战斗武器，投身于社会变革的滚滚洪流之中——

"时机到了！世界的大潮卷得更急了！"

"什么力量最强？民众联合的力量最强！"

《湘江评论》以宣传最新思潮为主旨，毛泽东也是凭借这本四开四版的小报刊的平台，鲜明地张扬起自己的革命文化主张，陆续发表了《民众的大联合》等一系列文章，很快成为一名宣传反帝反封建思想和传播马克思主义的文化斗士和坚定的共产主义战士。

二

沙场上点将,笔锋间见兵。

之后20多年里,毛泽东作为中国共产党和中国革命武装的缔造者之一和主要军事领袖,大部分精力花费在与敌人生死决战的残酷战争中,但由于他骨子里的"革命文化情结",心中始终不忘另一条战线——风云变幻的文化战线。在南征北战的枪林弹雨里,他"指点江山";在马背上、窑洞里,他"激扬文字",关注"文化同行者"的种种心迹与表现。

这个时候,影响毛泽东最深的当算鲁迅。毛泽东在《新民主主义论》中,这样评价鲁迅:他是"中国文化革命的主将,他不但是伟大的文学家,而且是伟大的思想家和伟大的革命家。鲁迅的骨头是最硬的,他没有丝毫的奴颜和媚骨,这是殖民地半殖民地人民最可宝贵的性格。鲁迅是在文化战线上,代表全民族的大多数,向着敌人冲锋陷阵的最正确、最勇敢、最坚决、最忠实、最热忱的空前的民族英雄。鲁迅的方向,就是中华民族新文化的方向"。五个"最",让鲁迅成为无产阶级革命文化的一面旗帜,飘扬在中华民族文化的最高峰上。百年来,鲁迅之所以能够成为新文化运动以来中国文化界一座无法超越的高峰,与毛泽东对他的肯定评价有直接关系。

红军长征结束后到达陕北,毛泽东已成为党内的领袖。在窑洞里,一面运筹帷幄,指挥千军万马作战于抗日前线,一次次同国民党军队面对面搏杀,一面不时地思考文化思想战线的种种"冷暖"。1942年开春的一天,毛泽东在延安窑洞里单独约见了诗人艾青,于是有了这样一段对话:

> 现在延安文艺界有很多问题，很多文章大家看了有意见……你看怎么办？
>
> 开个会，你出来讲讲话吧！
>
> 我说话有人听吗？
>
> 至少我是爱听的。

毛泽东欣然点头。之后，他又约见了周扬、周立波、何其芳等一批文艺界人士，探讨文艺问题。在与各色各样革命的知识分子接触过程中，毛泽东深切地感觉到他们身上或多或少地存在着脱离群众、脱离实际等问题。于是这年5月，他约请当时在延安的文艺界代表，会集到杨家岭大院，以座谈会的形式，与大家促膝交谈，并发表《在延安文艺座谈会上的讲话》，首次明确、系统地提出了他的革命文艺观。

这是毛泽东第一次集中和系统地阐述自己的文艺思想，并将"文艺为人民大众服务"确定为革命文化的发展方针。《讲话》对此后中国文化发展产生了深远的影响，直至今日仍然发挥着积极作用。

在这一思想引领下，当时的革命根据地作家积极投身火热的群众革命运动，创作的题材和内容发生了巨变，涌现一大批表现人民群众的优秀作品：贺敬之、丁毅的歌剧《白毛女》，李季的《王贵与李香香》，赵树理的《李有才板话》《小二黑结婚》，丁玲的《太阳照在桑干河上》，周立波的《暴风骤雨》……这时期，民间文艺蓬勃兴起，百姓自编自创的《东方红》《高楼万丈平地起》《绣金匾》等歌曲，以及秧歌剧、快板诗、枪杆诗等风靡一时，使得整个革命根据地和解放区的文艺创作呈现一派生机勃勃的景象,成为鼓舞民众和革命将士们最有力的精神武器。

面对即将诞生的新中国,毛泽东在北平自信而激情地宣布:"中国的命运一经操在人民自己的手里,中国就将如太阳升起在东方那样,以自己的辉煌的光焰普照大地,迅速地荡涤反动政府留下来的污泥浊水。"

呵,那是何等的气壮山河!

数风流人物,还看今朝!

三

新中国成立之后,毛泽东开始了在新的历史时期如何发展社会主义文化的思考。当时,各路文化大军"大会合",无论是思想意识还是价值观念都多少带有旧时代的痕迹。于是毛泽东决定对知识分子进行思想改造。除了学习马克思主义知识,参加社会运动和实践,还对他认为的消极事件和人物进行批评与批判。这些批评和批判虽然也有一些不同意见,但在一定程度上抑制了当时社会上的保守主义、自由主义和激进的小资产阶级文化思潮,马克思主义在文化思想领域的指导地位得以确立。

值得抒写一笔的是,早在 1951 年毛泽东就为中国戏曲研究院做过"百花齐放,推陈出新"的题词;1953 年,面对历史研究工作问题,他又提出"百家争鸣"。之后的 1956 年 5 月,在最高国务会议第七次会议上,毛泽东以朴素而平实的语言告诉全党同志:

现在春天来了,一百种花都让它开放,不要只让几种花开放,还有几种花不让它开放,这就叫百花齐放。

> 百家争鸣是诸子百家，春秋战国时代，两千年前那个时候，有许多学说，大家自由争论，现在我们也需要这个……

"百花齐放、百家争鸣"，作为党发展文学艺术事业的指导方针被提出，令全国的文化艺术工作者心潮澎湃，激情涌动。

"双百"方针下的文学艺术创作一时异彩纷呈，出现了一批有代表性的作品。五四新文化运动中涌现出的老作家们如沈从文、穆旦、周作人等纷纷重新操笔。更有一大批以革命现实主义为表现形式的优秀小说涌现。如柳青的《创业史》，梁斌的《红旗谱》，吴强的《红日》，杨沫的《青春之歌》，周立波的《山乡巨变》，曲波的《林海雪原》，罗广斌、杨益言的《红岩》，等等。无论是《林海雪原》里的杨子荣，还是《红旗谱》里的朱老忠以及《红岩》中那些在特殊环境下进行特殊斗争的英雄，都成为文学史上光彩熠熠的典型形象。

20世纪50年代至60年代初的十几年间，整个国家从上至下都笼罩在一种激昂、兴奋，充满激情和理想主义的文化艺术氛围之中。那个时代特有的精神气质，与毛泽东的文化理想主义追求有着直接关系。

任何时代的文化，总是带着那个时代的政治、经济与社会的痕迹，这并不是中国的"专利"。欧洲文艺复兴时期所产生的一批经典作品，同样携带着那个时代的价值观。在毛泽东"双百"方针影响下所产生的一大批文学艺术作品，字里行间所呈现的是那个时代中华民族特有的精神风貌，历史应当给予它们必需的肯定和敬意，更何况其中有许多作品至今我们读来依然可以从中吸收丰富的艺术养分。

四

毛泽东一生给后人留下了许多具有划时代价值的文艺观点和思想：他坚定社会主义文化的发展方向；坚持"古为今用，洋为中用""取其精华，去其糟粕""批判继承，推陈出新"；他首次提出文化要为人民大众服务，才有了今天的坚持以人民为中心的创作导向；他确立了"双百"方针，重视各种形式的文化表现方式，在文化中做到不片面化，不极端化，兼容并包，兼收并蓄；他始终把文化放在国家发展战略的重要地位，避免了经济社会发展中的不平衡性……

毛泽东的文化思想是一笔宝贵财富，在他的一生中，中国文化实现了近现代的转变，我们应该把他的文化思想的精髓继承和发扬开来。今天的中国与世界的交融越来越紧密，市场经济更是给社会主义文化注入了新的活力，但也带来了新的挑战，中国的文化建设任重道远。回望毛泽东波澜壮阔的一生，前瞻文化发展之势，感慨良多，重读他的《忆秦娥·娄山关》：

西风烈，长空雁叫霜晨月。霜晨月，马蹄声碎，喇叭声咽。

雄关漫道真如铁，而今迈步从头越。从头越，苍山如海，残阳如血。

■ 韩小蕙

作者简介

北京人。1982年毕业于南开大学中文系。光明日报社高级编辑。中国作家协会第七、第八、第九届全委会委员,中国散文学会副会长。出版有《韩小蕙散文代表作》等30部作品集;主编有《90年代散文选》及1998年以降历年《中国散文精选》等64部散文集。

全国五一劳动奖章获得者,全国三八创先争优红旗手,韬奋新闻奖获得者。作品荣获冰心散文理论奖和创作奖、老舍散文奖、北京文学奖、上海文学奖等多种奖项。

作家印象

  中国的文学创作曾经有很长一段时间,准确地说是至今仍然未能摆脱焦虑和浮躁。然而,韩小蕙的作品却从来不曾面对这些创作的浅薄情绪。她叹息文学力作越来越少,感慨发自文学初心的作品亦越来越少,追问何以生命的痛彻体验越来越少,对一切看不惯、听不惯的现象、事实葆有新闻记者的敏锐和洞察。与此同时,当某些人甚至很多人开始运用浮词艳彩、学会蜻蜓点水、惯于应付交差时,她也从未在她敬畏的文学写作中惜半分力、偷半分懒。她的散文的珍贵之处在于心到、笔到、人到、情到。

  韩小蕙的散文,语言优美,境界开阔,包含着悲悯和深情,不论是对一株草还是一棵树,一块石头还是一座竹雕,一个人还是一件事,她都有着同样的情怀,在条分缕析中不失热忱,在满腔激情中不失冷静,这让她的文章好看、耐看。她每年的年度散文选编是中国散文界的一件盛事,读书中篇章,读篇尾点评,更是瓶中泄水,不亦快哉!

——李　舫

绝 唱

■ 韩小蕙

不知是世风不古,还是世风太古,中国人现在兴起了种菜的热潮。有中国媒体唯恐天下不乱地挑事说:都种到美国的耶鲁、哈佛等著名校园里去啦,从未见过如此"东洋景"的老美一时尚未反应过来,还点头颔首地支持哪。同时,这股风也刮到了欧洲、大洋洲、非洲、拉美特别是英伦三岛。大家知道英国的 House 民居都是有前后花园的,过去只住过玫瑰、蔷薇、百合、薰衣草什么的花卉家族,现在改成茄子、韭菜、香菜、辣椒、黄瓜、西红柿、老倭瓜等全蔬菜科住户,惹得白肤、棕肤、黑肤等各色英国人民脑洞大开,连呼"稀奇"!

这股"破草立菜"的罡风,也刮到了我们大院。望着它们一派绿叶蓬勃的景象,让我时时想起当年"破旧立新"的"席卷"。

一

我们大院是北京 30 个著名景点之一。"你若不知道这 30 个景点,就不能算北京人",这是有人在微信上说的。20世纪80年代我初学写作时,曾在获得文坛好评的散文习作《我的大院我昔日的梦》中,这样描述过我们大院:

>　　稍微熟悉北京地理环境的人都知道,东单距天安门仅一箭之遥,过去有牌楼一座,是进入皇城的标志,因此得名东单牌楼。新中国成立前,东单牌楼一带居住的多为有钱、有身份的人,房舍地貌因而得以俨然些。若从高空俯瞰下望,紫禁城那一大片黄瓦红墙的宫殿外围,便是横平竖直街道上的四合院群落。这些四合院,一般都是硬山式建筑,青砖灰瓦,大屋顶的房檐下盘着一座爬满青青叶的葡萄架。高级一点儿的,还有一扇红漆绿楣的大木门。门里是迎面一座石影壁,门外蹲着两只把门的小石狮。这小石狮子似狮而又非狮,头部、四腿、爪子、尾巴全部嵌进石中,造型之洗练,令人想起远古的墓刻。
>　　然而我住的那座院子,却是一个迥然的例外。
>　　这是一座深宅大院,深到占据了两条胡同之中的全部空间,大到差不多有天安门广场那般大。院内没有大雄宝殿一类的大屋顶庙宇,也没有飞梁画栋的中国式楼阁亭台,更看不见假山、影壁、小桥流水的东方风光。而是一个典型的欧洲小世界——绿草如茵,中间高耸着巨型花坛。树影婆娑之间,是一条翠柏簇拥着的石板路,通往若隐若现的一座座二三层小楼。小楼全部为哥特式建筑,平台尖顶,米黄色大落地门窗,楼内诸陈设如壁炉、吊灯、百叶窗等全部来自欧美,墙外爬满茂盛的爬墙虎……

2003年我初次踏访美利坚。一日,到达最北方城市波士顿,刚下汽车一抬头,不由得一阵恍惚,以为我到家了呢!一切怎么都这么熟悉啊?一栋栋House别墅式小楼绵延开去,赭红色的墙砖,复杂多变的斜坡大屋顶,小巧的白木条花块玻璃窗,积木兵似的高矮错落的烟囱,开放式的大阳台,细碎灰白点的花岗石台阶……波士顿的这些楼房,跟我们大院里的16栋小洋楼长得一模一样,就像是从我们大院搬来的——哦不,当然是我们院的小洋楼是从这里搬去的哈。我一下子就知道了这些房子的大体年代,它们肯定是诞生在人类生活的19世纪末到20世纪初的几十年间。

当时,经过第一次世界大战,美利坚的羽翼已经丰满,正阔步走向世界老大的宝座,所以此一时期所有的美式建筑,都留下了信心满满的印迹。我们大院的这批小洋楼,后来被建筑学家们定名为"美国乡间别墅",属早期北美别墅模式,其建筑理念依据欧洲古代、中世纪、文艺复兴和工业革命四个时期、1000多年形成的建筑风格,混搭出的以"立体式+伊丽莎白式"为主的造型,又称美国新英格兰地区"殖民地复兴式建筑"的缩小和简化版。我的感觉,它们虽然脱胎于英国古老的民居,但又比那些已经屹立了几百年的House有了革新,变得更加现代、更加讲究、更加享受了一些。一层有客厅、书房,外加厨房、小储物间和卫生间;二层三间卧室加一卫生间,再加一间瓷砖地、不带暖气的花房;三层是阁楼,有两间斜坡顶的房间,过去是给仆人值班时候用的;还有地下室,是给厨师及仆人居住的。美国人还增加了铺着瓷砖、带顶和不带顶的开放式大阳台,可以惬意地把感官享受直接连动到绿树、香花、阳光、雨露和动物、飞禽。另外就是用料上讲究了不少，比如一寸多宽的细格地板是上等菲律宾木的，打上蜡，再用沾着煤油的拖布反复擦拭，就会像上等老黄玉一样油光润亮，闪出贵族范儿的厚重幽光；墙砖是泰国大米灌浆的，据说结实得赛过城墙，完全可以扛得住九级地震；内墙壁上涂的是蜂蜜一样细腻的清漆，显现出一派柔和、温暖甚至体贴的气息……

跟上海和天津不同，北京没有列强的租界，到底显示出她作为昔日的"帝都"，顽强维持着打肿脸充胖子的面子尊严。而能在这森严的防护网中杀出一条血路，在市中心最热闹的地区建起这么一座西洋风的大院，要托福于协和医学院的建立。马路对面，仅一街之隔，强大的洛克菲勒家族"盘"下了更宽阔、更金贵的一大块风水宝地——豫王府，建起了绿琉璃瓦大屋顶、汉白玉雕栏玉砌的一大片中西合璧建筑群，即名满中外的北平协和医学院。古老顽固而又尝试着突破樊篱的北京，曾有多少精彩故事跟这家美国人硬撰进来的现代医学院有关，比如著名革命党人梁启超，就是在协和医学院做的切肾手术，负责主刀的刘瑞恒医生错把他健康的右肾当作病灶切了下去，致使梁公病情加重，三年后驾鹤西去。而梁启超为了力挺西医，宁愿玉碎也不追究，甚至还写文章为协和洗刷，真乃可歌可泣的中华志士也！

话说北平协和医学院虽然是一员勇毅冲锋到中华帝国内部的骁将，但它想在这块土地上安营扎寨，长久地生存下来，还不得不在它全盘西式的医院上，加盖了绿琉璃瓦的中式大屋顶；而我们大院作为它给自己聘用的美国医生提供的"宿舍"，则就没有了这种顾虑，所以整座院落完全是一片西方乐土，就像把欧洲的某个公园搬到了北平。四时鲜花不断不消说，最显欧洲范儿的更属绿草地，甬道旁，大树下，花丛边，脚起脚落之间，全铺着修剪得整整齐齐的绿草。它们最初来自欧洲，已没有了铁蹄的霸气，百年来一直静静地伸展着，不喧哗，不张扬，不高调，不炫耀，不争得头破血流，不打个你死我活，不贪权钱利，不占虚名荣誉功勋，不惮权贵豪门，不惧人生压力，只是内心纯正地做好自己……

罪孽的是，我们大院的花草遭受过三次灭顶之灾。第一次即"文革"十年浩劫，纯属莫名其妙，花花草草都变成了十恶不赦的资产阶级，被剪、折、拔、刨、挖、砍、剁、泼脏水、火烧等，腾出来的地方竖起了领袖像、语录牌。

（第二次浩劫是唐山大地震波及北京，大院草地上建满贫民窟一样的地震棚，因为是自然力不可违，不提。）

第三次浩劫来得全无思想准备，本以为"文革"毁损已至最深的谷底，可谁知，底线之下无底线，行拂乱其所为，而且破坏性更致命——上回是剪、折、拔、刨、挖、砍、剁、泼脏水、火烧，虽然手段个个残虐，但尚属打断了骨头连着筋，剃掉了青丝还有根，所谓"留得青山在，不怕没柴烧"；所谓"根还在，心不死"；所谓"树欲静而风不止"；所谓"他日我若为青帝，报与桃花一处开"。但这回可彻底完了，强悍的韭菜、辣椒、茄子、黄瓜、西红柿、豆角、老倭瓜……彻底切断了孱弱的果岭草、黑麦草等欧洲引进草的命脉，使它们一万年也别想再复辟了——你道圆明园是怎么变成今天这副瘦骨嶙峋空架子的？主要的罪恶之手当然是英法帝国主义联军的烧杀抢掠，今天我们怎么清算这些人间禽兽的罪行都不为过；但还有一个无可回避的事实是，那些蓝眼珠、大鼻子的魔鬼刚刚撤离、尚未走远之际,就有无数黑头发、黄皮肤的中国人蜂拥而至,忙不迭地"捡漏儿",没完没了地往自己家里搬!于是没过多久,偌大一座"万园之园"就被拆得只剩下了这一小块骨头架子,如果不是后来有关方面的干预和保护,就连这副残存的骨头架子也早被拆光了……

二

这场"破草立菜"的鸠占鹊巢,令我想起了16座小洋楼的几次易"主"。

1949年以前,基本住的都是金发碧眼,按照等级,分别居住在独栋或联排的洋楼中。那时院子里的规矩大了,不准骑着自行车满院子乱窜,不准大声喧哗,不准摘花折草等是最基本的;此外还有不许用人随意在大院甬道上大摇大摆,洋楼后面有专门让他们行走的通道,等等。新中国成立后,这些规矩作为帝国主义压迫中国劳动人民的罪行,在历次政治运动中被一而再、再而三地声讨批判……

新中国成立以后,美国人撤走了,小洋楼第一次换了新主人,都是协和医院的著名专家、教授。由于很大比例都是吃过洋面包的"海归",所以有些"残渣余孽"的规矩还是被延续下来了,其中有一条即"不可以踩草地"。

彼时的大院里,全国乃至世界知名的大医生多多矣!比如住41号楼的黄家驷教授,是著名的胸外科专家,是英国皇家医学会的唯一中国会员,是由周恩来总理调任的中国医学科学院第一任院长。这么大的官儿,这么逼人的范儿,可老头和蔼可亲,整天笑眯眯的，有时还童心大发，兴致勃勃地和孩子们玩上一会儿……大院里还有另一位大腕，年年国庆盛典都是登上天安门城楼的贵宾，这就是住在36号楼的张均教授。这老爷子是解剖学家，身材瘦长，不苟言笑，不怎么出现在大院里，出现了也不与别人搭腔，兀自走他自己的路。20世纪40年代，他曾以中国人脑沟回模式的科学事实，回击了帝国主义分子污蔑中国人种"低劣"的谬论。

除了这两位超一流大神，住在33号楼的王世真院士和他的母亲王奶奶也是引人注目的"人物"。王院士中等个儿，白白净净，戴一副细丝眼镜，文文弱弱，却是著名生命科学专家、中国核医学事业的创始人和掌舵人。他的两位本家兄弟也都如雷贯耳，一位是著名文物专家王世襄先生，文化圈内没有不知道的；一位是公路工程专家王世锐先生，曾主持参加中国及境外多条公路和一些永久式桥梁的测设施工，并开辟了中国对外公路工程承包事业。说起哥仨的出身，太"吓人"了：王家是福州近代非常显赫的大家族，王奶奶林剑言老人是林则徐的曾孙女，书法、诗词、酒量俱佳，说话直率爽利，有"女侠"剑气；老夫人还好客，她的一大堆朋友说出来也吓人，比如梅兰芳大师、齐白石老人、何香凝女士等，他们以前曾多次到33号楼造访，令我们大院"蓬荜生辉"……

此外，我们大院里的重量级"国手"还有住在42号楼的胡正祥大夫，他是中国第一代著名病理学家、大牌医学教授，当年孙中山肝癌的病理切片就是他做的。"文革"中被作为"反动学术权威"遭批斗迫害，还被莫须有地污蔑说美国在朝鲜使用的细菌武器是他制造的！1966年酷夏的一天，在遭受造反派登门抄家并毒打后,胡大夫用刀片割开腹股沟动脉自杀身亡。他的夫人胡伯母是美国出生的华侨,仁爱慈祥,善待他人,"文革"前经常打开家门,让大院的孩子们到家里看电视,那时电视是极金贵之物,即使在我们这么高级的大院里也只有一两台。孩子们一坐就是一屋子,叽叽喳喳,直到把电视机里的节目全看没影儿了,才恋恋不舍地各自回家。胡大夫和胡伯母不嫌烦,有时还和他们一起看,并给他们讲解。后来,胡伯母伤心欲绝,也很快患上恶疾,追寻夫君而去,唉唉,惨哪!

住在32号楼的吴蔚然大夫和住在43号楼的吴德成大夫是一家子:吴蔚然大夫相貌堂堂,永远的君子风度,早年他住在我们大院时,我还是几岁乃至十几岁的小姑娘,他那时四五十岁,正是干事业的最好年华。给我印象最深的就是他的修养清雅高洁,据说吴大夫对年轻医生从来都以"某某大夫"相称,对患者和颜悦色,后来他成为中南海的医疗组长,我能想象他在周恩来总理身边工作时是怎样的一幅场景。吴德成大夫也是协和名医,泌尿外科专家,他留给我们大院的一大美谈,是他在生命的最后几年里享受到的"夕阳恋"。其实也算不上"夕阳恋",而本来就是他的初恋:当年这位女子与他痴恋,但不知是遭到家庭的禁止还是战乱阻隔,致使这一对情男痴女劳燕分飞;后来又被海峡无情分割,天各一方,各自成家后在各自的人生轨道上惯性滑行。孰料老天爷并没有瞎眼,到了晚年,吴德成大夫去台湾讲学,痴女见到媒体报道前去叙旧,两人此时皆已单身,旧情轰然复炽,有情人终于走到了一起!可诗可歌的是,这一牵手就再也不愿放开,痴女跟着情郎来到北京,住进我们大院43号楼,两人如胶似漆,连看电视的时候都手牵着手。几年后,吴德成大夫"走"了,她伤心欲绝,又返身台湾自己家中,但每年还都会回到43号楼来看看亡夫的家……回头还说吴德成大夫家世,他是吴家大哥吴瑞萍的公子。天津吴家不得了,掌门人吴敬仪老先生为实业家,曾说过"不为良相,便为良医",遂令四个儿子都学了医。而吴门四子也都分外争气,虽生活在富豪的家境中,却懂得发奋苦读,结果个个学有所成,个个成为在中国医学史上留下美名的大医学家:老大吴瑞萍是著名儿科传染病学专家,1938年即在国际上首先提出了百日咳疫苗加强剂的作用,受到国际医学界的重视。最为著名的是老二,被协和人赞为"国之大医"的吴阶平大夫,他是著名的医学科学家、医学教育家、社会活动家,对的,就是后来担任全国人大常委会副委员长的那位眼睛格外明亮,言谈举止渗透着高级修养的老人。老三即吴蔚然大夫,著名外科学家,对老年人的外科手术尤为擅长,全国劳模,中共中央委员。老四吴安然从事病毒学研究,是知名的免疫学家。连吴家的两个女婿陈舜名、蔡如升也都是著名医生,以至于当时有人评论道:若吴家开一家医院,都不用到外面请医生!

住在35号楼的何观清大夫和司徒美媛女士是我们大院最为亮丽的风景,为协和大院留下了永远的传奇:何观清教授高大英朗,玉树临风,用今天的一个网络词来形容绝对贴切,即典型——"高富帅"。何况人家出身美国著名的约翰·霍普金斯大学,是流行病学和公共卫生学专家,被尊为"中国流行病学先驱和奠基人之一"。在抗美援朝战争中,他曾两次奔赴朝鲜战场,为粉碎帝国主义的细菌战立下了功劳。他的夫人司徒美媛女士出身名门,乃北平燕京大学校花、女子排球队队长,说一口流利英语，气质高雅，其"姐妹兄弟皆列土"，多为美、蒋高层人士。当年这一对"高富帅"与"白富美"结为伉俪时，你道证婚人是谁？司徒雷登！对，就是毛泽东著文《别了，司徒雷登！》中的那位美国大使。新中国成立时，夫妻二人对腐败的国民党政权深恶痛绝，认为只有共产党能够领导中国，毅然决然与赴美、赴台的亲友们诀别，留在协和医院为新中国服务。孰料风云突变，何观清教授因为对苏联"专家"的错误医学观点提出异议，被打成右派，从此一切全走了形：其大儿子以优异成绩考上某名牌大学，政审不通过而被拨到了北京师范学院，毕业后即分配到北京郊区偏远农村教书，后来在当地娶了一位农家姑娘成了家；其二儿子被送往农村插队，丧失受教育机会，回城后成为一名靠出卖力气吃饭的送奶工。"好"在何观清教授本人未被发配边疆劳改，而是留在协和医院"监督改造"，"文革"中，他又被老账新翻，揪到医科院"黑帮队"中劳改。又"好"在何大夫是一位特别淡泊人间冷暖，且心胸极为开阔的厉害角色，白天接受批判和劳改，晚上回到家该做什么做什么，不卑不亢，不喜不悲。到了周日，常见他骑着他家那辆大马力的摩托车，"呼呼呼"地驶出大院门，风驰电掣就不见了，夏天往往是去游泳，还高台跳水；冬天去滑冰，像年轻人那样迎风速滑，充满了生命的激情和活力。老人家那副宠辱不惊的淡然、坦然、漠然、傲然、帅然，真让我们大院乃至这一带体育场馆、学校、机关、商店乃至胡同里的居民高山仰止，带着倾慕和有点自惭形秽的眼神，瞧着他梳着整齐的背头，穿着西式背带裤和质量上乘的西式衬衫，戴着绅士的金丝眼镜，骑着摩托车一骑绝尘而去，没人在乎他是什么"黑××分子"，倒觉得他像从神话里下凡的二郎神……

　　大院各界对人品评价极好的，是住在32号楼的吴征鉴院士。他是生物医学专家，毕生致力于人体寄生虫病的防治研究，为中国基本消灭黑热病做出了重大贡献。担任医科院副院长后，他放下自己的科研，潜心医学科研组织管理和人才培养。他最大的特点是心里有别人，懂得尊重人，能团结各种性格的人一起工作，凡是与他接触过的人都愿意与他交往，这要是用今天的网络语言来说，就是"男神"。

　　哎哎，我们大院的"人物"太多了，碰面即名医，往来无白丁，单是中国医学事业某些学科的"开拓者"和"奠基人"，就特别荣耀地有很多位。28号楼的梁植权院士是中国生物化学与分子生物学学科的奠基人，为中国的基础医学教育和科研事业做出了突出贡献。31号楼的张乃峥大夫被称为"中国风湿病之父"，是中国风湿病学的奠基人。34号楼的张安教授是血液内科专家，中国血液病学的开拓者之一。38号楼的李铭新教授是实验生物学家、生理学家及肿瘤病因学家，中国实验肿瘤学奠基人之一。39号楼的池之盛教授是内分泌专家，中国糖尿病学界泰斗。40号楼的杨简院士是病理学家，中国实验肿瘤学主要创始人之一。7号楼的薛社普院士今年已届98岁高龄，是著名的细胞生物学家、实验胚胎学家和生殖生物学家，中国细胞分化调控研究的开拓者之一。43号楼的宋儒耀教授是中国整形外科医院第一任院长，他出身贫寒而聪敏好学，得到富家小姐、他的夫人王巧璋女士的终生佐助，终于成为新中国第一位整形与颌面外科教授，并成为中国整形外科的主要创始人；王巧璋教授本身也是协和名医，曾任协和医院口腔科主任，毕生致力于龋齿的预防与病因研究工作，因其卓越贡献而被国际牙医学院授予"院士"称号。

还有一位大腕中的大腕、泰斗中的泰斗级"大人物"不能不说，尽管他早就被迫搬离了我们大院，这就是原先住在41号楼的李宗恩院长。李宗恩是热带病学医学家、医学教育家，毕生从事医学教育和科研工作，在黑热病流行病学研究中尤有建树，获选为第一届中央研究院院士。1946年受命恢复协和医院，翌年起担任院长，新中国成立后留任原职。1957年被打成右派，罪名是"一贯不服从党的领导，向党争三权，即人事调动权、财务支配权和行政管理权"。后被"下放"到昆明医学院，于1962年病逝，享年才68岁！

好了，刚才说的全是男性，下面要说说我们大院中的杰出女性了。她们庶几是全中国最高端的知识女性，应算是中国女性中最光芒四射的"女神"。

林巧稚大夫在中国几乎无人不知，她是中国妇产科学的主要开拓者之一，一生中共接生了5万多个婴儿，自己却孑然一身，质本洁来还洁去。她居住的28号楼在大院门口东侧，从细碎灰白点的花岗石台阶到小楼周边，春夏秋三时鲜花不断，最美丽的是伸出一尺多长白色花茎的玉簪花，那白瓷似的大花纤尘不染，似乎就是为衬托林大夫的冰清玉洁而绽放的。我小时候印象，身材娇小、细瘦婀娜的林大夫，绾着发髻，着一身合体的锦缎旗袍，领口处别一枚碎钻镶嵌的精致领花，站在花丛边上看花，无宋庆龄的丰腴却有着和她一样的高雅韵致。"文革"爆起时，红卫兵冲进小楼，欲揪斗林大夫，查抄私产，是周恩来总理及时派人前来保护林大夫。但她家一层的大客厅还是被

"无产阶级革命造反派"占领了,他们把那里作为活动据点,夜以继日地在里边折腾,写大字报啊,跳忠字舞啊,研究阶级斗争新动向啊,发布各种革命指令啊……整日整夜地开着大灯,人来人往,杂音鼎沸,不知林大夫是怎样熬过那些可怕的日日夜夜的?

与林家小楼毗邻而立的29号楼,是劳远琇大夫和她老妈妈以及一双儿女的家。这位说话一向和蔼可亲的劳大夫,是新中国成立后协和眼科的第一位全职医师,又于1954年创建了协和眼科神经视野学专业组,曾挽救了千千万万患者,帮他们保住了无比珍贵的眼睛,从这个意义上说,劳大夫"善有善报",晚年过得平静安好,最后94岁高龄驾鹤时也没受什么罪,是为"有福之人"。她晚年有一大乐事,就是照看院子里的一大群流浪猫,每天定时喂食,表扬和数落它们的种种表现,猫咪们也耐心听着教导,其乐陶陶也。

我们大院除了16座美式小洋楼之外,还有一座风格迥然不同的英式灰楼,大院的第三位女精英胡懋华大夫,生前就一直居住在该楼的4单元内,基本没被打扰,也算是她修来的福分。这座灰楼也是斜坡尖顶,也有玩具兵似的烟囱,但整个建筑外形更似英国的某些乡村教堂,呈长方形箱体式,从空中看宛若一只神话传说中的"百宝箱"。胡大夫是中国第一代著名放射学专家,中国临床放射学奠基人之一,听到过关于她的一则"神话":某次会诊,一屋子协和名医,只有她一位女大夫。所有人皆认为那是一例恶性肿瘤,只有胡大夫否定恶性判断,事后证明了她的判断是正确的。

三

我记得特别清楚,"文革"刨花拔草之时,因为腾出的大片空地太多了,不可能都竖起领袖像和语录牌,"革命群众"就栽种了几株"象征革命精神"的半人高的小塔松苗。如今,它们也算是老树了,耸然高过小洋楼,一只只臂膀也越来越长,甚至都伸到旁边那株大银杏树的怀里了。

那株大银杏树是一株古树,早在我们协和大院建园时就栽种了,庶几可称百岁老寿星。关于银杏树有许多美丽的传说,其中之一即千年永恒的爱情主题,说凡已结果的银杏树必然成双,夫妻树常年厮守,不离不弃。这忠贞不渝的故事在我们大院这里又一次得到验证,这株大银杏是伟丈夫,它美丽的妻子在10米开外的大院门口处,一人环抱不过来大粗树干在离地面1米处分开两枝,激情地伸向苍穹,就像两只大凤凰在空中对舞;树冠宽阔得像南方大榕树的"一树成林",下面能荫蔽好几百人;年年可结硕果好几百斤,那鹅黄色的小圆果就像密集的葡萄粒一样层层叠叠,能把粗壮的大树枝压到你眼前,惹得门房啊,保姆啊,外来户啊,天天拿着棍子朝"她"抽抽打打杀杀,而"她"身上分明挂着"古树11010100915"的牌子!

世事难料,诡异得让你难以置信:有一年的有一天,我下班回到家,无比震惊地看到,那位"伟丈夫"的一侧身躯竟不见了,所有的臂膀全被齐着树身锯掉!原因竟然是要给旁边那伸到怀中的塔松让出生存空间——呜呼,愚蠢的人们哪,竟然没文化到这种地步,到底是谁该礼让谁呀?!

没文化的人干出没文化的蠢事,还不准有文化的人置喙——

如同小洋楼们第二次"易主"一样！在1966年那些让人心惊胆寒的日子里，携着"造反有理"的罡风，教授们不由分说就被勒令腾出一间间屋子，紧接着就在瑟瑟不安中，等来了一批清洁工、洗衣工、厨工、木匠泥瓦匠、门房、采买、后勤等"造反派"拉家带口的入住。除了多子多女的大家庭，他们还带来了鸡、鸭、鹅、鸽、兔……可想而知，原来油亮温润的打蜡地板、几十年保留下来的窗户卷帘、精致典雅的百叶窗、维多利亚风格的花枝大吊灯、盛放红酒和高脚玻璃杯的储存柜……能被住成什么高级模样？没过几天，有几座小洋楼的敞开式大阳台，就被红砖头和沙子、水泥"专政"了，与胡同里那些四合院变成大杂院的历史进程同步，一间又一间小房盖了起来，一座欧式风格的花园大院，开始快速地向着大杂院的方向，挺进！挺进！

往事不堪回首，重要的是要让历史告诉未来。然而可叹的是，历史连今天都告诉不了——文化不对等的情况下，怎么对话？怎么告诉？无法对话！无法告诉！

政府及有关部门做了不少努力，企图保留住我们大院这位见证历史的"老人"（民间有传说，新中国成立以后，我们大院的维修费用仍然由美国洛克菲勒基金会提供）。十年浩劫结束后，大院重新植上了月季、玫瑰、玉兰等花木，种上了高羊茅、早熟禾等改良草，为小洋楼换上了波浪形的大块预制板屋顶，还为我们大院挂上了"北京市文物保护单位"的牌子。不过有关部门也犯了一个分外愚蠢的大错，在某年全市性的粉刷一新运动中，将我们大院临街的38号、39号、40号三座洋楼的外墙，不由分说地刷上了一层粉红的颜色。

似乎就是从那时候开始，我们大院加速进入了无底线的下坠，下坠……

大院的老一辈教授已全部离开了历史舞台。"医二代"整体呈现下滑趋势，只出了一位杰出人物，即吴征鉴教授的二公子吴立文大夫，现在已是协和医院著名神经内科专家。有一年单位里一位同事战战兢兢地来问我："听说吴立文大夫住在你们大院？我家亲戚的一个片子，只有他看了才能一锤定音！"吴立文大夫还坚守在32号楼的旧室居住，全面继承了其父的优秀品德，文质彬彬，低调内敛；尤其让我敬佩的是，每天晚上都坚持陪太太散步，夫妻俩之间似乎有着说不完的话，成为我们大院硕果仅存的一道教授风景。

那么，小洋楼内，如今的住户都是谁了呢？

这就得先暂时离开我们大院，遥看国中，城乡到处高楼林立。在这个强盛的大背景之下，协和大院的小洋楼就日益显出了它们的落魄相：100多年前的上水管、下水道，都显得铁丝似的纤细了；没有燃气管道，做饭得仰仗一罐一罐地往楼上搬液化气罐；过去是一家住一座楼，现在恨不得有一个房间就住一家人；厨房、卫生间就严重狭小了；面积一狭窄，人一多，干净整洁就必然要走向反面，矛盾也必然会增多……于是，居住在其中就早已不再是舒适而是憋屈，不再是高级而是等而下之，不再是小洋楼的感觉而是大杂院的待遇，不再是高富帅而是城市贫民！老住户们只好选择逃离，然后把腾出的屋子出租。

加上我们大院还有三排平房（以前是为半夜接送急诊医生的司机们住的），还有地下室，都以低廉的价格租给了来北京讨生活的打工者，于是，卖煎饼红薯的、卖蔬菜水果的、修理皮鞋拉锁的外地小商贩,也纷纷住进了协和大院。哈,"沉舟侧畔千帆过,病树前头万木春",一半是海水,一半是火焰,火焰之下是泥沙,从此,我们大院就开始"和平演变",慢慢进入了"破草立菜"的新纪元。

至此,故事还没有完:就在"蔬菜十字军"一往无前地节节推进之际,它们的一些主人同时又在开辟第二战场——他们竟然当上了二房东,把租来的平房和地下室塞进了尽可能多的上下铺,然后雇人到马路对面的协和医院去招揽病人和家属来入住。于是,著名的协和大院,有着100多年西洋文化传统的大院,又莫名其妙地迎来了第五代住户——只是,他们已完全不知道这个大院的辉煌历史了,也就完全不在乎她所具有的文化底蕴和文明传承了。无比悲催的是,"著名"只是成了二房东们提高租金的堂皇理由……

哦,我看到,我的大院疲惫极了,瞪着无神的散乱的双眸,空空洞洞地蜷缩在那里,却道"天凉好个秋"!

■ 贾梦玮

作者简介

1968年出生,当代作家。现任《钟山》主编,江苏省作家协会书记处书记。出版有散文随笔集《红颜挽歌》(岳麓书社1999年版)、《往日庭院》(百花文艺出版社2005年版)。主编有《零点丛书》(江苏文艺出版社)、《21世纪江南才子才女书》(新世界出版社)、《河汉观星:十作家论》(云南人民出版社)、《当代文学六国论》(江苏文艺出版社)等多种。获文学创作和文学编辑奖项多种。

作家印象

望之若新，忽焉若旧；望之若刚，忽焉若柔；望之若春，忽焉若秋；望之若华丽，忽焉若朴素。这是贾梦玮对文学的期待，又何尝不是他对自己的期待？

秦淮河水仍静静地流淌着。贾梦玮伫立河畔，如同旧时代遗世独立的书生，云冠长衫，随河水穿越至今。许多许多个世纪之前的故事就这样缓缓流淌在他的笔端，如同身边荡漾的水波。蹉跎暮容色，煊赫旧家声，六朝古都南京的历史况味如此富饶、丰盈，那些温馨和美好、张扬和放肆、落寞和枯索、无奈和参悟，此时此刻，都与河水一道，潺潺而来，愤而不怒，哀而不伤。

正是因为有了贾梦玮在旧日旧事中的捡拾淘洗，我们才发现，历史不仅有着沧桑的面容，更有着清晰的年轮、流淌的血脉，它们挣脱枷锁，年轻气盛，瞩目心灵，雕刻未来。

——李 舫

此　岸

■ 贾梦玮

人生都是单程之旅，没有返程票可买，因为根本就没有返程车。人无贵贱，我们手里捏着的都是单程票，乘的都是同一方向的车，进行的都是人生的单程之旅。也有乘客连单程的旅途劳顿都受不了，选择了中途下车，中途也就成了终点，没有补票上车的可能。

活在此岸，免不了的，都会想象离开此岸后的去处，也就是彼岸。因为此岸总不尽如人意（此乃天意？），所以人在此岸想象、创造的彼岸总是美好的。但因为彼岸往往不能落实，身在此岸的人一边想象着彼岸，一边又总是留恋着此岸。

人在旅途，碰巧经历的一些场景总难忘怀。我与这些场景中的人素不相识，也许是因为我对这些场景的敏感，对此岸、彼岸的纠结与思虑，它们才在我的记忆中逗留？

一

南京自古佛寺众多，有的历经劫难，依然能香火重续，比如今日的鸡鸣寺、栖霞寺等,仍是香火旺盛,声名远播。江北的兜率寺历史上也是金陵名寺之一,而且特色鲜明,但是今天知道它、拜访过它的人少了。我也是偶然听朋友说起,才动了去看看的念头。车过了长江大桥,到了浦口,进山弯弯曲曲转了好一阵,下了车步行一会儿才来到兜率寺跟前。要不是来过的朋友做向导,实在是很难找到这里。而如今香火鼎盛的寺庙,无不门前熙熙攘攘,求菩萨烧香的,小商小贩,算命打卦的,甚至达官贵人,各求各的。

兜率寺坐落在风景秀丽的老山西华峰下,初为"狮子岭道场",后改名为兜率寺。"兜率"二字出自佛经"兜率天","兜率"乃佛家梵语,也作"兜术""兜率陀""都吏多"等,意谓"知足""喜足""妙足""上足"等,即"受乐知足而生喜是心也"。兜率寺始建之初就不筑围墙、不设山门、不建大殿,以藏经楼为主体的一些建筑设施,也基本不加雕饰。它以藏经、讲经为主旨,以超度众生为己任,不化缘,自给自足,始终保持经院式寺庙的特色。

"文革"后,为振兴兜率寺,功德最大的是圆霖法师。兜率寺人们所到之处,多佛教题材的绘像、壁画和佛经、佛语的书法,大都是住持圆霖法师亲力而为,书法多得弘一大师书法意态,几可乱真。法师担任兜率寺住持以来,佛事之余,每日坚持写字作画,都是佛教题材。栖霞寺、鸡鸣寺、泰山庙等寺院均藏有他的墨宝。上海画报出版社还出版有《山僧圆霖书画集》。有慕名而来的信众、居士,包括中国香港、台湾及美国等地的佛教界人士,每有求其书画者,法师都不辞辛劳,尽量满足所请所求。我的好几位朋友,手上都藏有圆霖法师的书画,可见其作品数量之巨。

我去兜率寺时,圆霖法师圆寂不久,南京佛教界及多方僧徒、信众刚刚为其举行了遗体入龛仪式。

山雨欲来风满楼,我们都走到佛殿的房檐下,预备避雨。站了一会儿,我注意到,佛殿里面的蒲团上有一女性正在打坐,观其穿着打扮,应是俗世之人。

雨淅淅沥沥下起来……这时候,那打坐的妇人突然开声说话,我一下子没听清,她大概是唤谁的乳名:"××,下雨了,去把窗户关上!"那语气就是平常人家的大人吩咐自家的小孩做事。一个小男孩答应一声从另一边的里间走出来,先是关了几扇原先敞开的窗户,然后走到佛像前的供案边,走到明亮处——原来是一小沙弥,七八岁的样子,天庭饱满,面容白皙祥和。穿一身灰色僧服,头上戒疤尚新。他对着菩萨熟练、自然地双手合十,然后擦拭案几,点烛焚香,对于站在房檐下躲雨的众人并不在意,只专注于自己的事情。

后来雨下得时间长了,实在闲得无事,终于有人向寺里的义工打听小和尚和那打坐妇人的事情。原来真是母子,正是母亲亲自将自己的儿子送来做了沙弥;但因为儿子年纪尚小,寺里要求做妈的先留在寺里照应儿子一段时间,其他的隐情与细节不得而知。那母亲似乎并不缺钱,并非养不起儿子才将他送来寺中。对于特别看重传宗接代的中国人来说,在物质生活无虞、自己的孩子还不懂事的情况下,就把他送来为僧,而且是早早就让他剃度了,这与信仰有关,或者另有隐情?发肤是父母所赠,剃发就是绝意于父母,自古就是大事。那小沙弥的父亲呢?父母离了,或者父亲已经不在人世?或者那妇人受了大的伤害和刺激,因此机缘,对俗世和异性彻底决意?或者就模糊地说一句:因为慧根,母子二人的慧根?等到儿子可以脱手,做母亲的也要削发为尼吗?或者她仍回世俗生活,偶尔来看看那小沙弥一天天长大……

雨终于停了,已到午饭时间,寺里的和在此逗留的都可以在此免费吃饭。那打坐的妇人终于从里面走出来:年纪尚轻,气质不俗,且并无悲切之色;相反地倒有些喜气,就像是儿子刚刚考上了大学。

圆霖法师的法位上有老法师的相片,照片尚新,满面慈悲,音容笑貌宛在。听说,是他亲自为小沙弥剃度……

二

法国南部小城阿维尼翁,多古罗马遗迹,而且因为它曾是教皇城,街巷到处是宗教题材的建筑、雕塑;站在庞大森严的教皇宫旁,更是不禁起此岸、彼岸之思。

我到达阿维尼翁已近黄昏,中世纪建起来的城池沐浴在落日的余晖中。入住城中一家古老的小旅馆,推开二楼房间的窗户,隔了一条巷子,正对着对面小教堂的花窗,花窗上也是圣母圣子图。我放下行李,匆匆往教皇宫走。

阿维尼翁靠近地中海,往南走约 85 公里,就是法国南方的海港城市马赛,正处在连接法国南方和北方的要道上;陆路往来意大利(亚平宁半岛)和西班牙(伊比利亚半岛)也要经过阿维尼翁,所以也是法国南部东西方向交通线上的一个重镇,自古以来就是繁华之地。13 世纪末,随着"人"的觉醒,罗马政教各派别之间、宗教权力与世俗权力之间发生激烈斗争，1309年，在法王腓力四世的支持和安排下，教皇克雷芒五世决定从罗马迁居到阿维尼翁，实际上受法王节制。宗教看起来管的是从此岸渡往彼岸之事，因此不可能脱得了与此岸的干系，或明或暗地与此岸矛盾着。不管如何，阿维尼翁由于教皇和教廷的入驻，成为教徒们朝拜的圣地。直至1377年，教皇格雷戈里一世将教廷重新迁回罗马，但阿维尼翁仍属教皇的领地。直到1792年，法国在完成了大革命以后才重新将其收回。

教皇宫建在城北的高岩石山上，城堡样式古朴而凝重、高耸森凛。广场上既有圣母像也有基督受难像。我到达广场时，教皇城大门已关，夕阳尚有一抹余晖，教皇宫里面的一切给我留下了巨大的想象空间。资料显示，1309年至1377年这60多年近70年的时间里共有7位教皇在这里居住。教皇宫总面积1.5万平方米，由旧宫和新宫连接而成，两者风格迥然不同。教皇宫带8座塔楼，内部似一座迷宫，大殿小厅相连，廊道迂回曲折。当年的主教官邸，现在叫小宫博物馆，以历代教皇私人收藏的祭坛画为主，收藏的画作均以《圣经》为题材，其中又以圣母圣婴图的收藏最具特色。教皇当年曾邀请了众多的意大利画家来阿维尼翁教皇城创作宗教题材作品，由于受到了意大利画派和佛兰芒艺术的影响，形成了有名的阿维尼翁画派。其中最负盛名的是意大利文艺复兴时期的画家波提切利所画的圣母与圣婴图，我曾经在一本画册上见过。画家笔下的圣母将圣子搂在胸前，其气韵已有别于正统的中世纪宗教画。按照中世纪画家们的画法，圣母通常都是一派圣洁，小耶稣当然也不同于平常小孩，母子之间并无世俗情感的交流。虽然碍于天主教宗教画的规范,这个时期宗教画的主角们仍都必须同时正视前方,表达伟大的意志和超逾世俗的爱;但在这幅画中,波提切利在构图上大胆地突破其他画家谨守的规范,以现实生活中母亲与孩子的动作来安排画面,企图表达婴儿依偎母亲的感觉,同时细腻地描绘母亲怀抱爱儿的手部动作。世俗情感当然有着巨大的吸引力。

我站在教堂宫前面椭圆形的广场上,遥想着宫内的一切,和当年教皇驻跸阿维尼翁时的情景,揣摩着西方古典主义向人文主义过渡的意蕴……

广场左手的山坡上有一修道院,尚在使用中,大铁栅栏门高高关闭着。夕阳的一抹余晖中,透过栅栏门,我看见一年轻的修女,白衣白帽,正从山坡飘飘走下来。栅栏门外,一法国男青年推着自行车,手拿两根法国长棍面包正在门外候着。修女开了锁,两扇门只错开了一些,男青年将面包递进去,门随即关闭,上锁。隔着门,门内的修女和门外的男青年简单地说了几句什么,因为隔了一段距离,我听不清他们说的内容,但我能感受到那气氛,没有缠绵悱恻,没有怨,也没有依依惜别。修女转身往山坡上走,回修道院。不知为什么,我希望她也许能回回头,哪怕只是回头看那男青年一眼。但是没有,直至黄昏里那个白点在修道院的一道小门里消失,她始终没有。男青年一直等那白点最终消失,才骑上自行车,离开。

那男青年是修女的哥哥,或者她以前的男友?也许是她突然想念她曾经和他一起吃过的某家面包店的面包,因此让他去买了送来?或者她的父母只是托作为邻居的他顺路将她要的面包带来,并无隐情?修女进入修道院后要经过三次发愿,即将自己完全献给上帝，绝财、绝色、绝意，究竟是何机缘使她发愿进入修道院？对这些问题我只能疑问，没法深究。

回到旅馆，对面小教堂的花窗已经被教堂内的灯光照亮，温暖而神秘。我躺在旅馆的床上，安稳，静谧，还有一丝丝淡淡的感伤。

阿维尼翁之有名还因为一首老歌《在阿维尼翁桥上》，它唱道："在阿维尼翁桥上，人们跳舞，在阿维尼翁桥上，人们围成圆圈跳舞……"阿维尼翁城建在著名的罗纳河边，河水汤汤，阻断了此岸、彼岸。传说，800多年前，15岁的牧羊少年贝内泽受到神灵启示，决定在罗纳河上建一座桥，沟通两岸。他独自一人将一块巨石搬到河边，确定了建桥的位置。当地民众在他的率领下，历时8年，终于将大桥建成，被人唤作"贝内泽桥"。在很长的时间里，这座桥都是罗纳河下游唯一的桥，无数的朝圣者及商务人士都是通过它往来于西班牙与意大利之间。大桥原长900多米，有22个拱孔，是欧洲中世纪建筑的杰作。不过，大桥建成后曾多次被洪水冲垮，又多次重修，直到17世纪，人们才决定放弃这种努力。如今的贝内泽桥是一座仅余4个拱孔的断桥，古老而残缺，作为一处受保护的古迹，供人们凭吊和遐想。我们已经不可能通过它从此岸渡往彼岸。不过，人们永远不会放弃这种努力，比如重新选址造一座新桥；比如梦想、宗教，也许能充当这样一座桥。

三

葛仙山是武夷山的支脉，位于江西省铅山县中部；因晋代著名道士葛玄曾在此炼丹传教，遂被后人称为葛仙山，是名闻赣、闽、浙的道教圣地，历代建有庙观，且累毁累建。如今的道观葛仙祠为1929年重建，坐落在葛仙山最高峰香炉峰上，那也是我们此行的目的地。鲁迅说："中国根柢全在道教。"道教为完全中国本土宗教，起源于鬼神崇拜，已有1900多年历史。"道"是最高信仰，"神仙"是其核心内容，丹道法术是其修炼途径，终极目标是得道成仙，走向极乐世界。

我们一行人是从山脚下一路登上葛仙山顶的。葛仙山海拔1000多米，从山脚走到顶峰大概要走15里，因为山势陡峭，走起来并不轻松。好在移步换景，山中云雾缭绕，四面山峦叠翠，时隐时现，一步一步登上山顶，时有登临仙境之感。

天下名山僧占多，大概也是因为名山风景异美，远离俗世烟火。终于到达山门，见上面大书"三清在即"四字。特别之处在于，葛仙祠现与另一佛教寺庙慈济寺同处一地，两家的建筑已交错在一起，形成一山两教、道释共处的独特景象，各拜各的神，各升各的天。我们一路走过寺和观的殿与楼，大家由着各自的兴趣，走走停停。

我离开众人，独自往最高处走去，逐渐地看不到一个人影。我走出云雾，走到一处叫"飞升台"的地方。飞升台在葛仙殿东北舍身崖上，传说此处为当年葛仙最终羽化升仙之地。此刻，我在升仙台上，正可以纵览周围九条山脉"九龙贯顶"的奇观。山风习习，四周一览无余。

远远地，看到一年轻道士，道帽道服，衣袂飘飘，正拿着手机打电话。升仙台上只有我和他二人，出奇的静。稍稍走近，不但可以听到道士的声音，也可以听到电话里传出的年轻女孩的声音。年轻道士用企盼的声音说:"快放暑假了,你来看看我!"话筒里的女声颤颤地说:"这次放暑假我要去外地实习,不能来看你了。"道士仍在坚持:"你抽时间来看看我!"话筒里的女声静了一会儿,虽无奈但颇坚决地说:"我以后再不能来看你了。"接下来就没了任何声音……我猛地看到,年轻道士已是满面泪水,如玻璃碴子般,在太阳底下闪着晶莹而刺目的光……

多年以后的今天,我终于将这三个我亲身经历的情景写下来。我没有探究秘密的好奇,但多年以来,法国阿维尼翁修道院门里门外的男女,南京江北兜率寺的母子,江西葛仙山顶的年轻道士和他电话里的那个女孩,真的无数次出现在我的脑海里,有时甚至到了让我神思恍惚的地步。此岸、彼岸,我牵挂他们,也是牵挂我自己。

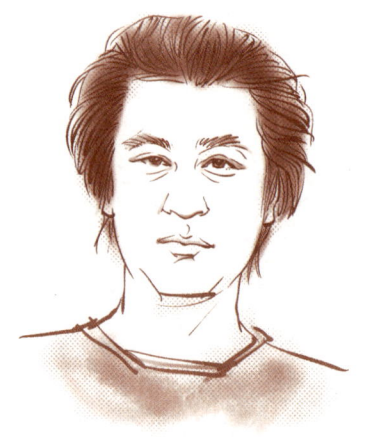

■ 蒋 蓝

作者简介

  诗人，散文家，随笔作家，田野考察者。曾获人民文学奖、朱自清散文奖、四川文学奖、中国新闻奖副刊金奖、中国西部文学奖、布老虎散文奖、2016中国文艺年度作家等奖项。中国作家协会会员，中国作家协会散文委员会委员，四川省作家协会主席团委员，四川省作协散文委员会主任，成都文学院终身特约作家。已出版《豹典》《极端动物笔记——动物美学卷》《极端动物笔记——动物哲学卷》《媚骨之书》《一个晚清提督的踪迹史》《梼杌之书》《倒读与反写》《爱与欲望》专著40部。散文、随笔、诗歌、评论入选上百部当代选集。

作 家 印 象

有人将蒋蓝比喻为"插在冰与火之间的牛虻",堪称妙笔。蒋蓝的散文不是简单的记录,而是思想的歌吟。不论是视角上还是叙事上,他的散文对以往的旧散文都有着鲜明的颠覆,但是,仅仅是个性化的颠覆还远不能构成他作为新锐散文作家的先锋存在,他的散文的妙处在于他总是能够在结构中颠覆,又能在颠覆中重构,就像他笔下的老马,那已经不再仅仅是生命的存在,而是关于灵魂的悲鸣,我们不能说人的灵魂比马的灵魂更高洁或者说更丑陋,然而,马的存在分明是为了映衬人的世俗、功利,甚至是无奈和苟且。俄罗斯诗人曼德尔斯塔姆曾经说过:"不,我不是任何人的同时代人。"蒋蓝也可以这样说,他的价值正在于他的卓绝的孤独和他对于卓绝孤独的卓绝悲歌。

——李 舫

熄灭的马蹄

■ 蒋　蓝

夜读俄国作家谢德林的散文《老马》，心情突然很恶劣，我简直没有耐心读完它。在阔人们论及老马的命运时，老马已经返回到作为挽具的身份里，拉着沉重的负荷远去了。这是老马唯一能够活下去的办法，也是很多人唯一延续自己呼吸的方式。灵魂？什么灵魂？如果对一匹移动的挽具来说还有灵魂的话，那也只有在它们的身份里去寻找，比如，在那暗如死灰的眼光里，在那破损的马蹄上，或者在那些鞭痕中，但我估计找不到。老马每迈出一步，那些有关灵魂的设喻就愈来愈脆弱，如同那些朽坏的缰绳。但这是道德家们的考据专利，与我没有关系。

但我确实看到了一匹马。一匹矮小的四川马，在我眼前晃动，就是一张单色的剪影，被岁月的风拂动，逐渐呈现本质的黑。这个走神的回想令我很是燥热，汗水立即就出来了。记得那是一个极度闷热的中午，阳光泼在一匹矮小的川马背上，像一张白光光的镔铁皮在全力接纳热量，直到镔铁被热力逼出狂舞的黑丝。我看不清楚马背，和凸凹的脊背远处，那些直走西北的群山以及高挂的大鹰。

十几年前，我来到四川北部一座小城市的码头上，随着下船的人流向长长的缓坡顶蠕动。

我看到了不少马车停在一旁等候生意，马车肮脏而简陋，唯一的优势是结实。粗大的车身和胶轮，决定了它可以胜任任何形式的超载重量。当地出产煤炭和大理石，从马车的颜色上，就可以发现这一点。几匹马立在一棵杨树下，都是黑血色，阳光从树叶的缝隙间透下来，构成了交错的光柱和花斑，这使得马匹的颜色呈现瘀血般的色泽，在强光下溶解，正在返回血流淌的原初，令人不悦，这进一步加剧了挽马的迷蒙。它们毫无动感，忘记了尾巴飘拂的美学以及在逆风中把马鬃打开的招展，石头一般直立。很多人知道，川马脚短，体态上几乎没有什么值得赞美之处，但川马最善长途，耐力持续，韧性十足，与那些一口气走上十几里羊肠小道而不歇气的背夫比较起来，它们绝不逊色。

有一个车夫找到了生意，正在卖力地往车上装煤炭。都是大块煤，有上百斤，他飞快地来回奔忙，把车厢填得很满实。四川的下力人在体格上很有特征，他们往往矮小，并不强壮，但精悍，就像剔除了一切多余成分的竹篾，盘成一圈，只有韧性和爆发力。这个车夫搬了一车煤，连汗水也没出，他点了一根叶子烟，大喊了一声：黑子，过来！

一匹马过来了，连尾巴也没有抖动，步伐僵直但稳定，木鱼似的声音，马蹄敲打在石板路上，有些散乱，蹄铁和角质化的马蹄在石头上交织出硬与软的二重奏。硬在无限坚挺，软在继续疲惫，成为吸收硬力的海绵。这是马蹄铁松动了，像一只后跟即将肢解的木板拖鞋，马在坚硬的石灰岩石板上走动，然后站定。屁股上沾着几十只苍蝇，和着那些永远无法擦掉的屎和泥巴，一股走兽特有的腥膻味就弥漫开来。

车夫迅速套上挽具，"呸"的一声，把嘴角的叶子烟头吐出来，命中了马的屁股，马就起身了。一直停在屁股上的苍蝇，惊异于突然的启动，嗡嗡地飞起，在路边行人的头上飞舞，找不到落脚处，又准确回落到马身上，还是回落在起飞的原地，不仔细看，几乎不能发现苍蝇的存在，好像它们本来就是马的伴生物，突然消失了，还缺点什么似的。

苍蝇总是聚集在被磨光了毛的地方，它们填补了皮毛的空缺，但暗红色的蝇头还是从皮毛的槽穴里露出来。偶尔，马尾扫拂过来，苍蝇必须忍受这一阵鞭打，然后，在突如其来的逆风里，苍蝇得意地撅起了屁股，它们更深地埋伏于马的肌肤。

这条通达公路的河边缓坡估计有100米，马车尾部有条木棒，起刹车作用，木棒把石板犁出了深深的痕迹。两条犁痕之间，就很自然地隆起了一根石头的脊柱，容易让人联想起有关石龙的民间传说，它吃满了重量，找不到卸力的地方。阳光泼在石板路上，石头里的金砂鬼火一般游弋，吸收着显形的成分，铁青的石质把光浮起，阳光像一层石蜡一样涂在石头的凸点上，让硬质的东西藏伏在深处。我注意到一些白点，几点为一束，这是马蹄铁刨出来的，像开在石头里的梅花。石板路又挤又窄，行人只能尽量往路边靠，让马车通过。我看见马车逐渐超过了我，逐渐快了起来。

在缓坡三分之一的地方，坡悄然陡了起来，这是徒手走路的人往往看不出来的,只有负重者能够感觉到。马提前感觉到了,它加速,想冲上去。我听到绳子绷紧的声音,车身在拉力中逐渐放长的吱呀声,车夫沉重的脚步咚咚地夯击石板。马在小跑,马蹄翻起来的时候,阳光刚刚可以在马蹄铁上聚光,然后,就黑下去了,被马蹄压到石头上,水汪汪地摊开。马车超过我时,从侧面就看见光线从马蹄与马蹄铁之间松动的间隙穿过,阳光像黏合剂一样,使蹄铁不至于脱落。马蹄稀里哗啦地响,让人联想起一只被火熬透了的铁铃铛,在冷却中开始被激烈的声音挣出了裂纹。现在,我只能看见挽马的后背,一根绳子耷拉在它的肛门处磨蹭,蛇一般试探着进或出,马不得不翘起尾巴,并不是高慢,而像个伸向天空的可笑的拖帚,挽马被几乎垂直的阳光罩定,影子缩小成马蹄下的黑灰,马的前蹄总是在影子的边缘反复踩踏,它不满足于影子老是赶在自己前面。在不停翻飞里,影子就像一小块煤,在渐渐地变成粉末。

但粉末突然飞了起来,黑蝴蝶那样飞起来。

马车渐渐慢下来,挽马的姿势很笨拙,四蹄总是在地面拖拉,影子陡然浪到了身体前面,然后又退回到身体下。这是一个速度矫正的短暂过程,在巨大的重力较量下,挽马正在失去提前加速带来的冲力,惯性在消失,在耗尽。在马车彻底停止的一瞬,马提起了前蹄,犹豫着伸向影子之外的石板。哦,刚好前面有一个小洼坑,深黄色的液体,多半是牲畜的尿,从后面看上去,正泛起金汁的波光。挽马像一个不谙水性的小心人,前蹄刚刚触及水面,镜子碎了,却被灼伤了似的收回了这次试探。马的拉力和本身的体重,正被两根牵引绳带往身后,这使得它的重心被提高,提高到一个无法控制的高度,因此它的腿蹄是脱力的，有一种蹈空的轻和软。马车巨大的后坐力粉碎了马伸腿迈步的企图，马只好把腿收回来，回落到一个它认可的重心位置，这是输的开始。马是输家，开始了可怕的后退。车夫狂叫起来，嗷嗷嗷的，他没有使用鞭子，鞭子扔在煤堆里，一截手柄露出来，赤裸裸的挺立。车夫的吆喝声使空气进一步闷热，他企图用命令来制止不同力量的反复，命令总比鞭子快速，命令是蛰伏在蹄子里的脚筋，命令暴跳而起，可以将四只马蹄涨满，撑圆，逼住一切退缩和疼痛。

　　车夫的暴喝声在空气里弥漫，破烂的鞭子发出破响，把四周的蝉鸣悉数撕破，谁也无汗可出，无论是他、挽马，还是我，乃至四下躲闪的行人。马被命令僵在那里，它完全明白车夫暴喝的意思，停止了向前跨步的徒劳努力，四蹄钉住，却向后犁动。马蹄铁与石板缓慢而吃力地摩擦，蹄铁逐渐咬住了石头，有一种彼此进入的奇怪声音，并不尖锐，而是形状和性质在蜕变。时间黏腻腻的，正在被这个细节逐步回放，然后定格。在稍微凝滞之后，四条惨白的划痕开始延长，不像是滑出来的，倒像是石头本身的纹路。马剧烈地扭动腰身，那个拖帚一样的尾巴举起来，有长矛的愤怒，所有的马尾硬得笔直，阳光在尾束间纠结，它发黑的肛门还垂着一根顽固的草茎，因为马身剧烈地收缩也翘直了尸体。挽马疯了一样地刨着石板，它不断在找一个发力的机会，但机会总是被越来越后仰的身体中心挪移到那看不见的虚空里，但挽马还是在找，就像多年前身无分文的我在人海里找一个可以载走饥渴的分币。那腾踏的蹄声就像镶铁皮在被一双巨手随意撕裂一样，被揉软，揉成一团，然后轻飘飘抛出去，抛成皮和光，但车子仍然缓慢地后退，叽叽嘎嘎，有一种散架的征兆。我感到阳光正倒扑下来，四周黑了，突然间，马跪下了。

马的跪姿很特殊，它是前腿跪下了，而后腿半弯而立，努力把身体拉成了一张弓，要把身体射进石头，这个突然的选择姿态应该是一个机会，机会中的力量和气血飘浮在马的周围，它好像一下还没有在这个姿态里设计好连贯动作，机会转瞬即逝。它没怎么动，也动不了什么了，巨大的车身仍然迫使它后退，马的后腿只好向后一点点笨拙地挪动，前腿必须为下跪的动作做出一系列补救，马蹄开始在石板上磨。马头几乎低擦到地面，那个套在它脖子上的挽具被绳子勒破，开始流出一些谷壳，谷壳延续着这个唯一下泻的动作，加速了光线的威力，但光线随着四溅的谷壳被石板反弹回来，将马的身体包裹在一层歪曲的热气中。我看见直对着我们的马前掌，有一种黑金在颤动。马甩了甩了脑袋，这个动作再次把苍蝇惊动了，乱飞起来，连同那些飞舞的荫翳，连缀成一张网，扣向挽马乱抖的耳朵。马试图要站直，它唯一可以使用的是前蹄，死命刨石板，石板被刨起了粉尘，偶尔有蹄铁擦挂起的火花，匿于那些游动的石头纹理。那些晃动的蹄痕是在做以卵击石的自杀式努力，却竟然织成了一堵水泼不进的血气之墙，在阳光下如带焰的火，迅速膨大，达到了一个可怕的宽度，足以撕裂挽马的身体，一闪，就熄灭了。

车夫很是焦急，手舞足蹈，不停高喊："起来，起——来，起——来——呀……"听起来接近《国际歌》的开头，马匍匐在地，估计听不到那遥远的声音了，反而像要嵌入石头。马只能后退，划出了两米左右的后退痕迹，那些汗水，黏在下体的泥巴、粪便和淡红色的血水，就像是在进行笨拙的描红作业，把马蹄在石板上犁出的沟槽逐一填写。一些液体漫溢出了划痕，被下体的触地部位扫到更远的地方，连凸凹的肋骨也拓印出来了。行人看不下去了，一些人在咒骂车夫贪心，一些人在叹气，我同几个年轻人回过神来，立即跟上去，奋力把马车稳住。车夫惊魂未定，看看我们，又看看马。马卧在那里，卧在一个黑梦当中，还是没有动，好像去了一个陌生的地方，找不到回来的路。一只马虻叮在竖立的尖耳上，终于使马找到了返回现实的疼痛，它用下颌磕了磕地面，磕得啪啪响，磕下了一摊口涎，终于站了起来。我们一起把车子推上了缓坡。在这个过程里，我始终低着头推车，没有看前面的马。觉得它身上的拉绳一松一紧的，像个拉纤的学徒，而且，它的拉力远没有我想象的大。偶尔，有它毫无规律的蹄声透过来，我估计是它脚痛的原因，它的马蹄全部报废了。

　　推到坡顶，车夫很感谢我们，笑得一脸稀烂。我问他，拉这车煤能得多少钱？他误会了我的意思，怕我向他要脚钱，我告诉他没事，我还可以赠送他 10 元，作为马的医疗费。车夫不好意思了，拒绝了我的好意，只说，运 1000 斤煤，就 5 元！唉……然后很苦涩地干笑，觉得是在说自己："马老了，不行了，挣的钱还不够给它换蹄铁。"我看到了马，它浑身湿透了，立在前面，立即就小了，不像是马，倒像一头小毛驴。

　　车夫重重地往前走。那些苍蝇不见了，一只马虻闻到了味道，悬停在马的脖子上。车夫举起了手。马把耳朵倒伏下来，突然惊叫。一声声地在空气里铺排开，但声音的台阶并不能使它从容脱身。我从来没有听到过这种惊叫，不是被打时的惨叫，那是一种被恐惧没顶的声音,像亚里士多德所说的,被施以一种叫"马狂"的药才能唤起的叫声,如同从嘴里呕吐出一地的碎玻璃。我看见马翻起了上腭,露出了牙齿,白得接近断口的石灰岩。马跺着脚,哗啦啦乱响,马往旁边躲,但挽绳使它走不开,马伸出腿,伸往它不可能站过去的地方,脊柱从干裂的皮子凸显出来,每一个凹凸都棱棱角角,这让我联想起它被重力拉倒时的最后一刻,脊椎骨那种扭曲,几乎要从皮毛下反弹出来。它不停地甩着头躲避着车夫的手掌,它以为车夫要揍它。那只牛虻就像被马鬃甩起来的污垢,均匀地围绕脖子做同步飞行。

车夫的手停住了,反手一抄,一下抓住了马虻,随手张开,一团蠕动的血。

车夫弯腰从路边抓了把沙土,准备按到了马的前腿上,这使聚集在伤口的苍蝇终于不得不离开血腥。那是被石头磨烂了伤口,马抖动,肋骨一根一根的抖动,像灌满了力的竹篾绳,拉扯着一种看不见的重物,这使得那些潜伏在表皮的汗水开始顺肋骨的缝隙顺利淌落下来,在它周围恰好滴出了一个弯曲而椭圆的范围。一些汗水顺腿而下,从那些脱毛的皮子上汇成一股,在伤口附近为隆起的血肉所阻,而开始分岔。马的伤口不是外卷的,而是一种奇怪的内翻,沙粒沾在肉里,泛起白蛆的颜色,就仿佛在巢穴插上占领军的旗帜。多年以后,我每每在看到"内翻"这个词的时候,看到知识人写到诸如"葵花内翻为向阳花"的时候,我很容易想岔,想到的却是另外一层——他们把自己发臭的大肠外翻为矜持的面具,而把渴望被御用的性器内翻为了道义。但车夫不容许内翻。他熟练地把手里的沙土按到了伤口上,血从消炎粉似的沙土渗出来,但逐渐恢复了血的正常颜色。在这个拯救过程中,马嘴张得很大,但没有发出声音。它把满嘴的热气吐出来,竟然在炎热的空气里凝结为淡淡的白气,白气把垂直的光照推开,但又被反弹回流涎的吻部。马不停地移动重心,好像在寻找一个平衡的感觉,或者,是它平时的感觉,它要回去。我才发现,挽马伤得最严重的部位是马蹄。它踏出了一地的血,那是从刨烂的蹄子流出来的,几点为一束,让人联想起从石头里挣扎出来的梅花。

马拉稀屎,马哗哗地撒尿。

我问车夫,你们怎么回去呢?显然,这是个幼稚的问题。车夫眯缝的眼睛扫了扫我:赶车回去呀!我不可能把马儿背回去吧。再说,这车煤炭还没收到运费……

我不知道他们还要走多远,才能完成今天5元的工作。马车上路了,挽马走起来与正常的没什么两样,只是有点瘸,马正在努力返回到它认可的常态,它想使主人满意。垂头丧气的反而是车夫,他无力地举起马鞭,在半空挥舞,那截光滑的手柄在一个偶然的角度反光,把光射出去很远。车夫摇晃的身影把马的细影延续得很长,直到他们完全被那车煤炭的轮廓吞没。但是根据我的常识,这匹马已经无法工作了,它回去之后,只能等着被宰杀。四川没有买卖马肉的饮食习惯,普通人家也不吃马肉,说是太酸。马只好被主人一家消化,马肉风干,要过年才能吃,农民只吃内脏,喝骨头汤,这就是贫瘠的四川北部农村的生存法则。

说实话,这个场面没有更多的戏剧性,就跟我们生活里的好事烂事一样,总会过去。伤口总要结疤,喘气总会平息。可是,每每看到有关赞美骏马的文章,像普里什文的,像蒙田的,像布封的,我总是读不下去。绝对不是他们写得不好,而是我记忆里的马,与那些飞跃在历史草原的神骏,后腿人立式的战马,实在相差得太远了。

歌颂铁蹄的人,其实并不知道,马蹄可以把铁击穿,蹄可以流血。

看到马车消失了,四周的人流四散而去,我弯下腰系紧松开的鞋带,看着那几只已经干燥的马蹄血印。我叉开五指,印在马蹄印上。我的手掌比马蹄大,我看不见手汗与血交融的变化,但是,我柔软的掌心触摸到了一些尖利的颗粒,就像刀尖在极其耐心地穿过我的试探或抗拒,以一种最低平的方式,吸干了掌心的汗水,独剩满掌的痛。后来,我就不喜欢与人握手了,我怕对方过于热烈的紧握使我产生对抗,因为我知道,我很容易走神,折断别人的手骨。

"我欲成全你所以毁灭你,我爱你所以伤害你。"这是"我主"耶稣说的话,但我不相信这样的"神"话,尽管我从逻辑上无法驳倒这个立论。我只相信血可以流,可以污水那样流,这些付出就是为了洗礼于生存,但生存被删除,意义就丧失了,血石板又将被别的马蹄擦净,刨深。

记得俄罗斯作家弗·阿·索洛乌欣在《手掌上的小石子》里提到过一则往事。有几位苏联作家曾去美国作家罗克韦尔·肯特位于郊外的家做客。住宅的门槛上钉着一块马蹄铁。来客问主人道:"难道在20世纪您还迷信这种辟邪的吉祥物?""当然不!"主人挺乐意地回答说,但补了一句,"不过,您知道吗,即使我不信,它还是在冥冥中保佑着我。"这不是有关迷信的对话,那凌空飞驰的马蹄,把自己的蹄铁遗忘在门楣,无足而远行,就像我眼前摇摇欲坠的烛,用最低的火,去舔自己的脚。

我还想到了挽马的眼睛。那是马车启程时,我看到的最后的马了,也是我第一次观察它的眼睛。眼光总是下弯,眼角糊着眼屎和一些透明的液体,眼光白蜡蜡的,是对天空的直接复制,什么都没有,空旷而绵延,疲倦而深远,我不可能对这双眼睛赋予任何比兴,它拒绝了一切企图深入内在或者强行赋予的努力,几条逶迤的血丝山路一样主宰了它的全部世界。马重重喷了几个响鼻,斜瞟了我一眼……

19世纪的法国浪漫派画家欧仁·德拉克洛瓦在尚未成名之际,一直在研究马和画马的诸种技法。红马。瘦马。老马。挽马。走马。死马。在他著名的《日记》当中有多处提及他与马匹的相遇。1854年8月24日的日记这样记录道:

今日晚饭前,我从勒波列回来时,看见一匹老马瘫在地上。我原以为是匹死马,事实上,它还没有断气。所以我就同一个粗鲁的大汉吵了起来,就在这样的时候,他还打算用鞭子把它抽起来呢。然而,出乎我的意料,这匹瘦弱的马,居然立了起来,而且迈了几步,尽管是那样的吃力而痛苦。第二天(星期五),大约是在同样的时辰,我又见到了这匹马。它站着,身上的疮疤和两只眼上都爬满了苍蝇,吸吮它那仅剩的残血。我于是马上就在路当中坐下来,作了几幅速写。在顺阿葛河的马车道上所发生的这种景象,立刻引起了过往行人的极大好奇。他们看到我画的东西时,都不免奇怪:在那匹瘦弱的老牲畜身上,究竟有什么值得引起这么大的兴趣呢?(《德拉克洛瓦日记》,人民

熄灭的马蹄

美术出版社 1981 年 10 月 1 版，404 页）

在看客们心目中，不但濒临死亡的马是一堆布满苍蝇的烂肉，而且据此绘制出来的美术，也不过一张"死亡通知单"而已。这，就是艺术？！

今晚，我偶然读到俄国作家谢德林的《老马》，这种难受的心情又死灰复燃。在人的意识里，直立行走，意存高远，离开自己脚下的土地，是进步和发展的标志。记得柏拉图说过："人的精神是一驾由骏马和驽马驾驶的马车，骏马始终以遥远的天空为目标，而驽马却要在混沌的大地上匍匐。"人的价值观念里对天空的向往和对大地的厌恶，提供了马蹄和我们的脚力蹈空的一个伦理依据。由实到虚的演绎过程，正在我的骨头里排演。如果是这样的话，我宁愿俯身于那头驽马，陪同它嵌进石头，我实在没有心情来谈论飞翔或腾空的事情。那么，我就真实地说出我看到那匹挽马以后的第一个反应，这是多年以来一直刨在我心底的话，像在咀嚼玻璃：我想杀人！实在不行的话，就把我的手掌放到马蹄下，让它反复践踏，把我的手骨踩进石头。这些奇怪的念头犹如那几只在石板上燃烧又熄灭的马蹄，然后，它在无声地远去，我知道，它注定会无声地逼近，以尖利的骨刺穿过我的睡眠和生活，用那破烂报废的马蹄，锤子一般敲打我越来越薄的生涯。马蹄会把我的生命敲成可以托付的纸，让我写出的字站稳，不致后退。

在漆黑的夜里，我伸出手，掌心在出汗，听着骨节的摩擦声，我拽住了一支铅笔，直到笔成为一堆木渣……

■ 梁　衡

作者简介

1946年出生,山西霍州人。1968年毕业于中国人民大学。历任光明日报记者、国家新闻出版署副署长、人民日报副总编辑、全国记者协会常务理事、全国作家协会全国委员会委员等职,中国人民大学博士生导师,第十一届全国人大代表、农业委员会委员。作品约70篇次入选大中小学课本。代表作有《大无大有周恩来》《把栏杆拍遍》《晋祠》等。

又见海棠花开

作家印象

梁衡的散文，立意高远，落笔不凡。他行万里江山，读天下奇书，敢从人所不能见、不能思、不能得处有新见、新思、新得。不论是山水散文，还是人物散文，他的作品中都毫不躲闪地绽放着智慧，皇皇大气，汹涌磅礴，气韵非常。

梁衡的笔下，多是我们熟悉的历史豪杰，其中不乏叱咤政坛的风云人物。这些曾收藏在教科书中的文案或者符号，在他的文章里，却生龙活虎。岁月的风烟阻挡不了他们，往事的尘埃也无法遮蔽他们的真容。梁衡笔下的人物，就这样不假修饰，不落窠白，神飞八荒、思接千载。他还每一位人物以生命，以及生命所携带的重量，他们宛如生活在现实中，血肉丰满，发人深省。

——李 舫

又见海棠花开

——周恩来的人格魅力和道德法则

■ 梁　衡

阳春时节，西花厅的海棠花又要开了。

伟大的人格是超越时空的。周恩来同志离开我们已近40年，但人们还是常常想起他、说到他，亲切自然，斯人如在眼前，他喜爱的一树树海棠也宛若绽放身畔。周恩来的人格魅力体现在许多方面，比如仁爱、牺牲和宽容，其中犹以第一点为最。

爱人者，人恒爱之

我在《大无大有周恩来》中谈到周恩来有六个"大有"，其中第一个就是"大爱"。我们的文化史、思想史上，对"爱"有过误解、走过弯路。殊不知中国共产党是从同情被压迫者出发，热爱他们，因而产生革命的动机和动力，最后获得他们的拥护。爱是人类的本性，是人与人之间的纽带，也是政治家团结民众、改造社会、创造世界的动力之一。

周恩来式的爱,有三种表现。

一是仁爱待人,即从人性出发的爱。他对所遇之人,只要不是战场上的敌我相见,在大是大非的前提下,都怀有一种人道主义的慈悲,给予真诚的帮助。因此政治、外交在他那里有了浓浓的人情味。1949年国共胜负大局已定,国民党只是为争取时间才派张治中率团到北平与中共和谈,这当然不会有什么结果,最后连谈判代表都自愿留而不归了。但张治中说,别人可以不回,我作为团长应该回去复命。本来一场政治故事到此已经结束,周恩来也已完成使命,可以坐享胜利者的骄傲,但一场人性的故事才刚刚开始,周恩来说:"西安事变时我们已经对不起一位姓张的朋友(指张学良为蒋所扣),现在不能再对不起另一位姓张的朋友。"他亲自到六国饭店看望张治中,劝他认清蒋介石的为人,绝不可天真,并约好第二天到机场去接一个人。翌日,在西苑机场张治中怎么也不敢相信,走下飞机的竟是他的夫人。原来,周恩来早已通过地下党把和谈代表们在国统区的家属安全转移,谈判一有结果就立即接到了北平。

二是善解人意,无论公私尽量多为对方考虑。我国一家乐团出国访问前擅改日程、自定曲目,周恩来批示:"我们完全不为对方设想,只一厢情愿地要人家接受我们的要求,这不是大国沙文主义是什么?"他对同志无微不至的关怀,几乎是一种本能。朝鲜战争中乔冠华是中方的谈判代表,他是只带了一件衬衫去前线的,没想到一谈就是两年。1952年,周恩来就派乔冠华的妻子龚澎去参加赴朝慰问团,顺便探亲。

周恩来的"六无"中有一无就是"生而无后",这是周恩来和邓颖超永远的痛。但是,痛吾痛以及人之痛,周恩来更以一颗慈爱的心帮助着每一个需要帮助的人。日本著名女运动员松崎君代婚后无子,周恩来就安排她到北京来看病,终于得子。周恩来就是这样按照他的爱心、他的逻辑,平平静静地办他认为该办的事。

三是大爱为民,把基于人性的爱扩大到对人民的爱。政治家的爱毕竟不同于宗教家、慈善家的爱,他不是施舍而是施政,是从人性出发的。中国传统文化中一直有民本、仁政的思想。孟子讲"政在得民",范仲淹讲:"居庙堂之高,则忧其民"。虽然历史上所有的进步力量的宗旨都是为人民,但将这个道理贯彻到底的是中国共产党,《共产党宣言》讲无产阶级先解放全人类,最后才解放自己。中国共产党更把其宗旨具体为一句话:"为人民服务"。周恩来把对人民之爱落实得非常彻底。

1946年10月,周恩来在上海纪念鲁迅逝世10周年纪念会上的演说中这样说道:"人民的世纪到了,所以应该像条牛一样努力奋斗,团结一致,为人民服务而死。"新中国成立后他常说:"我们的一切工作都是为了人民的。""文革"中他的胸前始终佩戴"为人民服务"徽章,以此勉励自己永远把人民的利益放在最高位置。他一有机会就"促生产"、安民生。1972年到1973年间,甘肃定西连续22个月无雨,百万人缺粮,数十万人缺水,又值"文革"大乱,病床上的周恩来听了汇报后伤心落泪:"解放几十年了,甘肃老百姓还这么困难,我当总理的有责任,对不起百姓。"刚做过手术的他用颤抖的手连批了9个不够,又画了3个叹号:"口粮不够,救济款不够,种子留得不够,饲料饲草不够,衣服缺得最多,副业没有,农具不够,燃料不够,饮水不够,打井配套都不够,生产基金、农贷似乎没有按重点放,医疗队不够,医药卫生更差等,必须立即解决。否则外流更多,死人死畜,大大影响劳动力!!!""文革"前北京常有大型群众集会,一次散会时赶上下雨,他就让政府负责同志在广播里提醒各单位回去后熬一点姜汤给大家驱寒。他办公和居住的中南海西花厅墙外正好是14路公共汽车站,很吵闹,有人建议把汽车站挪开。周恩来说,我们办事要从人民方便着想,不同意挪。直到现在,14路汽车站还设在那里。他的这些举动纯出于爱心,毫不作秀。我们可以对比一下,江青住庐山宾馆,嫌山涧流水扰眠,就下令将涧底全部铺上草席;住广州,嫌珠江上汽笛声扰眠,就下令夜船停航。做人做官,如此大的差距。

同样是以人民的名义干事业,仍可细分出几种类型:有的把这事业连同人民当作自己功业的道具,虽功成而劳民伤财;有的把自身全部融化渗透到为人民的事业中,功成而身退名隐;而有的干脆就是骑在人民的头上作威作福。为人民服务,关键是真的有仁爱之心。

无我者明,无物者公

牺牲是一种自愿的付出,有爱才有牺牲。在中国传统文化中牺牲属于"义"的范畴,大公无私、勇于牺牲是一种美德。马克思主义的道德观也弘扬这种精神，更给予其新的含义。马克思在早期作品《青年在选择职业时的考虑》中写道："历史承认那些为共同目标劳动因而自己变得高尚的人是伟大人物，经验赞美那些为大多数人带来幸福的人是最幸福的人。宗教本身也教诲我们，人人敬仰的理想人物，就曾为人类牺牲了自己——有谁敢否定这类教诲呢？"毛泽东更是从司马迁说到张思德，"为人民的利益而死的，他的死是比泰山还要重的"。无论古今中外，无论是马克思主义学说还是中国共产党的思想，都视为社会公义而牺牲私利为高尚。这是基于人类的本性。

周恩来是一个大爱大牺牲的典范。他当了总理，在一般人看来已显贵至极、荣耀至极，而在周恩来则真正开始了生命的磨难、消耗与牺牲。我们任选一天工作日记，看看他的工作量。1974年3月26日——

下午三时：起床；

下午四时：与尼雷尔会谈（五楼）；

晚七时：陪餐；

晚十时：政治局会议；

晨二时半：约民航同志开会；

晨七时：在七号楼办公；

中午十二时：去东郊迎接西哈努克亲王和王后；

下午二时：休息。

这就是他的工作节奏。周恩来规定凡有重要事情，无论他是在盥洗室、办公室、会议室，还是在睡眠，都要随时报告。很多人都记得晚年周恩来那张著名的坐在沙发上的照片，枯瘦、憔悴，手上、脸上满是老年斑，唯留一缕安详的目光，真正已油灯耗尽，春蚕到死，蜡炬成灰，鞠躬尽瘁。

除了身累之外还有心累，即精神上的牺牲。民以食为天，老百姓的事办不好，国家要翻船；决策者有任何失误，国家也要翻船。我们知道周恩来是很喜爱戏剧的，有一次工作人员发现他在纸上无奈地抄录下两句戏文："做天难做二月天，蚕要暖和参要寒。种田哥哥要落雨，养蚕娘子要晴干。""文革"中他暗地里保护老干部、抓生产、恢复秩序、打破外交僵局，这又被视为"右"。一次服务员送水走进会议室，竟发现周恩来低头不语，江青等正轮流发言，开他的批判会。但是，走出会议室后，周恩来又照样连轴转地工作，尽力解放干部，恢复秩序。邓小平说："我们这些人都下去了，幸好保住了他。""文革"中周恩来说过一句让人揪心的话："我不下地狱，谁下地狱？"这是把一切都置之度外的牺牲。

周恩来的牺牲精神还有一个更严格之处，我称之为"超牺牲"。他有"十条家规"，除了要求自己，也同样要求家属、部下和身边的人。周恩来严于律己，勿使有一点灰尘，不留下一点遗憾，这样，亲属部下也跟着做出了牺牲。这和官场上存在的为家属谋利、提拔重用亲信的某些人形成了强烈的反差。我曾有缘与周恩来的两代后人相熟，他们都未脱此例。侄女周秉建"文革"中到内蒙古草原插队，数年后应征参军。她很兴奋地穿着军装来看伯父，周恩来说，让你去插队就要在那里扎根，结果她脱了军装重回牧区，嫁给一个蒙古族青年。国家恢复高考，周恩来的侄孙女周晓瑾从外地考到北京广播学院。这时总理已经去世，孙女很兴奋地给邓颖超奶奶打电话，要去看她。邓颖超先让秘书到学院去查档案，看是否真是靠成绩入学的，查过无事后才见面。周恩来住的西花厅年久失修，特别是地板潮湿，对他的身体很不利。一次乘他外出，秘书将房间简单装修了一下。他回来后大怒，秘书被调出西花厅。当然，当年这样严格的不只是周恩来一人，这是中国共产党人的无私品格，不过周恩来做得更无私、更彻底。

周恩来的牺牲精神叫人一想起就心中隐隐作痛。人心是肉长的，谁无感恩之心？当年，泪水洗面万巷空，十里长街送总理成了共和国史上悲壮的一页。时已八十高龄的胡厥文老人诗中写道："庸才我不死，俊杰尔先亡。恨不以身代，凄然为国伤。"总理爱人民，人民爱总理，这绝不是简单的领袖与公民的关系，而是人心、人性的共鸣。

大足以容众，德足以怀远

仁爱是讲人心的主观出发点，是"善根"；牺牲是讲处理个人与外部世界关系时的态度，是一种无私的境界；包容则是对爱心和牺牲精神的实践检验，是具体行动。当仁爱之心和牺牲精神变成一种宽大包容时自然就感化万物，用兵则不战而屈人之兵，施政则无为而治，为人则桃李不言下自成蹊。

周恩来以惊人的度量和个人的魅力为中国共产党团结了不知多少朋友、多少团体、多少国家。这就是为什么在他去世后普天同悼，连曾经的敌人也唏嘘不已。一位党外人士说，长期以来，提起共产党，脑子里就浮现出毛泽东、周恩来的形象。美国《时代》周刊20世纪40年代驻华记者白修德说，一见到周恩来，自己的"怀疑和不信任几乎荡然无存"。新中国成立初，亚洲、大洋洲国家的工会代表应邀来中国参加亚洲、大洋洲工会会议，毛泽东、周恩来等领导人出现时会场喊"毛主席万岁"，一大洋洲代表不解，问为何不喊周恩来万岁，等到周恩来过来与他握手时他就喊"周恩来万岁"，周恩来忙示意不要翻译。这是周恩来的严谨，也是他的自律，但实际上不知道国内外有多少人早把周恩来看作心中的偶像而向他敬礼。

周恩来的包容集中体现在如何对待反对过自己的人，甚至是曾经的敌人。20世纪30年代初，国共两党第一次合作失败，周恩来是中共"特科"的负责人，专门对付国民党特务，张冲是国民党的特务头子、中央组织部调查科（"中统"前身）总干事，两人曾经是死对头。张冲成功策划了"伍豪事件"，在报上造谣周恩来已叛变，给周恩来的工作造成极大的被动。"西安事变"后，为了民族存亡国共第二次合作，周恩来、张冲各为双方谈判代表，周恩来竭诚相待，两人遂成好友。抗战还未成功，张冲病逝，周恩来提议为其追悼会捐3万元，亲自前往哀悼并致送挽联"安危谁与共，风雨忆同舟"，并发表讲演，语不成声，满座为之动容。他在报上撰文说："先生与我并非无党无见，唯站在民族利益之上的党见，非私见私利可比，故无事不可谈通，无问题不可解决。先生与我各以此为信，亦以此互信。"这件事在国民党上层的影响，如同引爆了一颗炸弹。当时的重庆特务如林，周恩来的一举一动都在监视之中，随时有生命危险。而周恩来却平静地广交朋友，编织了一张真诚正义的大网，反过来弥盖整个重庆，戴笠也无可奈何。此时，周恩来手中的武器并不仅是党纲、政见、主义、学说等，更是举世认同的理想信念、传统道德和个人魅力，是与人为善的赤诚之心。

周恩来的包容精神还体现在他处理党内关系。中国共产党诞生于复杂的历史环境中，又经历了漫长的成长历程，党内高层人员文化背景复杂、性格各异。半个多世纪以来能将这样一个党团结在一起，离不开党的严明的组织性和纪律性，也离不开像毛泽东、周恩来这样心怀天下百姓的共产党员。从陈独秀始，经过瞿秋白、李立三、向忠发、博古、张闻天直到毛泽东，周恩来与六任主要领导人都合作过，并与毛泽东合作始终。靠什么？靠坦诚、谦虚、忍让、包容，靠宰相肚里能撑船，无论新中国成立前后，无论在党在政，周恩来都是处在关键位置，关系全局。长征中周恩来说服博古请毛泽东出来工作，又把红军总政委一职让给张国焘，保住红军和党不分裂。"文革"中周恩来亲自出面请被冲击、被迫害的外国专家及其家属吃饭，并赔礼道歉。周恩来一生以柔克刚，赢得人心，赢得生前身后名。

包容是一种博大的胸怀，清澈见底，容纳万物，它使仇者和，错者悔，嗔者平，忌者静，使任何人都不可能有不接受的理由。南非总统曼德拉曾说："当我走出囚室，若不能把悲伤与怨恨留在身后，那么其实我仍在狱中。"诚哉其言！在历史的星空中，周恩来就如同那些让人们举头仰望就灵魂澄净的星辰。

人类历史其实是一部文化史、道德史、人格史，而无论怎样的历史都不能背离人的思想和道德。如马克思所说："我们的事业是默默的，但她将永恒地存在，并发挥作用。面对我们的骨灰,高尚的人们将洒下热泪。"这也应了康德的那句话:有两种东西,我对它们的思考越是深沉和持久,心中越是充满不断更新的认识和有增无减的敬畏,这就是我头上的星空和心中的道德定律。

  我们怀念周恩来,年复一年为他洒下热泪,默默地体悟着他那些源于人类本性的道德法则。

■ 李 菁

作 者 简 介

  1973年出生，辽宁大连人。1995年毕业于中国人民大学。2001年进入《三联生活周刊》，历任记者、主笔、主编助理、副主编。已出版作品有《往事不寂寞》《记忆的容颜》《沙盘上的命运》《走出历史的烟尘》等。

切尔诺贝利，苦难之后

作 家 印 象

  李菁的文章，看似不动声色，却有着一股充满野心的狠辣。这个世界似乎没有她的脚步抵达不了的地方，也没有她的心灵解读不了的苦难。她的作品，几乎都是一个人的行走，却都是与整个人类的命运息息相关的大题材。

  这篇《切尔诺贝利，苦难之后》记录的是切尔诺贝利核爆炸30周年之后她的一次回访。1986年4月，一声巨响，切尔诺贝利核电站在火光中爆炸并发生核泄漏，其辐射量相当于400颗美国投在日本的原子弹，这片无人区至今仍令人闻声色变，访问者寥寥。然而，李菁狠狠地将自己扔在这里，她用她的泼辣野蛮的行走，写出了这片土地经历的磨难，写出了文明世界的道德和尊严。这是她对人类苦难的哀悼，是对人类面对苦难的勇气的敬礼。

——李 舫

切尔诺贝利,苦难之后

■ 李 菁

目标:切尔诺贝利

"切尔诺贝利?!"从北京出发之前,几乎每一位知道我此行目的地的朋友,第一反应都是瞪大眼睛、用充满惊疑的口吻念出这个词,甚至还有人建议买一身防护服。1986 年 4 月 26 日凌晨发生的那场爆炸,使得"切尔诺贝利"自此与"末日""鬼城""地狱"这样的词联系在一起。我得承认,在诸多善意的叮嘱下,我是怀着忐忑的心情开始切尔诺贝利之旅的。

动身去乌克兰之前,便在当地媒体朋友的帮助下,预定好了去切尔诺贝利的行程。早在 2001 年,乌克兰方面就开放了私人参观切尔诺贝利的行程,但因为某些地区至今仍存在大量辐射物,所以游人不能独自前往,而必须通过获得资质的旅游公司,否则将视为非法。也因为有些地方辐射仍很严重,所有网上有人建议穿一身旧衣服去切尔诺贝利,行程结束即抛弃掉,以免不小心将被辐射过的污染物带出来。思想斗争了好半天，最后还是在出发前一天上晚上，在基辅一家类似于家乐福的超市，买了一件外套和一双鞋子，加起来刚刚过100元人民币。

4月14日早上7点，我们准时到达指定集合地点——基辅火车站前。旅游公司有英语团和俄语团，我们参加的是一个5人团的小型英语团，团费价格不菲，每个人108美元；其他3位团友皆是欧洲人。

年轻的乌克兰导游拿出一堆类似于安全须知的文件，让我们签字画押之后上了车。途中他一再叮嘱，因为切尔诺贝利隔离区遭受过严重辐射，所以不能擅自行动，必须跟着他，在指定区域内参观，开辟出来的路线经过无数次的清理，可以确保安全；另外，目前还有一些工人在辐射区工作，人员走动自然会带来辐射物。所以尽量少接触地面，切记不能把背包或随身携带的东西放在地面上，以免不小心沾染上污染物。导游说，来切尔诺贝利参观的人60%是国际游客，而他喜欢带国际游客，因为他们会问各种各样的问题，不像是俄语团的人，更热衷于到几个"著名景点"拍几张照片。

切尔诺贝利在基辅以北110公里处。也许因为这几年的政治动荡，乌克兰的很多建筑和基础设施都有些破败之相。熟悉路程的司机在不平整的公路上把车开得飞快，窗外是春意盎然的乌克兰大地。一个多小时之后，远远地看到了几幢军人把守的低矮建筑，前面横着一道栏杆，意识到我们已经到了举世闻名的切尔诺贝利。第一道关卡就设在核心区30公里处。导游把我们的护照和报名表交给穿制服的军人，等待他们审核后放行。军人核对了导游手里的申请表之后抬起横杆，示意放行。此时，手里的盖革计数器显示0.11微西弗,与我们在基辅的数值差不多。

冷战的遗迹

乌克兰核电站是从20世纪70年代以后发展起来的。乌克兰境内共有5座核电站。切尔诺贝利核电站是在1970年开始兴建的,全名为"弗拉基米尔·伊里奇·列宁核电站"。1977年开始供电,到1986年核事故发生时,已经建成了4个机组,为乌克兰提供了10%的电力供应。

电站建成后,政府相应地从乌克兰各地迁入很多专业技术人员,与当地村民混合,形成一个大的居住区。Zallisya是进入隔离区的第一个小村子。与后面看到的电站核心区相对城市化的建筑格局相比,这里更保持着一个典型的乡村小村落的特色,居住者也大都是当地村民。切尔诺贝利4号反应堆爆炸之后,政府并没有在第一时间将这里的村民撤离,而是一直拖到5月4日才做了决定。废弃小诊所里的工作记录、乡村商店的半虚半掩、木房子前遗落的布娃娃……眼前的景象,让每位参观者好像一下子超越了时空,感受到了当年的惊恐和慌张。这里的这里导游说,当时很多村民都不愿意离开,因为他们从来不知道"辐射"为何物;还有人以为像"二战"一样,遭受到了侵略。

意外的是,小村子里还有一户人家,院子里花草生机勃勃。推开门进去,里面堆放的衣服和食物,虽然杂乱无章,但显示着这里罕见的人的气息。"当时从切尔诺贝利撤离了很多人,其中很多人年轻、有文化,他们迁到别的城市后,依然可以找到工作、过上好的生活,但那些村民就比较悲惨,他们失去了房子、失去了土地，也很难找到新的工作，生活很艰难，所以后来有些村民又偷偷搬了回来，陆陆续续有2000人左右，他们起初是非法地住在这里，后来政府给他们一些资助，允许他们回去，但严格限定他们的生活区。"切尔诺贝利博物馆馆长安娜说。

值得一提的是，正是这次事故，让当年一位名叫尤里·莎拉波夫的乌克兰人下定决心带着妻子离开肥沃的故土，远赴西伯利亚去投奔自己的父母。第二年，他的女儿在西伯利亚小城雅尼干出生了，莎拉波夫为她起名为玛利亚·尤里耶夫娜·莎拉波娃。从某种角度，是否可以说是切尔诺贝利"造就"了莎拉波娃？

切尔诺贝利的死与生

在切尔诺贝利参观其实也是个体力活，很快就感觉饥肠辘辘。尽管进切尔诺贝利之前看到的一条建议是，尽量避免在隔离区吃东西，以免不小心摄入落在上面的辐射尘。但看见德国人卡尔豪放地在啃三明治时，我也顾不上那么多，拿出包里的香蕉吃以补充体力。

作为移动性最强同时也是可吸入的放射性污染物，灰尘到今天依然是切尔诺贝利地区存在的威胁。每一栋建筑物都安装有放射性探测门，来探测人们的脚上或者手上是否有放射性尘埃。乌克兰大妈们每小时都会拖一遍地，在穹顶的建筑现场附近巡逻的洒水车不断喷水，以防止尘土四处飘散。隔离区里的野猫和野狗也不会得到游人的爱抚，因为沾在它们的皮毛上的灰尘中含有大量具有放射性的铯-137、锶-90和钚-239。

午饭是在附近的另一个小镇Slavutych吃的。事故之后,因为还有很多后续工作需要处理,所以在切尔诺贝利以外又建了一个小镇,以供参观者和建筑工人的生活需要。为了保证不把污染物带入,很多工人和参观者进餐前,必须通过站在门口的一个辐射检查仪,双手贴在两边的感应器上,几秒之后,绿灯亮,示意可以放行。

下午的全部参观都集中在普里皮亚季这座遭受辐射最严重的小城。从20世纪70年代开始,由于大批核电专家和工人陆续到来,就在这里建了这座小城。随着人口陆续迁入,到1986年事故发生时,小城已有5万多居民。

进入普里皮亚季,感觉像进入一部被按了暂停键的时光机,一切定格于30年前的春天。阿列克谢耶维奇采访过的一位士兵用语言向她描述的场景,正是我现在所看到的:墙壁上贴着海报——"我们的目标是促进全人类之幸福""全世界的无产阶级终将胜利""列宁思想永垂不朽",办公室里排列整齐的介绍伟大领袖的横幅;教科书上的伟人头像……一切似曾相识,恍然回到自己童年经历的环境。

看得出,普里皮亚季是一座功能完善的小城。文化宫、游乐场、游泳馆、宾馆,一应俱全。因为核能是苏联政府全力扶持的一个领域,所以这里的工作人员享受着很好的福利和津贴;加之很多高级知识分子的迁入,城市虽小,文化生活水平却相对较高。音乐厅里的大三架角钢琴,体育馆的跳箱、跳马,还有配备跳水高台的游泳馆,看得出,当年在这座远离首都基辅的小城,很多人也过着他们悠然自得的生活。普里皮亚季儿童乐园的摩天轮成了切尔诺贝利极具象征性的拍摄场景之一。有讽刺意味的是,摩天轮刚刚建好,准备在五一节投入使用。结果生不逢时,变成了一个纪念物。

他们的美好生活结束于1986年4月26日凌晨1点23分。在一次核电站的停机测试中,核电站的4号反应堆爆炸。反应堆1200吨的顶盖瞬间喷入高空,一股超强辐射气流蒸发,在核电厂方圆几百米释放铀与石墨,火花从裂开的缺口喷溅,携带熔解的辐射粒子,喷向几千尺高空。

可是那时很多人根本没意识到发生了什么。"我还记得那耀眼的深红色光芒,反应炉看起来像在发光一般。那光芒太过耀眼,并不是一般的火灾。那景象看起来很美,就算在电影里也看不到这样的画面。"当晚,所有人都跑到阳台上,家里没有阳台的,也去了朋友家里的阳台。还有人抱着孩子出来看,说:"看啊!要记住这景象!"

普里皮亚季是距离爆炸的4号反应堆最近的居住点,但直到爆炸发生30小时之后,当局才下开始安排第一批安全措施。当天,1000多部大巴抵达普里皮亚季,戴面具的军人也随后出现在小城里。当时居民们得到的信息是,这只是暂时撤离,3天后他们可以重返故园。很多人只带着应急物品匆匆忙去,但没想到这是一次永远的告别。也因为普里皮亚季居民的物质生活水平较高,他们撤离之后,附近一些对"辐射"毫无概念的小偷潜入进来,偷走不少东西。甚至还有人将被消防员遗弃的头盔偷走,全然不知那已经是沾满辐射物的危险品。

尽管之前通过影像资料已多少建立起对这座空城的概念,但真正置身其中,还是被眼前景象深深地震撼。散落一地的防毒面罩,飘着破棉絮的座椅,穿过水泥板的雨水滴答声……一个仍有鲜亮颜色的漂亮洋娃娃醒目地躺在一堆尘土里,吸引着每一个人争相拍下这极具视觉果的一幕。"我不能保证这里的每一样物品都是真实的。"导游坦率地说,因为这几年有摄影者不断涌入,有的想制造更具戏剧色彩的效果,便从外面带来一些"道具"。

切尔诺贝利的悲鸣

有如打开潘多拉之盒的 4 号反应堆,是整个隔离区甚至全世界最受瞩目的地方。但我们也只能在几百米之外的小广场上驻足观看。广场上的一座纪念碑,铭记着为了这场灾难而付出生命的牺牲者。

可以毫不夸张地说,这是人类历史上最惨烈的一次事故。发生后,第一批赶到的消防员,在没有防护的情况下紧急出动。当时,4 号反应堆旁边的汽轮发电机厂房顶被喷射出的火焰引燃了大火,如果火势控制不住,会随时危及邻近正在运转的 3 号反应堆。消防员们一边用水龙带灭火,一边用消防锹把致命的放射性反应堆残骸扔下房顶。此时房顶的辐射照射强度为 2 万伦琴,被炸开的反应堆内部是 3 万伦琴。在如此高辐射下,消防员们几乎是以血肉之躯在搏斗。当天晚上,即有 2 名消亡员死亡;几个月后,28 人相继丧命。被这批消防员保护下来的切尔诺贝利 3 号反应堆一直工作到 2000 年 12 月,才在欧盟的巨额现金补偿下被乌克兰政府关闭。

事故发生 30 小时后,一大批士兵从阿富汗战场被调回来,其中包括直升机驾驶员和化学部队。当时因为反应堆的顶盖被炸飞,所有放射性物质就在露天中熊熊燃烧,辐射物肆无忌惮地向空中扩散。苏联派出了80架直升机舰队前来灭火,他们其中还有不少是特地从阿富汗前线调回来的。参与救援的直升机直接飞进放射性烟尘,从空中向暴露的反应堆残骸倾倒了近5000吨碳化硼和沙子后,才停止了反应堆内的核裂变反应。这批年轻的飞行员也成为受害者当中的一部分。

在4号反应堆底部,当时还有195吨的核燃料在燃烧,由此产生的热气,逐渐熔化了沙子,专家们担心,如果反应堆核心内的高温铀与水泥熔化而成的岩浆,穿透厂房底板进入地下,不但会造成第聂伯河——乌克兰母亲河的污染,而且岩浆可能会与水发生剧烈反应,发生第二次爆炸,那时将有1400吨的有核石墨熊熊燃烧,离切尔诺贝利320公里的明斯克将会被夷为平地,整个欧洲都会被危及。当时情势特别紧张,苏联在明斯克以及基辅等地,已备好火车并加挂车厢,准备疏散所有居民。

此时,3名志愿者承担了必死无疑的任务:潜水进入被高放射性废水淹没的地下室,打开排水闸门。排水闸门打开后,消防员们抽出了2万吨的高放射性废水;其次,向堆芯空投吸热效果良好的铅以降低堆芯温度,此后两天内600名驾驶员向堆芯投放了2400吨铅块,铅吸热熔化后也更好地封住了洞口,并且起到了阻止辐射释放的作用。

到了事故第17天,为了在反应炉底部放置冷却装置来减少地底的温度,切尔诺贝利急需一条地下通道。5月13日开始,苏联从俄罗斯与乌克兰矿区,调集了一万名矿工进入地道工作。他们有简单的防护装置,可地底接近50℃的高温让所有这些防护成了累赘,没有人带着它们工作。一个多月内,从发电厂的3区到爆炸的4区,150米长的地道终于被挖通,最后在隧道内灌满混凝土后封闭。后来有人统计，这一万多名矿工，有 1/4 左右在 40 岁前死亡。而官方没有将他们的名字收录在切尔诺贝利受害者名单中。

隔离区的某个角落，还有几个模样怪异的机器人。当时为了清除爆炸时从反应堆喷射出落在附近建筑物屋顶和地面上的强放射性碎片，这项工作开始是计划用机器人进行遥控作业。苏联政府第一时间想隐瞒这个惊天秘密。但为了处理事故，他们不得不向当时的联邦德国寻求帮助，询问是否有能清洗辐射污染物的机器人。德国人问辐射程度有多高，苏联方面回答："有点高。"德国人运来了几台机器人，但是因为辐射太强，机器人的电路马上瘫痪，工作人员无法远程操作，最终不得不放弃。

留给他们的，最后只有人工清理这种最残酷也是最无奈的方式。当时很多现役军人和后备军人被征召到切尔诺贝利，负责清理所有放射性物品，他们有了一个专门的历史名称"清理人"（liquida），又被称为"生物机器人"（Bio-robots）。一共有 210 支部队被派往切尔诺贝利，虽然他们穿着铅质上衣，但是辐射却来自下方，而他们的下方没有保护，只是最普遍的廉价迷彩鞋。可是沉浸在英雄主义情绪里的士兵们，却豪迈地称，他们是"用铲子对抗原子"。也不是所有的士兵都是服从的，一位受访者向阿列克谢耶维奇回忆，有的士兵当场抗议被派往切尔诺贝利，长官当场宣布："要么进监狱要么军事法庭见。"

无知与谎言

切尔诺贝利发生爆炸后，云层所携带的放射性粒子，随着雨水降落。我们现在再观察切尔诺贝利的辐射图，会发现那些辐射点像花豹斑点一样，散落各处。其实不被外界注意到的是，虽然切尔诺贝利核电站离明斯克约320公里，但因为当天的风向，60%的放射性物质都被吹向了白俄罗斯。这个小国因此成为这次灾难最大的受害者，23%的国土受到了核污染（乌克兰为4.8%，俄罗斯为0.5%），26%的森林及河流也处于污染带内。包括阿列克谢耶维奇本人，都生活在污染区内，很多人健康受到危害，她的母亲因此双目失明，在这个地区长大的孩子中有250～300人得了甲状腺癌。

尽管外墙已残破不全，仍能看出普里皮亚季宾馆当年在小城的中心地位。发生爆炸后48小时后，这里已经成了一座空城，而第一批赶来的专家与军方人员就把指挥总部设在这里，开会讨论应急方案，"这说明他们也不了解辐射有多危险"，导游摇摇头叹了口气。这群专家当时还甚至乐观地认为，反应堆到5、6月就能恢复使用——如果说，30年前普通民众对核辐射的防范和危害缺乏一定了解的话，彼时苏联专家们对核灾难的认知水平和安全性的轻慢、自大令人意外。

专家尚且如此，普通民众的认识更是有限。而且在当时的宣传下，很多人坚信凭着俄罗斯人的英雄气概，战胜核辐射这个根本看不见的敌人更不在话下。

比灾难更可怕的，是谎言。

切尔诺贝利发生事故时，伊万·帕特雷利亚克刚好10岁。如今身为基辅大学历史系主任的他，仍然记得那年春天，突然"谣言"四起：有人传切尔诺贝利发生了爆炸，消息很快就传到了基辅。伊万记得，身边的一些知识分子开始暗地里偷听国外广播。

伊万的父亲是苏联一位非常有名的化学家。他在家里开始用仪器自己测辐射,发现阳台的辐射量远远超过正常标准。"那时候基辅的天气跟现在一样好,我们小孩子也不懂什么叫辐射,因为阳光、蓝天都是正常的,所以根本不听大人的话,还是跑到院子里踢球。"他笑着回忆。伊万特地从家里带来一张照片,10岁的少年穿着胸前有英文得克萨斯大学标志的T恤,他笑着说:"我父亲经常出国开会,这是他到匈牙利出差时来给我买的。别的小朋友都没有,他们很羡慕我。"孩子们放假,伊万照例和小朋友们在操场上玩。他印象最深的是,那个夏天基辅街头每天出现很多洒水车,不停地用水喷洗街道。

因为从官方那里得不到真实消息,所有的消息都是从非官方渠道获得的。尽管官方对消息保密得很严格,但每个人都有自己的消息渠道。到了秋天,伊万的父亲也被派去切尔诺贝利参与处理——伊万特地带了一张父亲那时的老照片过来。穿了一种类似于厚夹克的外套,别无其他特殊装备。每天回来之后,父亲把衣服脱下,用塑料布包了好几层,放在阳台上,自己洗干净之后,再与家人见面。

父亲的眼睛很快看不见东西,那一年他49岁。伊万说,他的爷爷、奶奶分别是在83、95岁高龄去世的,但他的父亲只活到76岁。但他的父亲当时还是非常积极地去,除了知识分子受到的爱国主义的感召,当时政府还给特别高的津贴。"作为一名化学家,父亲的工资本来就很高,可是在那一个星期的工作可以挣回来半年的工资。"伊万记得,有一次父亲一下子拿回家5000卢布,"拿回来都是崭新的钱,像是刚印出来的",他转而略带讽刺地一笑,"不过几年后苏联解体,卢布迅速贬值,这些钱也不值钱了"。

最昂贵的灾难

切尔诺贝利事故,有超过 8 吨强辐射物泄漏,核电站周围 6 万多平方公里土地受到直接污染,320 多万人受到核辐射侵害,这是人类和平利用核能史上最大的一次灾难。戈尔巴乔夫后来说:"这是个苦涩的胜利。这个国家将永远无法复原。这耗费了我们 180 亿卢布,在当时 1 卢布等于 1 美元,180 亿,这可是一笔巨款。"

但很多人没有注意到的是,其实当年切尔诺贝利电厂并没有停止运作,而只是关闭了 4 号反应堆。因为缺乏能源,乌克兰政府让其他 3 个机组继续运作。1991 年 2 号反应堆发生一场火灾,因无法修复,也停止工作;1996 年 11 月,在乌克兰政府与国际原子能总署的协议下,1 号机组停止运作。2000 年 12 月时任乌克兰政府总统库奇马正式宣布关闭 3 号机组。至此,整个切尔诺贝利发电厂才算永远成为句号。

大火熄灭后,为防止辐射继续扩散,在一位工程师的提议下,当时用了不到半年时间,建造一座钢筋混凝土石棺,以盖住整个损坏的反应堆和其他强放射性废物,容纳 74 万立方严重污染的放射性碎片。可是这座在短时间内突击建成的石棺非常不稳定。日长月久,石棺已出现裂缝,鸟儿甚至都可以从裂缝中进进出出,将放射性污染物散布到其他地方。苏联解体后,破败不堪的石棺移交给了乌克兰政府。而乌克兰政府却既没有资金,也没有技术能力对其进行维修。随着时间的推移,切尔诺贝利石棺面临坍塌和放射性物质再次泄漏的危险。

2004 年,乌克兰政府组织切尔诺贝利新石棺建造项目的国际招标，2007年法国诺瓦卡（Novarka）公司与另外两家工程公司组成的联合体中标，负责新石棺的详细设计和建造——新的保护罩虽然叫Arch(拱)，但外界还是更喜欢称它为"新石棺"。2012年4月26日，即切尔诺贝利核电站事故26周年纪念日，新石棺开工建设。新石棺耗资10亿多欧元，大多数资金来自世界各国政府的捐赠。这个项目中堪称天才构想的地方并不是穹顶的设计，而是选择在石棺以西不到300米处一个放射性较小的地方进行穹顶建造。新石棺的穹顶就像是一座巨型半圆形活动房屋，宽274米、长146米、高105米，足以装下一座体育馆和自由女神像。一旦完工，新石棺两个穹顶会滑到旧石棺上方合拢，工程师再利用遥控起重机将石棺一块块地拆除。

2016年4月26日，乌克兰举行了切尔诺贝利事故30周年纪念大会。整个仪式就是在新石棺形成的庞大空间里举行的。目前，隔离区4号仍然有1000多名员工在工作，他们全部属于乌克兰建设集团的员工，作为新石棺的建设方，乌克兰国家建筑公司的总裁马克西姆·维克托罗维奇坦承压力很大。"这是一个超级大的工程，在全世界是独一无二的"，马克西姆说，新石棺最大的困难和挑战，就是在辐射区工作。正因为处理难度大，新石棺的工程进度也一再延期。

马克西姆说，事故发生后，为了清理现场而铺设了厚度高达4~5米的水泥。为了安装新结构，首先需要拆卸这一层水泥。这个工作都是人工操作，"工作地区都充满高辐射，这就是最大的问题"。他介绍说，乌克兰建设集团现在最主要的工作是努力加固墙体，拱环合拢之后下一步工作则是从4号反应堆里取出核燃料废物，放在1号废放射燃料库里。

30年前的切尔诺贝利爆炸,留下了这样令人触目惊心的结果:普里皮亚季市成了死城,100年之内不能住人;13万居民成了核难民,终生不能返回故乡;60万抢险大军中,超过一半的人已经在过去20年里死去,剩下的人余生都将饱受病痛折磨。

切尔诺贝利事故之后,首先引发了民众对环境问题的担忧,基辅大学历史系主任伊万回忆,"很多人开始追问煤矿、河流、电站等的保护和安全问题"。切尔诺贝利事故本身是一次单纯的环境灾难,但是因为苏联政府处理措施不当,从而使事故变成一场政治危机。无论是在国际社会还是在苏联内部,其信用都遭到严重质疑,隐瞒事故、欺骗人民、组织抢险混乱低效,而且修改和销毁相关档案,使得有些真相可能永远无法大白于天下。它彻底失去了人民的信任。

"由对生态问题的质疑,进而到一种全面性的不满,'切尔诺贝利'成为一种象征、一种隐喻。"伊万说,切尔诺贝利首先引发了乌克兰知识分子对苏联体制的不满,而在对这种体制的反思和控诉之后,乌克兰作为一个独立民族的民族意识也渐渐被唤醒。在这次核灾难之后,乌克兰的作家和记者们在讨论苏联对乌克兰语言和文化长达70年的实验时,开始使用"语言学的切尔诺贝利"或"精神的切尔诺贝利"的字眼。简而言之,对乌克兰人来说,切尔诺贝利已经成为苏联体制表里不一、信用破产的象征。

1991年,庞大的苏联轰然解体。而切尔诺贝利这个巨大的创口却仍然矗立在那里。它像一个巨大的黑洞,继续吞噬着难以计量的财力,成为乌克兰政府沉重的财政包袱。

多少令人欣慰的是,在基辅市的切尔诺贝利博物馆,我看到了一副又一副年轻的面孔，或者自己、或者由老师带领，仔细地看那里展示的每一件物品和照片，一脸沉重。博物馆女馆长说，她从1992年建馆起就在这里工作，"我们会定期组织清理人聚会。向孩子们讲那时发生了什么"，还有一些年轻人过来找他们爷爷的照片，她也很希望这里能成为乌克兰年轻人了解自己过去的地方。不过当年媒体记者告诉我，乌克兰今年专门将阿列克谢耶维奇的《切尔诺贝利的悲鸣》一书翻译成乌克兰语出版，据说卖得并不是很好。但也许这并不重要，像切尔诺贝利博物馆一样，"我们努力做的，就是抵抗人们对切尔诺贝利的遗忘"。

■李修文

作者简介

　　1975年出生。毕业于湖北大学中文系。自1994年起陆续在《人民文学》《收获》《钟山》等杂志发表中短篇小说，后结集出版为小说集《心都碎了》《闲花落》《浮草传》等，出版有长篇小说《滴泪痣》《捆绑上天堂》和散文集《山河袈裟》。曾获春天文学奖、茅盾文学新人奖、琦君散文奖等多种。现为湖北省作家协会副主席、武汉市作家协会主席。

作家印象

如果说文章是有感觉的,那么李修文的文章对应的感觉一定是"疼痛"。不论是在小说中还是在散文中,他都以鲜活的灵感、难得的赤子之心追逐并享受着这种疼痛——爱的疼痛,恨的疼痛;执的疼痛,舍的疼痛;喜悦的疼痛,哀伤的疼痛;欢聚的疼痛,离散的疼痛;生的疼痛,死的疼痛;山风呼啸的疼痛,水波不兴的疼痛,枝繁叶茂的疼痛,粉身碎骨的疼痛。

李修文的语言是疼痛中的精灵,既跳荡又幽静、既沉郁又生动、既疏朗又密致,深邃从容,超然物外。语言的力量,看似平静,却如冰山下的潜流,它推动着那种埋藏在大地深处的疼痛,顺着树干、顺着枝叶向天空伸出手臂,大声呼号,这是李修文扎根在生命深处的超感,超拔远览,渊然深识,无远弗届。

——李 舫

长安陌上无穷树

■ 李修文

很长一段时间了,每天后半夜,我从陪护的小医院出来,都能看见有人在医院门口打架。这并不奇怪,在这城乡接合部,贫困的生计,连日的阴雨,喝了过多的酒,都可以成为打架的理由。无论是谁,总要找到一种行径、一种方式,来证明自己的存在,可能是喝酒、恋爱,也可能就是纯粹的暴力。

今晚的斗殴和平日里也没有两样:喊打喊杀,警察迟迟没有来,最后,又以有人流血而告终,这都不奇怪。举目所见:一条暗淡的、常年渍水横流的长街,农贸市场终日飘荡着腐烂瓜果的气息,夹杂着粗暴怨气的对话不绝于耳,人人都神色慌张,顾左右而言他,唯有彩票站的门口,到了开奖的时刻,还挤满了一脸厌倦又相信各种神话的人。难免有打架、将小偷绑起来游街、姐夫杀了小舅子等稍显奇怪和兴奋之事发生,但是很快,这诸多奇怪都将消失于铺天盖地的不奇怪之中,最终汇成一条匮乏的河流,流到哪里算哪里。

实际上,当我经过斗殴现场的时候,架已经打完了,只剩

观天下·新世纪散文精品文存

我该怎么称呼您呢?杨绛先生?杨绛奶奶?杨绛妈妈……只听杨绛先生略带顽皮地答曰:"何不就叫杨绛姐姐?"

铁凝《"何不就叫杨绛姐姐?"》

下被打得浑身是血的人正趔趄着从地上爬起来，我看了一眼，就赶紧奔上前去，搀住他，因为他不是别人，而是我熟得不能再熟的人。这个不满20岁的小伙子，是医院里的清洁工，打江西来，热心快肠到匪夷所思的地步，许多次，我在搬不动病人的时候，忘记了打饭的时候，他都帮过我。

而现在，他已经不再是我平日里认识的他：脸上除了悲愤之色再无其他，狠狠推开了我，径自而去，身上还淌着血，但那血就好像不是他身上流出来的，他连擦都不擦一下。我只能眼睁睁地看他离开，但心里全然知道，这个小伙子受到了生平最大的欺侮，他一定不会就此罢休。

果然，没过多久，等他再从医院里出来的时候，左手右手各拿着一把刀，就算进了医院，他也没去包扎一下，愤怒已经让他几乎歇斯底里，在这愤怒面前，之前围观的人群都纷纷闪避，莫不如说，人们对接下来要发生的事情其实更加期待——殴打小伙子的人几乎都住在这条街上，只要他找，他就一定能找见他们。

这时候，一声尖厉的叫喊在小伙子背后响起来，紧接着，一个老妇人狂奔上前，紧紧地抱住了他，再也不肯让他往前多走一步。但我知道，那并不是他的母亲。那只是他的工友，跟他一样，也是清洁工。这个老妇人，平日里见人就是怯懦地笑，也不肯多说话，我印象里似乎从来就没听见过她说一句话，没想到，在如此紧要的时刻，她却使出了全身的力气，抱住小伙子，再用一口几乎谁都听不懂的方言央求小伙子，要他不做傻事，要他赶紧回去缝伤口，自始至终，双手从来都没有从小伙子的腰上松开。

我一阵眼热：在儿子受了欺负的时刻，在需要一个母亲出现的时刻，老妇人出现了，当此之际，谁能否认她其实就是他的母亲？

她矮，也瘦，所以，终究被小伙子推开了，但是，小伙子还没走出去几步，老妇人又追上前来，仍要抱住他的腰，小伙子闪躲，但她还是抱住了他的腿，顿时，小伙子翻脸了，高喊着要她松手，甚至开始咒骂她，终究没有用，她好歹就是不松手。这反倒刺激了小伙子的怒气，就拖着她，生硬地、缓慢地朝前走，走过水果摊，走过卤肉店，再走过一家小超市，终于挪不动步子了。只好停下来，低下头，两眼里似乎喷出火来，就那么直盯盯地看着老妇人，大口大口喘着粗气。

看了一会儿，小伙子丢下了手中的刀，颓然坐在地上，号啕大哭；那老妇人一开始并没有搂住他，却是赶紧从口袋里掏出碘酒，先擦他的脸，再去擦他的手；然后，才将他拉过来，拍着他的肩膀，轻声对他说话，还是一口全然听不懂的方言。小伙子根本没听她在说什么，只是哭——哭泣虽然丢脸，却是度过丢脸之时的唯一办法。他的身上还在淌着血，所以，老妇人再没有停留，强迫着，几乎是命令般地将他从地上拉扯起来，再跌跌撞撞地朝医院走去。

看着他们离去，我的身体里突然涌起一阵哽咽之感：究竟是什么样的机缘，将两个在今夜之前并不亲切的人共同捆绑在了此时此地，并且亲若母子？由此及远，夜幕下，还有多少条穷街陋巷里，清洁工认了母子，发廊女认了姐妹，装卸工认了兄弟，还有更多的洗衣工、小裁缝、看门人、厨师、泥瓦匠、快递员？容我狂想：不管多么不堪多么贫贱，是不是人人都有机会迎来如此一场福分？上帝造人之后，将一个个地扔到这世上，孤零零的，各自朝着死而活，各自去遭逢疾病、别离、背叛、死亡，这自是一出生就已注定的大不幸，但好在，眼前也并不全都是绝路，上帝又用这些遭逢，让我们一点点朝外部世界奔去，类似溺水者，死命都要往更远一点的水域里挣扎，最终，命中注定的人便会来到我们的眼前；如此，那些疾病和别离，那些背叛和死亡，反倒成了一根蜡烛，蜡烛点亮之后，渐渐就会有人聚拢过来，他们和你一样，既有惊恐的喘息，又有一张更加惊恐的脸。

我常常想：就像月老手中的红线，如此福分和机缘，也应当有一条线绳，穿过了幽冥乃至黑暗，从一个人的手中抵达了另外一个人的手中，其实，这条线绳比月老的红线更加准确和救命，它既不让你们仅仅是陌路人，也不给你们添加更多迷障纠缠，爱与恨，情和义，画眉深浅，添花送炭，都是刚刚好，刚刚准确和救命。

就像病房里的岳老师。还有那个7岁的小病号。在住进同一间病房之前，两人互不相识，我只知道：他们一个是一家矿山子弟小学的语文老师，但是，由于那家小学已经关闭多年，岳老师事实上好多年都没再当过老师了；一个是只有7岁的小男孩，从3岁起就生了骨病，自此便在父母带领下，踏破了河山，到处求医问药，于他来说，医院就是学校，而真正的学校，他一天都没踏足过。

在病房里，他们首先是病人，其次，他们竟然重新变作了老师和学生。除了在这家医院，几年下来，我已经几度和岳老师在别的医院遇见，一个40多岁的中年女子，早已被疾病，被疾病带来的诸多争吵、伤心、背弃折磨得满头白发，可是，当她将病房当作课堂以后，某种奇异的喜悦降临了她，终年苍白的脸容上竟然现出了一丝红晕；每一天，只要两个人的输液都结束了，一刻也不能等，她马上就要开始给小病号上课，虽说从前她只是语文老师，但在这里她却什么都教，古诗词，加减乘除，英文单词，为了教好小病号，她甚至要她妹妹每次看她时都带一堆书来。

中午时分，病人和陪护者挤满了病房之时，便是岳老师一天中最是神采奕奕的时候，有意无意地，她就要拎出许多问题，故意来考小病号，古诗词，加减乘除，英文单词，什么都考，最后，如果小病号能在众人的赞叹中结束考试，那简直就像是有一道神赐之光破空而来，照得她通体发亮。但小病号毕竟生性顽劣，病情只要稍好，就在病房里奔来跑去，所以，岳老师的问题他便经常答不上来，比如那句古诗词，上句是"长安陌上无穷树"，下一句，小病号一连三天都没背下来。

这可伤了岳老师的心，她罚他背300遍，也是奇怪，无论背多少遍，就像是那句诗活生生地在小病号的身体里打了结，一到了考试的时候，他死活就背不出来，到了最后，连他自己都愤怒了，他愤怒地问岳老师："医生都说了，我反正再活几年就要死了，背这些干什么？"

说起来，前前后后，我目睹过岳老师的两次哭泣，这两场泪水其实都是为小病号流的。这天中午，小病号愤怒地问完，岳老师借口去打开水，出了走廊，就号啕大哭，说是号啕，但其实没有发出声音，她用嘴巴紧紧地咬住了袖子，一边走，一边哭，走到开水房前面，她没进去，而是扑倒在潮湿的墙壁上，继续哭。

哭泣的结果，不是罢手，反倒是要教他更多。甚至，跟他在一起的时间也要更多。她自己的骨病本就不轻，但自此之后，我却经常能看见她跛着脚，跟在小病号的后面，喂给他饭吃，递给他水喝，还陪他去院子里，采了一朵叫不出名字的花回来。但是，不管是送君千里，还是教你单词，她和他还是终有一别——小病号的病更重了，他的父母已经决定，要带他转院，去北京，闻听这个消息之后的差不多一个星期，她几乎每天晚上都耿耿难眠。

深夜，她悄悄离开了病房，借着走廊上的微光，坐在长条椅上写写画画，她跟我说过，她要在小病号离开之前，给他编一本教材，这个教材上什么内容都有，有古诗词，有加减乘除，也有英文单词。

这一晚，不知何故，当我看见微光映照下的她，难以自禁地，身体里再度涌起了剧烈的哽咽之感：无论如何，这一场人世，终究值得一过——蜡烛点亮了，惊恐和更加惊恐的人们聚拢了，但聚也好散也好，都还只是一副名相、一场开端；生为弃儿，对，人人都是弃儿，在被开除工作时是生计的弃儿，在离婚登记处是婚姻的弃儿，在终年蛰居的病房是身体的弃儿，同为弃儿，迟早相见，再迟早分散，但是，就在你我的聚散之间，背了单词，再背诗词，采了花朵，又编教材，这丝丝缕缕，它们不光是点滴的生趣，更是真真切切的反抗。

其实，是反抗将我们连接在了一起。在贫困里，去认真地听窗子外的风声；在孤独中，干脆自己给自己造一座非要坐穿不可的牢房；这都叫作反抗。在反抗中，我们会变得可笑、无稽，甚至令人憎恶,但这就是人人都不能推卸的命,就像一只鹦鹉,既然已经被关在笼子里了,我能怎么办?也唯有先认了这笼子,再去说人的话,唱人的歌,哪怕到了最后,我也没有逃离樊笼,直至死亡降临,我仍然只是一个玩物,可是且慢,世间众生,谁不都是在一生里上下颠簸,到了最后,才明白自己不过是个玩物,不过是被造物者当作傀儡,在一波未平一波又起的徒劳中度过,直至肉体与魂魄全都灰飞烟灭?

但是,有一桩事情足以告慰自己:你并不是什么东西都没有剩下。你至少而且必须留下过反抗的痕迹。在这世上走过一遭,反抗,唯有反抗二字,才能匹配最后时刻的尊严。就像此刻,暗淡的灯光反抗漆黑的后半夜,岳老师又在用如入无人之境的写写画画反抗着暗淡的灯光,她要编一本教材,使它充当线绳,一头放在小病号的手中,一头往外伸展,伸展到哪里算哪里,最终,总会有人握住它,到了那时候,躲在暗处的人定会现形,隐秘的情感定会显露,再如河水,涌向手握线头的人;果真到了那时候,疾病、别离、背叛、死亡,不过都是自取其辱。

后半夜快要结束的时候,岳老师睡着了,但是我并没有去叫醒她,护士过路时也没有叫醒,她迟早会醒来——稍晚一点,天上要起风,大风撞击窗户,窗玻璃会在她的脚边碎裂一地,她会醒来;再晚一点,骨病会发作,疼痛使她惊叫了一声,再抽搐着身体睁开眼睛,她会醒来;醒来即是命运。这命运里也包含着突然的离别:一大早,小病号的父母就接到北京的消息,要他们赶紧去北京,如此,他们赶紧忙碌起来,收拾行李,补交拖欠的医药费,再去买来火车上要吃的食物,最后才叫醒小病号,当小病号醒来,他还懵懂不知,一小时之后,他就要离开这家医院了。

九点,小病号跟着父母离开了,离开之前,他跟病房里的人一一道别,自然也跟岳老师道别了,可是,那本教材,虽说只差了一点点就要编完,终究还是没编完,岳老师将它放在了小病号的行李中,然后捏了捏他的脸,跟他挥手,如此,告别便潦草地结束了。

哪知道,几分钟之后,有人在楼下呼喊着岳老师的名字,一开始,她全然没有注意,只是呆呆地坐在病房上不发一语,突然,她跳下病床,跛着脚,狂奔到窗户前,打开窗子,这样,全病房的人都听到了小病号在院子里的叫喊,那竟然是一句诗,正在被他扯破了嗓子叫喊出来:"唯有垂杨管别离!"可能是怕岳老师没听清楚,他便继续喊:"长安陌上无穷树,唯有垂杨管别离!"喊了一遍,再喊一遍:"长安陌上无穷树,唯有垂杨管别离!"

离别的时候,小病号终于完整地背诵出了那两句诗,但岳老师却并没有应答,她正在号啕大哭,一如既往,她没有哭出声来,而是用嘴巴紧紧咬住了袖子。除了隐约而号啕的哭声,病房里只剩下巨大的沉默,没有一个人上前劝说她,全都陷于沉默之中,听凭她哭下去,似乎是,人人都知道:此时此地,哭泣,就是她唯一的垂杨。

■ 毛时安

作 者 简 介

中国文艺评论家协会副主席，研究员。曾任《上海文论》副主编、上海作协副秘书长、上海艺术研究所所长、音乐舞蹈史诗《复兴之路》宣传部主任、上海市政协常委、上海市政府参事。著有作品《视野·说》《敲门者》等十余种。曾获中国文联文艺评论一等奖等国家和上海市评论奖项十多种。

作家印象

　　作为评论家的毛时安，目光犀利，明察秋毫，就像瞄准射击一样，他不允许自己的子弹有一时一刻脱离靶心。作为作家的毛时安，宽厚仁慈，柔情似水。在他的散文中，他变成了一个春种秋收的农夫，摆弄着肥沃的往事，侍候着充塞往事里丰盈的记忆，他骄傲而深情，为着他的收获和他的辛劳，这是他的农具、他的麦场，这是他的庄园、他的土地。

　　毛时安的庄园里，有巴金、钱谷融、贺友直、徐中玉、柯灵、程乃珊、赵长天、赵超构、罗洛……他们在他的笔下，生龙活虎地构成了中国文学史的一道道光影琳琅的长廊；也有普通的无名者，他们有时是修桥的工人，有时是路边的园丁，有时是唠唠叨叨的老人，有时是叽叽喳喳的孩子，他们是这个社会不可或缺的风景，在伟大的时代里，他们无声地由一个个你、我、他，变成了你们、我们、他们，这是我们从过去得以行进到今天的动力和能力，只有安静而智慧的眼睛才会看见这股力量。

——李　舫

非人磨墨墨磨人

——柯灵印象

■ 毛时安

上海有条名气并不算太大的复兴路。但它很长,走向也和其他的马路不太一样。像一条摆尾的长龙,从东南向西北蜿蜒而行。在东南,它浑身上下都散发着十六铺的鱼腥味和老城区嘈杂世俗的市民气息。像小书摊上的连环画。到了西北的复兴西路,完全变成了一本立在橡木书架上的深蓝封面的精装书。一栋栋奶黄色的西班牙式的公寓,一扇扇厚重黑灰的木门,掩映在合抱粗的梧桐绿叶中。静气、文气,有点超凡脱俗。因为工作,这些年我常常从那里路过。即使今天到处车水马龙商店林立,这条路依然故我的安静。柯灵先生就住在路边147号的楼上。冥冥中,我一直觉得,这条路和曾经在这里工作写作生活了50多年的柯灵先生,气质上吻合得浑然一体。丰富而又纯净,才高八斗而又含蓄内敛不露风华。

我年轻时和这里、和居住在这里的柯灵先生八竿子挨不着边。在工人新村长大,那时读的大都是后来成为"红色的经典"的大部头长篇小说。直到十七八岁上高中时,才第一次听到柯灵先生的大名。是在1964、1965年报端开始对电影《不夜城》革命大批判的时候。前后被批的还有电影《早春二月》《北国之春》《舞台姐妹》《林家铺子》《红日》《逆风千里》。高天滚滚寒流急。不久,暴风骤雨席地而起,摧枯拉朽。偶尔可在一些造反小报上觅得先生和《不夜城》被批的蛛丝马迹。没看过电影,但"不夜城"三个字对上海这座流光溢彩的城市的写照,给我这个文学爱好者留下了深刻的印象。

直到七八十年代之交,万象更新,看到了师陀、罗荪、张乐平、王西彦一批老人在巴金寓所劫后重逢的照片。每个人都咧着嘴,脸上荡漾着已被压抑了十年的开怀的笑意。埋在单人大沙发里的柯灵先生也像孩子一样毫无顾忌地笑着。不久,就在《文汇月刊》和各种文学报刊上陆陆续续读到了柯灵先生字字珠玑且振聋发聩的散文新作。一个老人,在那个时代的和煦的春风里焕发出了一种新的更为蓬勃的文学生命。

我是他忠实的读者。

1989年我到上海作协担任负责创作业务的副秘书长,才有机会直接接触自己敬仰已久的柯灵先生。他说话语速不快声调不高,温润谦和,举手投足之间有一股"清风徐来,水波不兴"淡淡静静的书卷气拂面而来。1991年,紧接着巴金文学创作生涯60年研讨会。为筹备柯灵先生文艺创作生涯60年研讨会,我第一次到他府邸拜访。复兴西路147号二楼的书房光线暗,未闻其声,先见到幽暗中先生的满头白发。先生的白发那是真正的白,居然没有一丝的黑和灰,不但白,而且茂密,而且梳得一丝不苟。虽然穿着一身灰色的便服,米色的毛线背心,但年届八旬的先生收拾得干干净净。眼眸里闪着一种曾经沧海后的老人才有的睿智通脱仁慈的光。给你一种特别的感动。我向他汇报了我们的工作。耳朵有点背,他戴着耳机只是随和地点着头,并不怎么插话。同去的小陆站在凳子上咔嚓咔嚓地忙着拍照。先生一眼看见,招招手,讲,侬勿要忙,快点坐忒一歇。我没想到,一个在大时代洪流里颠簸了一生不屈不挠与各种黑暗战斗了一生的文化斗士,一个站在汉语文学巅峰的文学巨匠,居然有着如此细细春雨般的温文尔雅静穆谦和。后来在作协工作久了,我才发现,几乎所有的文化老人的胸怀里都跳动着一颗高贵人道的心。

柯灵,原名高季琳。1909 年出生在水乡绍兴。去掉中间一个"季"字,按绍兴口音,他取了一个笔名"柯灵"。为躲避当时的书报检查和政治迫害,他一生用过几十个笔名,最后以"柯灵"名世。柯灵的一生和我们的民族、国家一样的多灾多难。他小名元元,一满月,就被父亲送给了守寡的养母金氏。他和养母的感情不是亲生却胜似亲生。1995 年先生在接受上海文学艺术奖杰出贡献奖深情地说起自己的养母:她不是我的生母,却把全部的爱给了我,艰难地把我抚养成人。她是文盲,但给了我受用不尽的精神力量。

先生文化程度是高小。是真正自学成才的一代文学大家。15 岁他就开始以羸弱的身体走上了自食其力的谋生之路。冥冥中兴许是一种宿命,在人生的开端上,他就迷恋着文字,沉湎于写作。1990年5月,为筹备研讨会,我们几个干事者来到先生的故乡。当乌篷船轻轻拨开绍兴水乡宁静的河面,我想起了那个消瘦的背着小包袱同样坐在乌篷船上的年轻的先生。那一刻,曾经缭绕在他童年心灵的高亢入云的绍兴大板给了他什么样的心情?

作为一代文化大家,柯灵先生的文艺生涯其实是两大块一条线。柯灵先生的一大块是电影世界。他20世纪30年代先后辗转天一、明星、联华三大电影公司,接触了中国电影史上许多大师级的艺术家。尤其是夏衍、阿英、郑伯奇和党的"电影小组"对他艺术思想的最初引领。柯灵主编《明星》,受到五四新文化运动影响,在党的"电影小组"指引下,他一方面积极宣传进步的电影思想,推动在光明与黑暗旋涡中徘徊挣扎的中国电影向着健康的方向前行。今天有许多学者对民国电影赞不绝口,但是他们往往忘了,30年代及其后中国现实主义电影的辉煌,《马路天使》《十字街头》《一江春水向东流》《乌鸦与麻雀》这些电影经典之作的不朽魅力,是党领导中国左翼文艺在曲折中艰难中前进的结晶。一方面,柯灵先生身体力行,直接投入创作,创作了《孔夫子》《飘》《夜店》《末路王孙》《乱世风暴》《腐蚀》《为了和平》《秋瑾》等不少电影、话剧剧本,在这些作品里灌注着浓烈的时代精神生活气息,流淌着作者对于苦难中的人民炽烈的人道主义激情,还有对人性的真切理解。谈到电影人们自然而然会把艳羡赞美的目光投向明星。而柯灵先生却是以近乎毕生的几十年生命在幕后为中国电影默默地燃烧着自己。特别是那部在激烈政治风暴中给他带来几乎灭顶之灾的《不夜城》。柯灵长期担任上海电影剧本创作所所长。那是李维汉通过先生的革命引路人夏衍布置给他的创作任务。柯灵没有把它简单地写成公私合营的颂歌，而是第一次在银幕上正面呈现了中国民族资产阶级复杂的心路历程，成为银幕上最充满上海气质、精神的历史画卷。

柯灵先生的另一大块是新闻天地。从20岁单枪匹马到上海《时事周刊》试水新闻开始，他先后办过《明星月刊》《文汇报》和它的副刊《世纪风》《浅草》《草原》《万象》二十几种报纸杂志及其副刊。一切烟消云散，但这些报刊注定将自己深深的足迹留在了中国的现代新闻史。特别是他参与创办的《文汇报》，几十年来，成为上海和中国知识界共同的精神家园。它们在柯灵先生的主持下，在中国共产党领导下，向往光明，追求进步，不畏强暴，向往民主、自由，以文字唤醒人民的觉醒，抵抗一切黑暗恶势力的打压，推动时代进步的洪流。1940年，他名列被汪伪政权通缉的83名"首恶分子"。1947年他参与创办的《文汇报》被淞沪警备司令部勒令停刊。柯灵也被迫亡命天涯，直到新中国曙光初露。在那个时代，柯灵和他主持的报刊是在黑暗中燃起人民心头驱散寒夜的火把。柯灵称自己"是个温情主义者"。暖心的友情，使他身边那些作者，永远不会缺少堪称"伟大"的作家。马叙伦、柳亚子、叶圣陶、许广平、郭沫若、茅盾、巴金、丰子恺、夏衍、许广平、郑振铎、李健吾、傅雷……这些掷地有声的名字在他的版面上群星辉耀。难能可贵的是，他扶持新人，慧眼识珠，先后发现、影响了黄秋耘、黄裳、何为、董鼎山、徐开垒、梅朵、郑拾风、沈寂等一大批后来名重文坛的才俊。经他手办的报刊无一不是风生水起佳作迭出。柯灵先生是一个艺术视野开阔、审美感觉敏慧的编辑家。他追随进步，但从不排斥艺术，在黑云压城的孤岛时期，他办《万象》发现、扶持与革命并无任何精神纽带的张爱玲。40年代抗战胜利，钱锺书《围城》尚未完稿，柯灵先在《文汇报·世纪风》透露信息。手稿杀青他立刻在自己创办的《文艺复兴》上连载；最后他又请晨光出版公司为之刊行单行本。几十年后，我也有幸得以与黄、徐、梅、郑诸位先贤结识，在他们身上看到了柯灵先生的精神魂魄。50年代，作为《文汇报》分管文艺的副总编，经他力主、操办，刊出了京剧大师梅兰芳的回忆录《舞台生活四十年》。它也是引领我走进京剧艺术殿堂的"圣经"。尤其是80年代梅朵先生创办主编《文汇月刊》，完全秉承了柯灵先生的办刊思想和精神，为推动时代和文化的进步，不遗余力。

而写作则是贯穿柯灵先生一生，连接他两个空间的一条主线。他是当代中国当之无愧的最为杰出的散文家。他的散文既有着五四以降科学民主人道的精神感召，又有着中国古典文化温柔敦厚彬彬有礼的襟怀教养。水火不容的两种文化在柯灵散文中可以那么和谐地相安无事浑然一体。艺术上，他的散文把汉字精练、内敛的特色，提升到了一个全新的至今无人企及的境界。他是一个深得汉字机心、深懂汉字机趣的"煮字人"。许多我们习以为常的成语，到了柯灵先生笔下，立刻焕发出了神奇的光彩。譬如历来贬义的"长袖善舞"，被他用来形容夏衍先生的群众工作能力。特别是柯灵先生晚年那些怀人的散文实在是到了一种炉火纯青的境界。他写巴金、夏衍、钱锺书、傅雷、张爱玲,那种集一生之交往、感情的心心相印的理解,那种人物在大时代风波里出没的坎坷乃至悲惨的命运,发之于清如溪流的语言叙述,真正写出了掩藏在人性深处的东西,还有他对历史、时代,对自己和国家走过的道路的庄严冷峻的反思。每一篇都足以成为今天知识人写作的范文。90年代发表在巴老主编的《收获》上,他写妻子陈国容"文革"惨痛遭遇的《回看血泪相和流》,是和巴金《怀念萧珊》一样,蘸着血泪一行行写出的不朽文字。陈国容出身名门,年轻时就是地下党教委的宣传委员。新中国成立后一直担任一所重点女中的校长兼支部书记。她和柯灵苦恋11年才"有情人终成眷属"。没想到就是这样一个纯净温和的知识女性,在丈夫被关押在"文革"的牢狱时,她毫不动摇地走进精神的炼狱,比孟姜女寻夫更为艰难痛苦地寻找着丈夫的踪迹,绝望中几度自杀。她的坚贞不渝让我们想起俄罗斯冰天雪地里追随着丈夫的那些十二月党人妻子不屈的身影。作协的人都尊敬地叫她"陈老师"。我看见陈老师时,她已经是一个满头银发步履蹒跚的老人了,完全失去她年轻时姣好的容颜,说话句子有点断续,两手微微地有点颤抖。不管何时何地,总是和先生互相搀扶着,或者在边上默默地看着先生。柯灵在文章里以一种淡如止水的白描语言,真切而平静地记录了妻子的苦难经历,但谁都会在字里行间感受到先生热烈的心跳。

柯灵晚年散文有一种"于无声处听惊雷",在静默中撕裂读者内心的震撼。我想,这就是所谓的"力透纸背"吧。

给他筹办研讨会的那些日子里,他会时常召见我,不时交给我一张小字条,字条上端端正正地写着几个人名。有上海的、外地的,还有香港、台湾的。他们大都是他几十年结交、给他过帮助支持的友人。临了,他还总会关照我一声,不要忘记试了。看到我小心翼翼收拾好,他才会放心。他总是记得别人的好。特别看重友情。那次研讨会后,他几乎每次出版新书都会题好"时安同志存正"几个字,然后,认认真真地签上自己的名字和日期。1993年《柯灵六十年文选》出版,他和陈校长一起郑重签好名赠我,成为我藏书中的瑰宝。柯灵先生不是那种风风火火张扬的人。字如其人,他的字通常都写得小小的,毕恭毕敬,娟秀而有力。

柯灵先生在《促膝闲话中书君》一文有对老友钱锺书先生"清湛如水,不动如山"的评价。在我看来,这也是柯灵先生最传神的自我写照。在中国近百年风雨兼程艰难前行的进程中,他有一种坚如磐石的信念,才得以一介书生的消瘦身躯扛起了如此沉重的文化责任。我常常在怀想,孤岛时期,他这样一个文弱的磨墨人两次关进日本人的监狱,如何咬牙经受了老虎凳这样的酷刑。就是他在拷打时用微弱声音说出的"我是中国人,我爱中国"的信念,让他经受了各种炼狱般的苦难,走到了阳光下。他那代人诚如评论家李子云写的那样,从参加左翼文艺运动以来,一直锲而不舍地追随中国共产党,不论什么时候都没有动摇过。这是一种山的坚定。他们不在乎个人的得失进退,但他们有他们在乎的东西,人的尊严、价值,还有名节。记得就在那次研讨会前夜,作协秘书长赵长天突然给我打电话,让我无论如何要找到老徐（徐俊西），请陈至立同志务必、一定出席会议。长天还特别强调是柯灵先生几次关照的。市委副书记陈至立原定是出席的，她是一个非常尊敬文化老人的领导。我连夜打电话，找到宣传部副部长徐俊西，如实汇报了情况。半夜老徐来电话，事情落实了，大家才放下心来。第二天陈至立到会，发表了热情洋溢的讲话。柯灵先生《六十年文选》里收了他、夫人陈校长和陈至立的合影。陈至立挽着先生，先生快乐地微笑着。但是，他们的信仰，不是盲从，对党几十年经历的曲折也有着自己清醒的思考和总结，特别是对极"左"文艺路线尖锐而理性的批判。

　　就在那次会上柯灵先生发表了题为《白首学徒的谢意》的言简义丰的答谢词。晚年柯灵，怀着对上海这座他毕生为之奋斗的城市的缅怀和敬意，开始了长篇小说《上海一百年》。他杜绝了一切应酬。每天清晨城市苏醒时分，人们都可以看见清静的复兴西路上，满头银发的老人，披着一身霞光，穿过夹道的梧桐绿荫，"像小学生一样，天天背着书包上学去"，步行到离家不远的创作室，闭门写作。1994年小说第一章"十里洋场"在《收获》发表，好评如潮。这年他已是85岁了。长天和我私下里议论，都担心先生那埋藏他一生心中的鸿篇巨制实在是一个很难完成的任务。长天是小说家，他深知小说创作甘苦，以先生那种严谨的笔法，还有他"语不惊人死不休"的对语言自身极端讲究的苛刻，以有生之年是写不完这种史诗性的长篇小说的。果然，他不断地写、不断地改，又写了两章，最终自己不满意，撕了。这也是柯灵先生、这位文学大师，留给他热爱、留恋的世界最后的文字"绝唱"了。

不时经过复兴西路,一切如旧。拉毛的乳黄色墙壁,黑色的铸铁栏杆,室外的楼梯,紧闭的沉重的木质大门。因为喜欢,我收藏了好几幅柯灵先生的照片。其中最喜欢的一张,居高临下的画面中下方,柯灵先生一袭黑色大衣,系着一条红黑格子围巾,双手抱膝,满头浓密的银发衬托着走出"文革"长夜不久的沉思。身后是人行道拐角秋冬之交从梧桐树落下的片片黄叶……这些年,我身边的老人渐渐地远去了。如今,我也渐渐走进了老人的行列。他们留下了一片巨大的空白地带,我们这一代人能像他们一样好好做出点事吗?

非人磨墨墨磨人。留在文字里的沧桑岁月,唯有磨墨人冷暖自知。

■ 宁新路

作 者 简 介

　　甘肃省武威市人。供职于财政部中国财经报社,财政部中国财政文学会副会长兼秘书长、《财政文学》主编。中国作家协会会员。著有散文作品11部和长篇小说2部。长篇散文获第26届中国新闻奖一等奖等数十项文学作品奖。曾为武警部队总医院政治部宣传文化处处长,5次荣立三等功。2001年转业到财政部,在中国财经报社总编室等任职。2014年获财政部"五一劳动奖章"。

踏　空

作家印象

　　憨厚，朴拙，勤勉，坚定，幽雅而善解人意，勤劳而脚踏实地——这是宁新路，也是宁新路的散文。

　　言为心声，文如其人，我以为，说的就是宁新路。朱光潜曾说，语体文必须念着顺口，像谈话一样，可以在长短、轻重、缓急上面显出情感思想的变化和生展。宁新路的散文，恰是朱光潜美学观的注脚。

　　宁新路的散文永远充满了真、善、美。他的《人妻》里写出了祖母的一生，同时也在祖母近百年的生命时光里，写下了不同时代、不同制度下的"人妻"群像，她们日复一日，年复一年，从花季少女，到满头银发，只要有一口气，生命不息，劳作不止，她们是我们最值得尊敬和赞美的人。

　　宁新路的散文永远充满了智慧和思索。他的《踏空》里写的是几次踏空摔跤在身体上留下的伤痕和在心里留下的警醒，可是这伤痕和警醒何尝不是人生道路上的坎坷和警示？达尔文在《进化论》中写到，西伯利亚雪原上的白貂恐怕命不长矣，因为适者生存，不适者注定被淘汰。宁新路说，人一生的路有多长，通常是脚"说"了算。因为脚下的路能走多长，命就会有多长。多么质朴的真理，其实真理恰在日常的点滴中，朴素，坚定。不仅一个人，一个国家、一个民族也应该如此——铭记历史，不在同一个地方踏空。

——李　舫

踏　空

■宁新路

我身上有几块疤痕,几十年了仍盘踞在原地,看来不会走了。这些伤痕的来历很让人后怕,它是踏空摔伤所致的。

我额头的伤疤,是缝过十二针的深痕。伤痕高低不平,是伤口太宽缝线粗糙的结果,是伤口太长难长平坦的缘故,还是伤骨后难愈的沟壑,弄不清楚。我对这疤心有余悸。好在它紧贴发际,显痕有刘海遮盖,不然会明摆在额头。这疤虽无碍大雅,因有人猜疑,便有了点自卑。

那摔伤的惨痛瞬间有多可怕,幸而幼时没记忆,不知有多痛。我妈说,吓死她了。她说,我从老高的炕沿往前扑,一脚踏空头落地,栽在三角石上,头破血流,人没气了。她往血口抹了把灶灰,摸身上有丝温热,赶紧抱起往医院跑。

医院在十里远的县城,在没车的泥路上,母亲抱着我边跑边走。我的伤口仍在流血,她磨破的脚也在流血和钻心地痛。一路奔跑的母亲,豁出命来往医院赶。跑到医院时,母亲看我额头翻绽的伤口不再流血,身上冰凉上涌,就地瘫软了。抢救的医生对我发抖的母亲说,人还活着,有救。她听医生说有救,身上又有了劲,眼泪却止不住了。

伤口缝了十二针。医生说,血快流干了,再晚点就没命了。妈说,她跑到县医院那么远,也不知道哪来的力气。母亲的述说,使的泪水往外涌。母亲抱着我跑了那么远的路,哪来的力气,我想象不出来;母亲如在路上稍有停顿,我就没命了。

我懂事后,有几次母亲摸着我额头的伤疤,仍痛楚地述说那次的踏空。虽是重复述说,她仍在掉泪。我初听母亲讲那踏空的危险情形时,吓哭了。我不敢想我的那次踏空有多危险,我便在炕沿上比画当时踩空头栽地的境况,炕沿"告诉"了我一切,那惨状让我害怕。炕沿的松木滑溜如冰,触脚便滑;土炕比我高,对三岁的我来说是悬崖;地面有磨出来的三角石,它会"咬"肉,何况是稚嫩的额头撞它。难怪我一头栽地,便皮开肉绽。

我摸我额头的伤疤,再从这光滑的坑沿,瞅那地上的三角石,想那头栽三角石的惨状,心就抽搐,伤口顿现麻疼感。这麻疼感,原来沉睡在记忆深处,是被我模拟摔落的刺激唤醒了。可见当时头栽地,是无法形容的巨大疼痛,是刻在记忆深处的惨状。

这个伤疤,自从被我的模拟踏空唤醒,每当有东西触及它,风雨雪刺激到它,甚至镜子照到它的时候,会有隐约的麻痛感。这使我有段时间常趴在炕头愣神,好奇栽下去的情形。好奇的结果让我越发害怕。这炕的高,对幼儿确如摔落峭壁,即使大人踩空栽地,后果也难料。这使我每当想起那次踏空就心涌惊悸。

伤痕留在额头不愿走,照镜子会看到它,梳头会碰到它,不经意会摸到它,母亲常会端详它。我知道,最在意的是母亲,母亲端详它的那眼神,仍有揪她心的感觉。她在我长大,乃至离家多年后,仍会说起我那次踏空的险事。她常说我踏空的事,是在不停地提醒我,抬脚有危险,走路得长"眼",踏空会要命。

人走在山川江湖,不料踏空难防。

我的腿和胳膊有块伤疤,为掏鸟摔伤。那次上树掏鸟,张六娃让我踩他肩膀爬上去掏。我没掏到鸟,张六娃就不情愿给我当"梯子"。我下树时他就把肩闪开了,我踏空摔了下来,被结实地摔到了龇牙咧嘴的树根上,扎破了好几个地方。我吓坏了,张六娃吓哭了。我问张六娃,你当"梯子"我掏鸟,是我俩说好的,我下树你为啥闪开了?张六娃说,你没掏到鸟,凭什么再给你当梯子!我无话可说,我也没法恨他。他似乎说得对,我没掏到鸟,让他很失望,他没有必要再给我当"梯子"。

尽管我理解了他导致我摔伤恶行的借口,但我害怕起那次的掏鸟来。因这几个伤疤不仅让我痛了很久,也在我身上留了很久。我从此再不敢让人当梯子。我感到登高没有结实梯子,不能上下,人梯好像靠不住。

这个惧怕,是我从一古墓里看到并印证的。脚踏不到铁梯上,不能爬高和下地做事。要相信梯子,绝不能相信不靠谱的人。

那座被人盗掘的古墓洞下,有几具白骨,考证认定是盗墓者的遗骨,是盗完墓的洞外盗墓者,割断了绳子的惨剧。他们当时定是说好分工协作的,盗完即接。而洞外的哥们儿财宝得手后,却把洞口的绳子切断走了。

那绳是阴阳"路",断了绳子就断了下面人的活路,那盗贼只好陪葬。这墓穴盗墓贼的白骨,让我对张六娃故意让我踏空的恶举恨之入骨。我们本是好伙伴,说好他当"梯子"我掏鸟,掏到鸟儿平分。可我仅是没掏到鸟,在他失望的瞬间,他就撤走了人梯,让我踏空了。可见人要让人踏空,就在对方一念间。

寒冬的冰酷似石般结实,可就在我看来实如石的冰上,我却踏空了。幸亏姐眼疾手快,否则就不见人世了。姐说,那时我七岁,既痴又狂,抬腿就疯跑,要翻墙、要上天,把个前面的沟当什么!河沟刚结冰,冰下是急水,我要下沟滑冰。她拉不住,我踏破冰便落水了。沟里全是冰,她破冰费尽周折找到了我,待把我从冰沟拉出来时,我已满肚子冰水,人快没气了。活过来的我,一病数天又烧又拉,人瘦成了脱水的瓜条。她为我累和吓出了病,也一病数天不起,人瘦得脱了相。我问姐,你是怎么把我从冰沟里找到的?姐说,砸冰找的,你命大,差点找不到了。

每当提起这事,姐总说踏空会要命,脚下可得小心。我说那么厚的冰,怎么会踏破呢?姐说那是"骗"人的冰,踏上就破。姐的话对,河沟上的冰会"骗"人。不管是初冬的冰,还是深冬的冰,河上的冰看是实的,冰下却是空的,总有人踏空落水或送命的。踏空掉冰河,就如同够不到洞口的那盗墓贼,能看到光亮,却爬不上来。

踏空由不得自己,它甚至会发生在好端端的平地上。

我在宽阔而平坦的田埂上信马由缰地走路,压根儿没料到会在这光溜的道上踏空,可我的脚却踏空了。这踏空是塌陷式的下沉，一脚下落，踩到了极软的东西，随着惊叫，数条硕鼠惊恐上蹿，脚腕被撕咬，脚脖被咬破。

是我踏到了鼠穴。这平而硬的田埂，怎么会有鼠穴呢？原来路是被硕鼠掏空了的，掏成了大空洞。可我纳闷，这田埂每天走人，为何偏让我给踏空了？我想不明白。

我年少时的几次踏空，都流了血，也留了深疤。尤其是那次炕沿踏空，留在额头的不仅是伤痕，还留下了噩梦。我时常梦到踏空摔落，有时踏空在床上，有时踏空在房顶，有时踏空在云端等莫名其妙的地方，被摔得无影无踪。这是踏空惊吓的结果吗？定是。那久远的惊吓记忆，为何还盘踞在脑海不肯离去？是那踏空的疼痛与惊吓留下的伤疤吗？难道大脑也会有伤疤？想来定是。踏空的意外不可预料。

踏空之祸藏在脚下。成人后牢记踏空的可怕，虽对脚下小心谨慎，却还是发生过多次踏空。踏空过马路，有人把稻草盖在坑上，把我的脚崴了；踏空过台阶，我把脚踏到了底层，摔伤了一条腿；踏空过木板，那是实里藏虚和虫子咬空的硬木板，造成了皮伤和惊吓；踏空过山石，我从山坡溜了下去，差点摔成一堆肉泥。至于小的踏空，已不计其数了。因而，抬腿就怕踏空。想起踏空，心就颤抖。

人一生的路有多长，通常是脚"说"了算。脚下的路能走多长，命就会有多长。脚下最怕的事除了被绊倒，就是踏空。

能不踏空吗？有种可能，踏着云和空气行走。踏着云和空气，本身就在空中，那是永远也踏不空的。踏不空的人，那是真正的"踏空师傅"。

踏　空

我不止一次做过踏着空气和云朵行走的梦，也梦到过满街的人都踏着空气和云行走，脚轻如棉花，从不踏空。他们称自己是"踏空师傅"，别人也叫过我"踏空师傅"。梦醒时对踏空行走非常渴望，很想成为"踏空师傅"。

"踏空师傅"不可能有，我永远也成不了现实中的"踏空师傅"。但我却梦见不愿行走的人如今越来越多，不少人在学做"踏空师傅"，尤其不愿把脚踏到地上走路，看到他们踏到高处又摔得越重，就感叹他们演绎了最痛最惨的踏空精彩闹剧，令人惊恐万状，庆幸不是自己。

■ 宁 肯

作者简介

1959年生于北京,北京作家协会签约作家,第二届老舍文学奖长篇小说奖获得者。中国作协第九届全委会委员。

毕业于北京师范学院二分院,1980年开始文学创作,发表诗歌作品,1984—1986年在西藏生活工作,有关西藏的系列散文使其成为"新散文"创作代表作家。代表作长篇小说《蒙面之城》2000年获全球中文网络最佳小说奖,2001年获《当代》文学接力赛总冠军,2002年获第二届老舍文学奖。现为《十月》杂志副主编。

作家印象

宁肯从诗歌起步，途经小说，最终到达了散文。这是他认为最本真的写作方式，也是最熨帖的生存方式。

他将他的散文写作称为"文本写作"。"文本"是什么？宁肯认为，"文本"就是就是散文化。散文化是整个20世纪文学的主导倾向，其原因相当复杂，但究其主要原因，是因为"现代散文"既是心灵的、自由的，同时又是开放的、模糊的、无所不包的，有点像人类早期的写作，虚虚实实，真真假假。这是一种文学，更是一种哲学。

宁肯常说，写小说是戴着镣铐的舞蹈，因为偶然因素和戏剧化的场景常常让他难以掌控自己的作品。然而，正是散文在某个偶然的场景冲入他的写作中，拯救了他。正是这种毫无掩饰、毫无遮拦、毫无恐惧、毫无因过度随情适性，让他细密的心思在散漫的文字里涓涓流淌，它们任性，顽皮，却又怀抱着力量冲向它们的终点——大海。

你只要读懂宁肯，你就会明白每一滴水珠都在神秘的海洋里所说的每一句密语。

——李　舫

少年穿过 70 年代的城

■ 宁 肯

捞小鱼

北京午后街上异常寂静,没什么人,就我们几个小孩走着。哥哥姐姐都插队去了,加上五七指示、清理阶级队伍,北京一下走了很多人,街道干净空旷,阳光主宰一切,甚至几个孩子走在街上有点像幻觉,像现在的动漫世界。什么也不能阻止孩子的成长,游戏,快乐,想象力,包括对空间的想象。

我们要去永定门外护城河捞小鱼,或还要再去远一点儿的二道河,到那里逮蛐蛐。从琉璃厂西街的前青厂胡同 10 号到永定门是很远的路途,不过这对已十几岁的男孩子没什么。我们经常走的有两条路线,一是从前青厂到琉璃厂,再到虎坊桥、虎坊路、陶然亭。这是一条大路。另一条是穿胡同,走西草厂胡同、魏染胡同、果子巷,到陶然亭北门。两条路均在陶然亭会合,很像两条河汇成了一条河。然后从陶然亭继续往南,路过游泳池，再过护城河，然后再过铁道、车子营，直到二道河。一过护城河就是城外了。为什么叫二道河？因为护城河在北京算一道河，但一般不这么叫，不过要从这儿论。过了护城河的下一条河自然就叫二道河，再下一条叫三道河。当然还有四道河、五道河，但太远了，不从北京论了，因为河流已有了自己的名字。

当时我们出门从不坐车，甚至连坐车意识也没有，就是走。不要说吃的，连水都不带，渴了就到附近院子或工厂什么的地方喝自来水，饿了呢？就是饿着。通常要是捞小鱼走到护城河就不走了，如果逮蛐蛐还要走到二道河，不过即使护城河也已经很"野"了，河对岸就是庄稼地。

像自然界许多事物一样，春天我们这些胡同里的孩子出行最多。那时，冰消雪化，春回地暖，即使院子里的一点儿绿也会让我们激动，特别是最初在墙角砖缝儿看见一株绿、一只蚂蚁都觉得特别的新鲜，觉得大地真是醒过来了，不然蚂蚁怎么都出来了？到了5月我们也像蚂蚁一样非出门不可。那时在偌大的北京，我们的确就像三只小蚂蚁，开始出门远行。

我们每个人带一个瓶子，除此之外同伴七斤还有个小渔网，文庆有手绢，系上手绢的四个角就可充当渔网。我什么都没有。家里平时没大人，自己生活、做饭、上学。一个家里没大人的孩子总是比别人缺什么，哪怕最普通的东西也没有。

尽管春天河里游动的小鱼苗儿非常多，一群一群的，用手抄仍几乎是不可能的，因此我总是两手空空。但也不是特别羡慕文庆、七斤，因为没法羡慕，因此看着他们俩屡有收获也只能更聚精会神地看着。他们用小网或手绢等着鱼群过来，突然抄起，我则把两手埋伏在水下，静等鱼群。鱼群过来时动作不能太快，太快鱼和水就都散没了。慢了也不行，水虽在鱼早跑了。这样不断总结，一次次失败，偶尔也能抄到一条。每次七斤瓶子里的鱼是最多的，其次是文庆，我最多时有三四条，少时一条也没有。

  护城河边，芳草萋萋，两岸都是泥土，柳荫遮蔽，似隐含着无穷的秘密，其实更多时候的秘密不过就是我们几个捞小鱼的孩子。更多的是麻雀以及排污口许多或大或小的洋灰管道，或红砖砌的管道。那时也有污水，但奇怪的是小鱼还能活，快乐的小鱼在各种颜色的水中就像在云雾中穿行。麻雀常常就在我们的头上掠过，好像就因为我们是小孩所以飞得特别低，呼呼像一阵风就过去了，简直就是欺负我们。有时我们会看一眼，有时看也不看，完全无视，仿佛有种天生的浑然不觉的对鸟世界的傲慢。其实世界就该是这样：人和自然本来就应该没什么关系。现在整齐的水泥岸是愚蠢的，像暴力的排污口一样愚蠢，而有排污口的自然泥岸比水泥岸略好一些。水泥与水纯粹是两种事物，但水与泥土就不是，河水没有了自然的泥土还叫河水吗？就算有成荫的树也是假河。

  捞鱼回来的路上兴奋但并不轻松，主要是怕有劫道的。自然也都是小孩，小孩劫小孩任何时代在哪儿都会发生，事实上小孩是小社会，有时也相当残酷，就感受而言甚至比成人世界还直接，没有余地。或者劫钱，或者役使，带着威胁、恐吓，即使什么也不劫或劫不到什么也要有事没事欺负你一下。如同丛林法则、如同动物世界一样，再小的动物也不会俯首就擒，也会警觉地逃，玩命地奔跑。因此有时我们远远地本能地就觉得前面不对，虽然并没发现什么，但会立刻停下，观察半天，确定没什么危险了才会再往前走——同时准备着随时奔逃。

有时会在某个地方等上半天，甚至干脆掉头而去，假装走另一条路，骗过对方。但其实没别的路，劫道的人也非常了解这一点，结果我们以为成功了，"掠食者"却突然出现，我们拼命跑。通常逃生总是快于追击，且又是同类生物，因此我们在最初被劫过一次后再没被人劫成功过。或是避开或是骗过对方或是飞也似的冲过封锁线，逃之夭夭。其实人在儿时就得这样训练，说得客观一点，童真有，丛林法则更有，这才是童年真实的世界。

废品站

永定门桥头对面，有一个铁栅栏围成的废品站。从外面可以看见里边的东西，废品具有垃圾的外貌但不是垃圾，不过也不是正常物品。透过栅栏可以看见锈迹斑斑的大铁锅、自行车、三轮车、电线、收音机、盆、碗、麻包，应有尽有。在一个物资匮乏的年代，那儿的物质世界之丰富让我们瞠目结舌，每每路过都感到像一个破铜烂铁的童话世界。但是我们很少进去过，因为我们的目的地不在那儿，而且兜里没一分钱。没钱的人对许多事物都没兴趣，看看就走了，哪怕是天堂或童话世界也不多看，有种因匮乏而产生的冷漠。一度因为这里卖二极管三极管电阻半导体喇叭什么吧——这些东西对我们来说太神秘了，我们也去过几回。类似这样的地方我们还去过宣武门外校场口的车子营，那是北京城里最大的一个废品站，我们到这里来也是为半导体元器件。那时学校组织学唱样板戏，我们底下经常这样唱："老五叔，指航程，七姑走向车子营，车子营哪啊——"老五叔和七姑是当时电影《青松岭》里两个资本主义的尾巴，两句经典台词是："我那点榛子？""卖了。"可见车子营废品市场在当时北京是颇有名的。

车子营胡同明代已成巷，属于宣北坊，明嘉靖三十二年（1553年）加筑北京外城一共设了"七坊"，其中的正西坊、正南坊、宣南坊、宣北坊、白纸坊等都在今宣武区内，"宣南"一词也由此而来。资料显示，清代车子营多车马店，其时已称车子营。还有一个说法是这里有清军建造车的营房，或校场存放车的营房，是为车子营。其实聊聊北京的一些老胡同老地界很有意思，许多年后的回忆有时会让我把永定门与车子营两大废品市场搞混，这就更有意思：以废品而论，那时北京有一种超前的后现代诗意，因为现在看来那时的废品都像是某种艺术品，一些所谓的装置艺术不就是废品？

两个废品站给那时闭塞又雷同的胡同生活提供了不少新鲜东西，大概就因为是废品，在这儿买卖东西不算"资本主义"，而事实上许多不是废品的东西人们也借废品概念拿到这儿来卖，实际就是某种程度的自由市场。所以，那时来这儿的人也特多，买卖非常活跃，买卖的自由事实上比买卖本身更让人有快感，废品站是那时人们唯一享受到自由的地方。我们这些孩子之所以对半导体元器件感兴趣，主要是北京当时流行自攒半导体。当时商店卖的半导体就是两三个管的，收到的台很有限，根本收不到"敌台"。而自攒的半导体就可以高配置，四个管的五个管的，有人最高配过七个管的。这是其一。其二自己攒也比买的便宜。

当然能攒半导体的人都得是当时胡同里有点文化的人，我们院虽然没有知识分子但常来走动的亲戚中有在七机部工作的，对小院来说格外的神秘。七机部的亲戚自己攒了五个管的半导体，后来又攒了七个管的，可以听国外电台、新鲜音乐。院里没文化的人有的也照样跟着学，攒不了五个管的就攒两个管，于是买了电烙铁、锡丝、烙铁油、二极管、电阻、电容、线路板、外壳，虽然没多高文化但竟然攒了出来！院子里常闻到一股股电烙铁味。电烙铁玻璃板也就应运而生，当时专业不专业，不用看别的，光看攒半导体的人桌子上是否铺着玻璃板就知道了。半导体最终一旦攒响，特别是出现了伟大的播音员夏青的声音，所有人都会发出神奇的欢呼。民间无论何时都有着巨大的活力，事实上只要给民间自由就什么都会创造出来。但是商店通常控制三极管，买不到，然而车子营或永定门废品站又往往可以买到，什么东西到了废品站也会变得自由一些。当然了，只有极少人具有无师自通的天赋，但就是这少数人已足以激活民间。

在攒半导体的影响下，事实上当时更流行的是耳机子。耳机子简单，几乎人人可为，连孩子也可做。把两个黑色旋钮似的东西拧开，里面就是一个铁片，或者还有个电阻、电容什么的，反正不用二极管三极管，也不用电烙铁、锡丝、烙铁油、线路板那些专业家什，只是正经商店没有卖耳机子的，或者即使有我们也没买的概念，就是从车子营或永定门废品站买元器件自己装，装好扯上天线就行了。天线就是一根细铁丝，铁丝拉得越长越高耳机的声音就会越大，听的台越多，还能听到"敌台"呢。那时最强大的"敌台"不是美国之音而是苏联的莫斯科广播电台。很多时候不在于听到什么而在于听本身，那可是偷听，偷听总是很刺激的。

1997年我来到当年我们的海兰泡——后来俄罗斯远东大学城布拉戈维申克斯,一座黑龙江江边漂亮的城市——两日游,到了对方所谓的星级宾馆我大吃一惊,房间仄小,像监房,一张单人床,一套很小的桌椅,没有电视、电话,只有墙上一副耳机子!导游说这是三星级宾馆,三星级号房差不多!没任何消遣,只能听耳机子。1997年中国已发生天翻地覆的变化,不要说宾馆,即使各家各户也都是20英寸大彩电,这里的耳机子只能让我想到车子营、永定门巨量的废铜烂铁,那个只有在废品站才有些自由的时期。我在房间听了好一会儿,始终只有一个台,永远是音乐,我真想在这儿再听到当年的声音:"莫斯科广播电台,我们现在开始广播……"

二道河

二道河不宽,水也不大,弯弯曲曲,时宽时窄,在杂草中来自远方,也流向远方。大凡河流远看都好看,但这条河不,远看也难看,因为是污水河,远远地就恶臭扑鼻,一眼望去也是黑的。幸有芳草分布其间,尚有些绿意。城里来这儿的人很多,但都是成人,很少有孩子。一般都是骑车来这儿捞线虫。线虫不像鱼虫长在污水里而是长在泥里,人们下到水里,将一块块布满红色线虫的污泥挖下,装进口袋带回。那个年代北京城的污水或许成分不复杂,甚至从某种意义上说有些肥沃,不然污泥中怎么生长着那么多活跃的密密匝匝的线虫呢?

在流行着自攒半导体、红茶菌、耳机子的时代,北京也流行着养热带鱼、金鱼。金鱼特别是热带鱼最爱吃的还不是线虫，而是污水中的鱼虫，鱼一边喝水一边就把鱼虫吃了。胡同里也有卖鱼虫的，几分钱抄一小网子，回家放进鱼缸，人的心情也会随之活跃。有时城里一场大雨之后不几天就会出现一些捞鱼虫的地方，鱼虫似乎特别喜欢积水、污水、死水。城里积水地方有限，更多人到郊外捞鱼虫。捞鱼虫的人多了，郊外也不好捞了，线虫也就进入了人们的视野。线虫吃起来费劲，一条线虫鱼得吞许多次才能吃下。

二道河是我们的终点，也是许多成人的终点儿。二道河是比较远的乡村，我们"长征"到这里不是为捞鱼虫线虫，而是逮蛐蛐。金鱼、热带鱼都不是我们这个年纪能玩的，我们只能捞点小鱼儿，因此，在二道河，我们会走得比捞线虫的人远一点，往往会深入村子旁边的豆子地、菜地、麦垛。有时不知不觉已走出很远，等再回二道河感觉异常亲切，等看到护城河了就像到家一样。

两次过河，让我们感觉像自己像是来自河里的人。

二道河现在已经消失，但记忆中的二道河，记忆中的北京不会消失。只要有文字在一切都在，历史不就是这样吗？

■ 铁　凝

作者简介

1957年出生于北京。作家，现为中国文联主席、中国作家协会主席。主要著作有长篇小说《玫瑰门》《大浴女》《笨花》等4部，中短篇小说《哦，香雪》《永远有多远》等100余篇、部，以及散文、随笔等400余万字。作品曾6次获鲁迅文学奖等国家级奖项，另有小说、散文获中国各大文学期刊奖30余项。其编剧的电影《哦，香雪》获第41届柏林国际电影节大奖。部分作品已译成英、俄、德、法、日、韩、西班牙、丹麦、挪威、越南、土耳其、泰等多国文字。2015年5月，被授予法国文学艺术骑士勋章。

作家印象

从对现代文明充满憧憬的少女香雪，到具有象征意味的红衬衫；从撕开了生活丑陋和血污的玫瑰门，到尹小跳饱受尝艰辛的情感历程；从被汪曾祺称赞"俊得少有"的"孕妇和牛"，到浓缩了旧中国50年历史的冀中平原小村庄……铁凝的每一次亮相，都带来当代中国文坛的一次惊喜。12年前，她将她带来的惊喜变成震动。与新中国前两任中国作协主席——53岁走马上任的茅盾、80岁高龄力挽狂澜的巴金——相比，中国作协主席铁凝将这个年龄降至49岁。而今天，担任这个职务的铁凝，已经经历12个春秋。

清爽而机敏，明朗而干练，熨帖而泼辣，沉着而睿智……与茅盾、巴金两位中国文学泰斗不同，铁凝带领中国文学从巨人时代走进新巨人时代。作为新时期女性作家的一面旗帜，铁凝的作品风格多变，不断拓展，不断探寻。作为中国文学的女掌门，铁凝细腻地关注生活中普通的人与事，关注生命本质和苦难的思考。她欣赏巴金的一句话："文学能给人光热和希望，能让人变得更善良，更纯洁，对别人更有用。"她的每一个字、每一篇文章、每一本著作，都期冀用文学的薪火温暖世界，致敬理想，遥望未来。

——李 舫

"何不就叫杨绛姐姐?"

——我眼中的杨绛先生

■ 铁 凝

5月27日晨,在协和医院送别杨绛先生。先生容颜安详、平和,一条蓝白小花相间的长款丝巾熨帖地交叠于颈下,漾出清新的暖意,让人觉得她确已远行,是回家了,从"客栈"返回她心窝儿里的家。

2014年夏末秋初,《杨绛全集》9卷本由人民文学出版社出版。268万字,涵盖散文、小说、戏剧、文论、译著等诸多领域,创作历程跨越80余年。其时,杨绛先生刚刚安静地度过103岁生日。

这套让人欣喜的《杨绛全集》,大气,典雅,厚重,严谨,是热爱杨绛的出版人对先生生日最庄重的祝福,也是跨东西两种文明之上的杨绛先生,以百余岁之不倦的创造力和智慧心,献给读者的宝贵礼物。现在是2016年7月,我把《杨绛全集》再次摆放案头开始慢读,我愿意用这样的方式纪念这样一位前辈。这阅读是有声的,纸上的句子传出杨绛先生的声音,慢且清晰，和杨绛先生近十年的交往不断浮在眼前。

一

作为敬且爱她的读者之一，近些年我有机会十余次拜访杨绛先生，收获的是灵性与精神上的奢侈。而杨绛先生不曾拒我，一边印证了我持续的不懂事，一边体现着先生对晚辈后生的无私体恤。后读杨绛先生在其生平与创作大事记中写下"初识铁凝，颇相投"，略安。

2007年1月29日晚，是我第一次和杨绛先生见面。在三里河南沙沟先生家中，保姆开门后，杨绛亲自迎至客厅门口。她身穿圆领黑毛衣，锈红薄羽绒背心，藏蓝色西裤，脚上是一尘不染的黑皮鞋。她一头银发整齐地拢在耳后，皮肤是近于透明的细腻、洁净，实在不像近百岁的老人。她一身的新鲜气，笑着看着我，我有点拿不准地说：我该怎么称呼您呢？杨绛先生？杨绛奶奶？杨绛妈妈……只听杨绛先生略带顽皮地答曰："何不就叫杨绛姐姐？"

我自然不敢，但那份放松的欢悦已在心中，我和杨绛先生一同笑起来，"笑得很乐"——这是杨绛先生在散文里喜欢用的一个句子。

那一晚，杨绛先生的朴素客厅给我留下难忘印象。未经装修的水泥地面，四白落地的墙壁，靠窗一张宽大的旧书桌，桌上堆满了文稿、信函、辞典。沿墙两只罩着米色卡其布套的旧沙发，通常客人会被让在这沙发上，杨绛则坐上旁边一只更旧的软椅。我仰头看看天花板，在靠近日光灯的地方有几枚手印很是醒目。杨绛先生告诉我,那是她的手印。70多岁时她还经常将两只凳子摞在一起,然后演杂技似的蹲到上面换灯管。那些手印就是换灯管时手扶天花板留下的。杨绛说,她是家里的修理工,并不像从前有些人认为的,是"涂脂抹粉的人"。"至今我连陪嫁都没有呢。"杨绛先生笑谈。后来我在一次接受媒体采访时描述过那几枚黑手印,杨绛先生读了那篇文章说:"铁凝,你只有一个地方讲得不对,那不是黑手印,是白手印。"我赶紧仰头再看,果然是白手印啊。岁月已为天花板蒙上一层薄灰,手印嵌上去便成白的了。而我却想当然地认定人在劳动时留下的手印必是黑的,尽管在那晚,我明明仰望过客厅的天花板。

我喜欢听杨绛先生说话,思路清晰,语气沉稳。虽然形容自己"坐在人生的边上",但情感和视野从未离开现实。她读《美国国家地理》,也看电视剧《还珠格格》,知道前两年走俏日本的熊人玩偶"蒙奇奇",还会告诉我保姆小吴从河南老家带给她的五谷杂粮,这些新鲜粮食,保证着杨绛饮食的健康。跟随钱家近20年的小吴,悉心照料杨绛先生如家人,来自乡村的这位健康、勤勉的中年女性,家里有人在小企业就职,有人在南方打工,亦有人在大学读书,常有各种社会情状自然而然传递到杨绛这里。我跟杨绛先生开玩笑说您才是接"地气"呢,这地气就来自小吴。杨绛先生指着小吴说:"在她面前我很乖。"小吴则说:"奶奶(小吴对杨绛先生的称呼)有时候也不乖,读书经常超时,我说也不听。"除了有时读书超时,杨绛先生起居十分规律,无论寒暑,清晨起床后必先做一套钱锺书先生所教的"八段锦",直至春天生病前,弯腰双手可轻松触地。我想起杨绛告诉我钱先生教她八段锦时的语气,极轻柔,好像钱先生就站在身后,督促她每日清晨的健身。那更是一种从未间断的想念,是爱的宗教。杨绛晚年的不幸际遇——丧女之痛和丧夫之痛,在《我们仨》里,有隐忍而克制的叙述,偶尔一个情感浓烈的句子跳出,无不令人深感钝痛。她写看到爱女将不久于人世时的心情:"我觉得我的心上给捅了一下,绽出一个血泡,像一只饱含着热泪的眼睛。"送别阿圆时,"我心上盖满了一只一只饱含热泪的眼睛,这时一齐流下泪来"。但是这一切并没有摧垮杨绛,她还要"打扫现场",从"我们仨"的失散到最后相聚,杨绛先生独自一人又明澄勇敢、神清气定地走过近20年。这是一个生命的奇迹,也是一个爱的奇迹。

我还好奇过杨绛先生为什么总戴着一块圆形大表盘的手表,显然这不是装饰。我猜测,那是她多年的习惯吧,让时间离自己近一些,或说把时间带在身边,随时提醒自己一天里要做的事。在《我们仨》中杨绛写下这样的话:"在旧社会我们是卖掉生命求生存,因为时间就是生命。"如今在家中戴着手表的百岁杨绛,让我看到了虽从容,却严谨的学者风范。而小吴告诉我的,杨绛先生虽由她照顾,但至今更衣、沐浴均是独自完成,又让我感慨:杨绛先生的生命是这样清爽而有尊严。

二

有时候我怕杨绛先生戴助听器时间长了不舒服,也会和先生"笔谈"。我从茶几上拿过巴掌大的小本子,把要说的话写在上面。这样的小本子是杨绛用订书器订成的,用的是写过字的纸,为节约,反面再用。我在这简陋的小本子上写字,想着,当钱锺书、杨绛把一生积攒的版税千万余元捐给清华大学的学子们,是那样的毫不吝啬。我还想到作为文学大家、翻译大家的杨绛先生,当怎样地珍惜生命时光,靠了怎样超乎常人的毅力,才有了如此丰厚的著述。为翻译《堂吉诃德》,她47岁开始自学西班牙语,伴随着各种运动,72万字,用去整整20年。1978年6月15日,杨绛参加了邓小平为西班牙国王胡安·卡洛斯一世和王后举行的国宴,邓小平将《堂吉诃德》中译本作为国礼赠送给贵宾,并把译者杨绛介绍给国王和王后。杨绛先生说,那天她无意中还听到两位西班牙女宾对她的小声议论,她们说"她穿得像个女工"。"她们可能觉得我听不见吧,我呢,听见了。其实那天我是穿了一套整齐的蓝毛料衣服的。"杨绛说。

有时我会忆起1978年的国宴上西班牙女宾的这句话:"她穿得像个女工。"初来封闭已久、刚刚打开国门的中国,西班牙人对中国著名学者的朴素穿着感到惊讶并不奇怪,那时的中国知识分子,单从穿着看去,大约都像女工或男工。经历了太多风雨的杨绛,坦然领受这样的评价,如同她常说的"我们做群众最省事,"如同她反复说的,她是一个零。她成功地穿着"隐身衣"做大学问,看世相人生,哪怕将自己隐成一位普通女工。在做学问的同时,她也像那个时代大多数中国女性一样,操持家务,织毛衣烧饭,她常穿的一件海蓝色元宝针织法的毛衣就是在40多年前织成。我曾夸赞那毛衣针法的均匀平展,杨绛脸上立刻浮现出天真的得意之色。

记得有一次在北京和台湾"中央研究院"一位年轻学者见面,十几年前她在剑桥读博士,写过分析我的小说的论文。但这次见面,她谈得更多的是杨绛,说无意中在剑桥读了杨先生写于20世纪40年代的两部话剧《称心如意》《弄真成假》，惊叹杨先生那么年轻就展示出来的超拔才智、幽默和驾驭喜剧的控制力。接着她试探性地问我可否引见她拜访杨先生，就杨先生的话剧，她有很多问题渴望当面请教。虽然我了解杨绛多年的习惯——尽可能谢绝慕名而来的访客，但受了这位学者真诚"问学"的感染，还是冒失地充当了一次引见人，结果被杨绛先生简洁地婉拒。我早应知道会是这个结果，这个结果只让我更切实地感受到杨绛先生的"隐身"意愿，学问深浅，成就高低，在她已十分淡远。任何的研究或褒贬，在她亦都是身外之累吧。自此我便更加谨慎，不曾再做类似的"引见"。

2011年7月15日，杨绛先生百岁生日前，我和作协党组书记李冰前去拜望，谈及她的青年时代，我记得杨绛讲起和胡适的见面。胡适因称自己是杨绛父亲的学生，曾经去杨家在苏州的寓所拜访。父亲的朋友来，杨绛从不出来，出来看到的都是背影。抗战胜利后在上海，杨绛最好的朋友陈衡哲跟她说，胡适很想看看你。杨绛说我也想看看他。后来在陈衡哲家里见了面，几个朋友坐在那儿吃鸡肉包子，鸡肉包子是杨绛带去的。我问杨绛先生鸡肉包子是您做的吗？杨绛先生说："不是我做的。一个有名的店卖，如果多买还要排队。我总是拿块大毛巾包一笼荷叶垫底的包子回来，大家吃完在毛巾上擦擦手。"讲起往事，杨绛对细节的记忆十分惊人。在她眼中，胡适口才好，颇善交际。由胡适讲到五四，杨绛先生说："我们大家讲五四运动，当时在现场的，现在活着的恐怕只有我一个了，我那时候才八岁。那天我坐着家里的包车上学，在大街上读着游行的学生们写在小旗子上的口号：'恋爱自由，劳工神圣，抵制日货，坚持到底！'

我当时不认识'恋'字,把恋爱自由读成'变爱自由'。学生们都客气,不来干涉我。"杨绛先生还记得,那时北京的泥土路边没有阴沟,都是阳沟,下雨时沟里积满水,不下雨时沟里滚着干树叶什么的,也常见骆驼跪卧在路边等待装卸货。汽车稀少,讲究些的人出行坐骡车。她感慨那个时代那一代作家。"今天,我是所谓最老的作家了,又是老一代作家里最年轻的。"那么年青一代中最老的作家是谁呢?——我发现当我们想到一个人时,杨绛先生想的是一代人。

三

杨绛先生有时候也会以过来人的幽默调侃老年人,一次她问我人老了最突出的标志是什么,接着自己总结说:"人老了就是该鼓的地方都瘪了,该瘪的地方都鼓了。"说得在场的人大笑起来,杨绛先生也笑——笑得很乐。在生命的暮年,杨绛仍然葆有着对生活的体贴,对他人的细心同情,对人所给予的善意的珍视。有几年的冬天我去看她时,见客厅地上总立着一棵20厘米高的小小的圣诞树,若是晚上,圣诞树上那些豆大的小彩灯便会亮起来,闪烁着并不耀眼的光。我问起这棵小精灵般的圣诞树,杨绛先生告诉我,那是有一年她在协和医院住院,正逢圣诞节,医生特意送到她病房的礼物,出院时她就把这棵小树带回了家。在略显空旷和冷清的房间里,这棵站在水泥地上的小树让我感到温馨而又酸楚,杨绛先生是看重这树的,才会每年冬天都要把它搬出来点亮,她更看重的是协和医院医生护士们的美好情谊。

在杨绛先生家里我们拍过一些照片，一次我把拍好的照片洗印出来请人给杨绛送上，先生收到照片后还特别写信致谢。信纸末端有一滴绿豆大的斑痕，杨绛在那斑痕旁边注明："这是小吴不小心滴上的酱油，不是我滴的。"一句话道出了杨绛先生和小吴的融洽关系，也让我体会到一代大家对信函书写的讲究。这古典的、即将失传的讲究里洋溢着结实的人间滋味。

有一年春节我去杨绛先生家拜年，临别时，杨绛先生说要送我一样东西，然后起身走进她的小书房——那是走廊尽头一个阴面房间，杨绛先生曾领我去过。当时她告诉我，她曾多年在这个房间写作。书桌一头临着靠北的窗户，冬天，从窗缝挤进来的冷风吹在她伏案的左臂上，当时不知不觉，但经年如此，左臂关节常常疼痛，后才搬到向阳的客厅工作。我正想着北京冬天北风的"贼冷"，杨绛先生脚步轻快地返回客厅，手里拿着一只鸽灰色工字纹织锦做面的考究纸盒。她把盒子放在我眼前的茶几上说，"这不是新东西，是件旧物，也许你用得着"。接着她怕我不接受似的指着盒子边角一块泛黄的印迹说："你看，真是件旧物，雨水淋过呢。"我打开纸盒，原来里面盛着一只造型简约、做工极为精美的长方形黑檀木盒，木质如缎似玉，天然纹理深沉大气，盒盖中央镂刻出铜钱薄厚的两眼小孔，一块扎着细密明线的小牛皮穿孔而过，合拢后凸起在盒盖上，成为这盖子的手柄。我小心捏住这牛皮手柄掀起盒盖，见盒内由洋红色瓦楞纸做衬，整齐地排列着五支黑色铅笔。三棱型纯黑笔杆的握笔处凸起着几排防滑的细密小圆点，笔杆尾部有 Faber Castell 的著名标志，是德国辉柏嘉品牌。辉柏嘉是欧洲最古老的工业企业之一，1761 年生产出世界上第一支铅笔，250 多年来始终倡导无毒环保。

我接受了这样的礼物,这样一只特别的铅笔盒,没有对杨绛先生说过谢谢,觉得仅一声谢谢也许反而太过轻浮。在以后的日子里,我经常将这铅笔盒仔细端详,在散发着幽远暗香的黑檀木盒底上,一方略显陈旧的银色卡片,印有对这只盒子的繁体字介绍。这是原产于印尼苏拉威西岛的顶级黑檀木,以纯手工做法完成。这工匠认为,千百年来唯一能觉醒生活的,仅是一种简单却独特的味道。让朴拙取代繁复,自由带走束缚,透过人与木的对话,让一切回归自然。我琢磨木盒上那枚小牛皮手柄,它那仿佛"包浆"似的油润,有一种长久被人手抚摩的可喜的温软,必是主人的身边爱物。它和杨绛先生那间朝北的小书房,本是一体的吧。时间再往前推,它又和杨绛在不同"场景"的家里共度过多少时光?我把五支铅笔从黑檀木盒中取出排列在书桌上,这是五支削好的、从未使用过的辉柏嘉铅笔。我无以判断生产它的年代,但它古典而内敛的气质和通身的静谧遥远滋味,让我相信,它们的年龄应在一个甲子之上。这无疑是杨绛先生最喜欢的铅笔,她才会用贵重的黑檀木盒装了它们赠予我。也许在杨绛看来,再珍贵的黑檀,也比不过最好用的笔吧,虽然它们只是几支铅笔。我愈加感受到杨绛先生这馈赠的深情厚谊,她的别致典雅,她无言的期待和祝福,如深谙世间冷暖的明智长者,或是可以畅叙闺中喜忧的"杨绛姐姐"?

四

2013年夏天,年逾百岁的杨绛经历了一场因私人书信被拍卖而引发的官司。杨绛先生决定依法维权并公开发表了声明。她在声明中说:"近来传出某公司很快要拍卖钱锺书和我及钱瑗私人信件一事,媒体和朋友很关心,纷纷询问,我以为有必要表明态度,现郑重声明如下……"杨绛先生谈到此事让她很受伤害,极为震惊。她表示对此坚决反对,希望有关人士和拍卖公司尊重法律,尊重他人的权利,否则她会亲自走向法庭,维护自己和家人的合法权利。

得知这一消息,我惊讶和钦佩杨绛先生以百岁之躯毅然维权的决心,又十分担心她的身体。记得我赶去杨绛先生家时,看见她面色稍显憔悴,但讲到维权事,叙述有力,神情倔强,一扫平日之淡然。我忽然不敬地想到,若钱先生在世,怕都不见得有这样一份果敢。也才更加具体地领略到钱先生每遇生活难处为什么只要听见杨绛说"不要紧,我会修""不要紧,我会洗"便踏实、安心。

我在杨绛家了解到事情全过程,我站在杨绛先生一边。当年5月30日,我接受了《文汇报》记者关于钱锺书杨绛私人书信被拍卖一事的采访。我同意《文汇报》载一些法学家的看法:这一行为侵犯了他人的隐私权。我认为,私人间的通信是建立在互相尊重、信任的基础上的,利用别人的信任,为了一己之私,公开和出售别人的隐私,有悖于社会公德与人们的文化良知。在当事人坚决反对的情况下,如还执意要这样做,是对当事人更深的伤害。我对记者说,钱锺书和杨绛是我国著名的文学大家、翻译大家,深受国内外众多读者的喜爱,对中国文学乃至中国文化产生了重要影响。杨绛先生是亲历五四运动唯一仍在世的中国作家。钱、杨二人把一生的全部稿费和版税捐赠给母校清华大学设立"好读书"奖学金,至今捐款计逾千万元,受益者已达数百位学子。如今102岁的杨绛精神矍铄,身体康健,这是中国文学界和文化界的幸事和喜悦之事。拍卖事让这位年逾百岁的老人在安宁和清静中被打扰,她的情感、精神受伤害。让这样一位老人决意亲自上法庭,一定是许多喜爱钱锺书、杨绛作品的读者不希望看到的,一定也是善良的国人不乐意看到的。人心的秩序,人际关系中信任、坦诚这些美好词汇万不可变得如此脆弱和卑微。

杨绛先生的愤怒维权,得到社会众多方面的关注与支持,曾同我一道拜访过杨绛的李冰同志倾力相助,中国作家协会权保会也同有关方面积极沟通。经多方共同努力,持续将近一年的案件,终以法院判决杨绛胜诉而告一段落。

就此,我也感受到这位瘦小的老人胸中的硬气,她对著作权、隐私权,对丈夫、亲人和家庭义无反顾的捍卫。她的超然从容为她抵挡了学问著述之外的嘈杂,她的不妥协、不原谅则把她还原为一个常人而不是超人。身着隐身衣并非躲闪与逃避,也不是将自己低到尘埃里去。真正的隐身是需要大智慧大勇气的,在人所不见的地方,以远离虚名浮利的坚忍意志,定心明察,让灵性和思想的傲骨开出忧世且向善的花。

五

一次杨绛先生问到我的个人生活,说什么时候想要见见我先生。2013年春节前,我和先生同去杨绛先生家拜年。杨绛仔细端详着我的先生,扭头笑盈盈地对我说了夸奖逗趣他的话,那慈爱的神情，就像我的娘家人一样。我们聊了一些家事，还讲到我们的女儿。杨绛先生嘱咐说，"下次来，送给我一张你们的全家福吧，照片背面要写上字呢。"2014年4月，我和先生再次拜访了杨绛。杨绛先生在生平与创作大事记中记录了这次见面："下午铁凝、华生同志来，说说笑笑，很高兴。"那确是一次轻松快乐的见面，杨绛先生维权胜诉后身心放松的平静心绪感染着我们，闲聊中只有凡俗的家常气。这些年，越是和杨绛先生见面，就越是感受到她身上的家常气。柴米油盐和学问著述从未在她这里成为对立。杨绛对亲人和家庭孜孜不倦的爱和护卫，则处处洋溢着她教养不凡的生活情趣和生活智慧。这样的情趣和智慧，在某种意义上以并不低于学问本身的魅力，伴她渡过难关，清明而无乖戾，宁静而不萎靡。我们遵嘱送给杨绛先生一张全家福照片，她看着照片上的女儿，叫着孩子的名字，好像孩子已经站在她的眼前。杨绛先生比我们的女儿整整大了100岁，当她看着照片上的孩子时，仿佛时光倒流，她的神情刹那间呈现出稚童样的活泼。

我和我的先生不忍更多打扰杨绛，更不曾想到让孩子前去打扰。但我在今年春节前给杨绛先生拜年时（这也是我和杨绛最后一次在三里河家中见面），刚刚坐在她的身边，面容已显出疲惫、形态也显出虚弱的杨绛先生，开口便先问起了我们的孩子。她清楚、准确地叫着女儿的名字说："豆豆好吗？"这让我意外而又感动。事隔一年多之后，她还记得一个未曾见面的孩子。我相信，105岁的杨绛，她爱的是天底下所有的孩子，这爱从来没有因为自己爱女的不幸离世而枯萎。她说过老人的眼睛是干枯的，只会心上流泪。她的心上"盖满了一只一只饱含热泪的眼睛",她的眼光越过我们,祝福的是一个新世纪里更新的一代。我不愿相信,这是一位真正走到人生边上的世纪老人,对一个不谙世事的孩子最后一声问候。

读《杨绛全集》,杨绛写她和钱先生沦陷上海期间,"饱经忧患,也见到世态炎凉。我们夫妇常把日常的感受,当作美酒般浅斟低酌,细细品尝。这种滋味值得品尝,因为忧患孕育智慧"。在写到那段时间有人曾许给钱锺书一个联合国教科文的什么职位,被钱先生立即辞谢。"我问锺书:'联合国的职位为什么不要?'他说:'那是胡萝卜!'当时我不懂'胡萝卜'与'大棒'相连。压根儿不吃'胡萝卜',就不受'大棒'驱使。"她写在当时的上海,谣言满天飞、人心惶惶的气氛中,"我们并不惶惶然"。"我们如要逃跑,不是无路可走。可是一个人在紧要关头,决定他何去何从的,也许总是他最基本的感情……我国是国耻重重的弱国,跑出去仰人鼻息,做二等公民,我们不愿意。我们是文化人,爱祖国的文化,爱祖国的文字,爱祖国的语言。一句话,我们是倔强的中国老百姓,不愿做外国人。我们并不敢为自己乐观,可是我们安静地留在上海,等待解放。"

读《杨绛全集》,我想起杨绛80岁生日时夏衍先生所赠亲笔短诗:"无官无位,活得自在,有才有识,独铸伟词。"其后,杨绛在96岁开始讨论哲学,自问灵魂去向,深思生死边缘的价值;98岁续写《洗澡》,成文《洗澡之后》。于是,《杨绛全集》便呈现出一种开放的、且读且新的气质。

我珍视和杨绛先生的每一次见面,也许是因为我每每看到这个时代里一些年轻人精致的俗相,一些已不年轻的人精致的俗相，甚至我自身偶尔冒出的精致的俗相，以及一些不由分说的尖刻和缺乏宽容、理性的暴戾之社会情绪，正需要经由这样的先行者，这样的学养、见识、不泯的良知去冲刷和洗涤。

一个不断崛起、日益被世界瞩目的民族，她的风骨、情怀与人文生态，仍然需要一代隐于人海的文化大家的长久滋养。我们的下一代，更下一代，当永怀赤子之心，真诚生活，才配得上这些秉持着智慧之烛，光照后辈的先贤的问候和祝福。

在杨绛先生105岁诞辰日之际，我写下以上文字，以表达对先生深切的怀念。

■ 张抗抗

作者简介

1950年出生于杭州，1969年赴北大荒上山下乡。一级作家，第七、第八届中国作家协会副主席，中国文字著作权保护协会副会长，国际笔会中国笔会中心副会长，第十届、十一届、第十二届全国政协委员，2009年被聘为国务院参事。代表作有长篇小说《隐形伴侣》《赤彤丹朱》《情爱画廊》《作女》等。曾获全国优秀短篇小说奖、优秀中篇小说奖、庄重文文学奖、第二届全国鲁迅文学奖，三次蝉联中国女性文学奖；2015年获第四届世界知识产权组织版权保护金奖。

作 家 印 象

　　张抗抗出生于人间天堂杭州，她的笔墨，也有着人间天堂的钟灵毓秀：一叶扁舟泛海涯崖，三年水路到中华；心如秋水常涵月，身若菩提那有花。比之她的小说，张抗抗的散文，格外温婉、细腻，如翡翠般晶莹剔透。她的文章取材极广，目之所及，似乎无所不包，琴棋书画、柴米油盐、高山流水、鼓瑟吹笙，这些尽入她的笔端，充满了诗意的想象，包容了深邃的伦理。然而，无论是阳春白雪，还是下里巴人，无论是心灵的感悟，还是平素的庸常，一旦进入张抗抗的视域，总会散发着无穷的韵味——一粒沙里，洞见世界，半瓣花中，说尽人情。

　　张抗抗为文的魅力，恰恰也是她为人的魅力。与她交往，不论是白发还是倾盖，时时感受得到她的优雅和熨帖。她的为人，是她的为文的经纬；她的为文，亦是她的为人的纵横。庄子曾云，天下莫柔弱于水，而攻坚强者莫之能胜，以其无以易之。信夫！

——李　舫

高山流水听诗琴

■张抗抗

5月杏花时节,一阵微风一场细雨。郊外苍茫的大山,一夜间被山花点亮了,一树树娇艳鲜嫩的粉白色杏花,丛丛叠叠的花蕾花朵,如萦萦缠绕的湿雾晨岚,似天上浮游的云朵,由山脚飘入山谷,顺着山坡恣意蔓延;杏树的嫩叶刚出芽,星星点点绿色,衬出满树轻盈的花枝。刚返青的近山,被雪绒般的杏花覆盖了;沉郁的远山,被挺拔峭立的花树染成了花山。目光跟着杏花林越过延绵的山峦,视线所及,满山漫天,是一座座高低起伏、延绵无尽的绚丽花坛。

琴声悠然响起,虽是寻常的试音调弦,却如一道闪电悄然划过蓝天。树枝草叶忽地静了,大山骤然停止了呼吸,那一曲圆润流畅的丝弦曲乐,似天籁之音,沁入花团锦簇的山谷,惊飞一群五彩山鹊。

《远方的客人请你留下来》,这首活泼欢快的二胡经典民族曲目,出于一位娇小灵慧的杭州女子之手。

严洁敏,二胡演奏家,中央音乐学院教授,硕士生导师。

中国第一位民族器乐演奏和作曲双学士学位获得者。中国音乐家协会二胡学会副会长，中国民族管弦乐学会胡琴专业委员会副会长。出生于杭州。6岁开始学习二胡，10岁考入上海音乐学院附小，1990年以优异的成绩毕业于中央音乐学院。1989年曾获得ART杯中国乐器国际比赛二胡青年专业组二等奖，1994年夺得台北国际民族器乐协奏大赛第一名。2002年获霍英东教育基金会第八届全国高等院校青年教师奖。2004年成为首批中国教育部"新世纪优秀人才支持计划"入选者。曾于1990年获中央音乐学院艺术歌曲创作奖。并于1991年在北京音乐厅成功举办了个人交响作品音乐会，是我国民乐演奏界的佼佼者。严洁敏的二胡演奏音色纯美，技巧全面，表现力丰富，擅长以高难度技法驾驭复杂的曲目。

　　此刻，她不是在华美的音乐厅灯光下为观众演奏，而是在杏花烂漫的天然舞台上为友人抚琴。女人纤巧的手臂舒缓地拉开琴弓，似乎要把花山拥入怀里。与音乐为伴的女人，必是爱生活更爱自然的。

　　那个春日，有幸在大山里聆听严洁敏的二胡，是我的福分。二胡在元代自域外进入中原，流传几百年，颇受汉民族的喜爱，已成为我国独具魅力的拉弦乐器。它既善于表达哀婉忧伤的情感，也能表现气势宏大的意境。此时，在洁敏气韵深长的二胡乐声中，我心已然陶醉。

　　山路蜿蜒，往山涧深处的小村盘旋而下。路两边都是杏花密密盛开的老树，黝黑的花枝壮硕而秀美；粉白的花朵，亲热地互相簇拥，小风掠过，花瓣纷纷飘落，俏皮地拂过车窗，扬起一片银色的雪末。车子在花丛中穿行,洁敏一路欢笑惊呼,像是回到了孩童时代,正在浓密的花荫下欢喜地做游戏。一双水晶般纯净的黑眼睛,瞳仁里映出缕缕花蕊,像两粒嵌了花瓣的琥珀。

那个春日,云在山顶,伸手可及;水在山下,举目可望;就像洁敏在很多年里,一步步走向她的音乐梦想。

眼前闪过一个瘦小的身影,10岁的小女孩,身上背的琴盒,几乎与她的身高齐平。她独自一人从杭州登上火车,去上海音乐学院附小读书。只是因为喜欢二胡,耳边每时每刻都有弦乐在萦绕,每一根头发都像是琴弦做成的,一抬手梳头,旋律就飞起来。暑假来了,寒假过去了,每一次开学前,绿色的车厢都会迎来一个背琴的女孩。她静静地坐在车窗前,心里默念着最喜欢的二胡曲谱,望着未知的远方。

从上海音乐学院附小,直到走进中央音乐学院的艺术殿堂,小琴童走坏了多少双鞋?拉坏了几把琴?拇指肚上磨出了多少厚茧子? 10年童子功,是一节一节稳重坚固的枕木,托起银亮的铁轨,从杭州到上海再一步步送她去北京。呼啸的车头像一只巨大的音箱,在年复一年的轰鸣声中,把洁敏造就成了一位优秀的青年二胡演奏家。

荷兰最有影响的 *De Volkskrant* 报称严洁敏的演奏为"中国的奥依斯特拉赫""激情的演奏大师"。法国里昂进步报 *Le Progres* 评价其"显示了对二胡这件乐器音质音色极高的控制能力以及对戏剧性、对比性卓越的控制能力"。

洁敏接受过多年系统的学院派教育、经受了严格的音乐训练,汲取了华夏沃土赐予她的养料精华。她像一朵恰逢佳期的花苞,将天地赋予她的能量注入琴弦,然后,粲然迸发、绽放。

那个春日,我们在深山里的小石潭边听琴。

泉水冷冽,清澈见底。流苏般飘逸的水草、光滑的鹅卵石、蓝灰色花纹的小游鱼,倏忽就不见了。一只摆渡的铁船停在水边的沙滩上,四下空无一人。山谷静谧,微风拂过崖上的灌木,发出嗖的声响;忽有翅膀的黑影飞快掠过,在水面上扇起细微的涟漪,只听得一声声婉转的鸟鸣,从坡上的杏花深处传来。碧绿的池水被清风吹皱了,一波一波漾开去,如丝丝缕缕颤动的琴弦。

我们在水边,听《流波曲》、听《河曲》、听《悲歌》,深沉的乐曲犹如泉水汨汨流淌,在委婉哀怨的音调与深沉愤懑的乐声中,泪水悄然涌上来。听《江河水》,二胡悲恸欲绝的倾诉,营造出一种压抑沉闷的气氛,传递了人类超越时空的痛苦。洁敏细腻精准而又激越狂放的演奏风格,将二胡这一古老器乐的魅力发挥到了极致。

那个春日,一缕阳光穿透幽深的峡谷,洁敏如同一个阳光女孩,脸庞和心思同样明朗通透。平日里,洁敏该是一个素朴淡定、安静温婉的江南女子;而当她拿起琴弓,沉浸于自己的音乐世界时,忽而变身为一位高贵的艺术女神,浑身散发出浓郁刚烈的激情。她纤细灵巧的双手滑过琴弦,左手揉弦、拨弦,准确控制泛音颤音滑音;右手顿弓跳弓颤弓抛弓,左右开弓配合默契。琴杆与弓弦在她的臂弯里收放自如,好像已成为她身体的一部分。

大略知道,二胡的音准控制很难,没有可供依赖的明确界定音高位置的标志,由于二胡没有指板,每一个音高都仅凭手指的感觉来掌控。待那一曲终了,试着将疑问请教洁敏,她笑着回答:先得学会听啊,没别的窍门,就是听,听到最后,就能听见心里有了回声……

那个春日,在洁敏即兴的琴声中,微风暂歇、游鱼沉伏、飞鸟噤声、杏花凝眸——自然万物与我们一起屏息静气,倾听这一场没有舞台和乐队的独奏音乐会。

夕阳西斜,山谷沉寂。石潭两侧巨石兀立,灰褐色的石壁,鬼斧神工般刻出粗粝的线条,如同一座座奇幻苍健的石雕。琴音回旋,如丝如瀑,从石崖上温婉地垂落;忽又变得高亢激愤,音符中透出韧性的硬度——洁敏的演奏技巧如此神妙,每一声长音与短符,每一个华彩乐段或是抒情旋律,都充满了刚柔相济的温情与力量。《急板》是意大利作曲家 Setfano Bellon 专门为严洁敏创作的一首赋格曲,由一组长音和快速移位及不间断的循环,构成了乐曲的主要部分。洁敏炉火纯青的技艺,将古老的二胡奏出了崭新的乐感。由二胡改编的《流浪者之歌》,在洁敏的演奏下,以频繁的快速换把及大跳、快速换弦、超高把位的快速两手配合等高难技巧,将二胡演奏水准推向了一个新的高峰。音色音质之华丽精湛,可与最优秀的小提琴曲媲美,令人惊叹。

那个春日,唯一遗憾的是,洁敏在山野林间的即兴演出,没有乐队。我曾在剧院欣赏过她的独奏音乐会,二胡与庞大的管弦乐队,二胡与弦乐四重奏、大提琴互相配合,将音乐会竞相推入高潮。记得在一首协奏曲中,乐队将碰铃清澈的音色糅进了乐曲，给那个乐段增添了空灵的禅意。

音乐是抽象的情感表达，无论是创作者、演奏者、欣赏者，理解音乐享受音乐，都需要超然的悟性和心的呼应。此时此地，我只能想象，这一场在青山绿水中独特的二胡独奏音乐会——"台下"的淙淙泉水、啾啾鱼虫、飒飒山风、啁啾鸟鸣，还有树叶的哗响与杏花无声的震颤……组成了天然和谐的配器，那是大自然专为洁敏配置的最独特的"爱乐乐团"。

那个春日，二胡乐曲在微波涟漪的水边久久不散。其中有不少曲目，都是由洁敏自己改编或是编配的。早在1988年，严洁敏凭自己的实力和才华，考入被人们视为"最难考的"中央音乐学院作曲系，1991年，获得民族器乐与作曲双学士学位，并成功地在北京音乐厅举办了个人交响乐作品音乐会。她是一位出色的演奏家，同时也是一位勤于拓展自己知识结构、勇于尝试二胡曲目新颖的现代性、善于把二胡融入世界现代音乐的创造者。

那个春日，洁敏的丈夫赵戈，亦在水边乘兴操琴，琴弦如戈，乐声如帛，一对神仙眷侣。赵戈教授任教于中国音乐学院，同样兼长于二胡演奏与教学。多年来，赵戈与洁敏共同磋商探讨二胡技艺，在乐坛携手而行。洁敏拥有这样一位体贴仁厚的丈夫，是洁敏的幸运。这个比翼齐飞的音乐之家，告诉了我们，什么叫作琴瑟和谐。

多年来，洁敏已经录制并出版了大量音像制品和个人专辑。新近出版的严洁敏"二胡独奏音乐会"DVD专辑《诗弦》（上、下）是洁敏表演艺术的精粹和珍品。

诗弦——丝弦似水，意韵如诗。高山流水，皆为知音。

■张曼菱

作者简介

云南人。1978年考入北京大学中文系。在校期间发表处女作中篇小说《有一个美丽的地方》，后改编成电影《青春祭》，是为一代知青对青春的心灵记录。1982年大学毕业后进入天津市作家协会，为专业作家，职称一级。1989年夏到海南特区投身影视业，监制有电视剧《天涯丽人》。

1998年被云南省人才引进，任云南文化艺术中心副主任，致力于西南联合大学历史资源的抢救与整理。作品有：纪录片《西南联大启示录》，音像作品《西南联大人物访谈录》，著作《西南联大行思录》等，为西南联大研究提供了重要的历史依据。

作 家 印 象

　　张曼菱的文章，与她的成长一样浪漫、坚忍、自信、倔强，有着一种百折不挠、虽千万人吾往矣的气概。

　　从曾经的插队知青，到后来的北大才女，再到作家、作家、电视制作人，张曼菱这一路高蹈轻扬。她曾说改革开放像魔术一样神奇，给了她崭新的生命和机遇。张曼菱靠着天分张扬自己，又因着天分时时遭遇坎坷和艰辛。然而，不论遭遇过什么，走过多少泥泞，她眼中的世界永远阳光灿烂，她的内心永远澄澈通透。

　　近年来，她将目光投向西南联大，从而成为这一段历史的抢救者、研究者，其担纲制作的历史文献片《西南联大启示录》记录了中国民族文化史上重要篇章，昭示了中国知识分子的民族志气和家国情怀，获得海内外观众的高度评价。

——李　舫

弦诵幸未绝

——诗歌折射的西南联大岁月

■张曼菱

本文中所引的诗句,并非从书上抄来,而是我在寻访抢救西南联大历史资源的时候,听到学人们所吟诵、所喜爱、写在日记里的。

这是带着他们生命体温的诗句,表达着那一个自我、那一段历史。

人走了,历史远去,但诗还在。那些有意味的故事,就像珠子穿在这诗歌的红线上。由诗,可以重新听到心灵的歌唱、历史的叹息,使人感受到文学的深远之美。由文学所折射出的这段历史,更加多姿多彩,闪耀着人性光辉。

谨以此文纪念七七事变80周年,铭记历史,勿忘国耻;纪念西南联大成立80周年,薪火相传,弦诵不绝。

点滴泪水沾衣襟

1937年,七七事变爆发,日军全面侵华。被称为"中国最后一位传统诗人"的陈三立拒绝逃难。闻有人议论中国必败,他怒斥："呸！中国岂狗彘耶？岂贴耳俯首，任人宰割？"

北平、天津相继沦陷。日军欲招致陈三立，百般游说，皆不应许。侦探日伺其门，陈三立怒，呼佣拿扫帚将其逐出。从此五日不食，忧愤而死，享年85岁。

"岁时胸臆结垒块，今我不吐诚非夫。闻者慎勿嗤醉语，点滴泪水沾衣襦。"陈三立的诗，透露出中国当时的衰败气象，也闪现着他士子的气节。

北平有五朝宫阙，是国粹集中之地。北平沦陷，对于文人，无异于"文化的亡国"。

"凭栏一片风云气，来作神州袖手人。"陈三立以一个诗人的死，结束一个旧的屈辱的时代，开始一个抵抗的新时代。

1999年，我到北大朗润园访季羡林。季羡林回忆恩师陈寅恪：

> 他对我印象最深的就是，他家里面三代爱国。第一代就是湖南巡抚陈宝箴。在1860年，英法联军烧圆明园那时候，陈宝箴在北京城里边。在酒楼上，别人请客，他看到西边，圆明园大火弥天，正是英法联军在那儿烧，当时有人说，陈宝箴痛哭流涕。他的儿子陈三立，就是陈寅恪先生的父亲，当时诗坛上第一人就是陈三立，写旧诗。陈三立得到他父亲的遗传，爱国，非常爱国。
>
> 陈寅恪先生把他父亲迎到北平，在这里让他颐养天年。后来卢沟桥事变，他父亲拒绝吃饭，拒绝吃药，谁劝也不行，后来他父亲就是这样饿死的。

季先生说，陈家"爱国有遗传"。

2000年夏,我走进陈家当年居住的姚家胡同,知了声声,绿荫依旧,仍感受到一股肃穆之气。

《吴宓日记》有记载。寥寥数字,便令人沉浸到那"乌衣巷口夕阳斜"的境界之中:

九月二十三日星期四

2:00 散。宓步行至西四牌楼姚家胡同三号陈宅,祭吊陈伯严先生(三立)。行三鞠躬礼。

吴宓记,去悼念时,陈寅恪告诉他,父亲的丧事还没有办,就已经接到日本宪兵司令部送来的邀请函,要他赴宴。为保全气节,避免日本人的迫害,他决定秘密离开北平,继续走自己的路。陈寅恪以为"文化不可以亡""救国经世,尤必以精神之学问为根基"。

宋代诗杰陆游留下一句"家祭无忘告乃翁"。当年在战乱中有无数的中国父亲,迎着气焰嚣张的日本军队,显示出刚毅的背影,用不屈服的目光,将儿孙送上征途。陈三立凸显了中国诗歌中这位期待着"家祭"的永恒父亲形象。

"似此星辰非昨夜,为谁风露立中宵?"借前人的诗,冯友兰道出一段情节。

在月色清明的夜晚,清华园内两个手无寸铁的斯文学者,物理系教授吴有训与哲学系教授冯友兰相约,巡逻护校。

今天从旧照片上,还可以看到他们长衫、眼镜的儒雅模样。两位人过中年的学者,想要自己来保卫这沦陷了的校园。

他们的举动可谓天真,却动人。

"去吧，去认识我们的祖国！"

随后，学人们一批批离开北平。《吴宓日记》有一首诗写"辞京"：

十一月四日星期四

阴，大雾，晨 8:00 后，即独至东车站，紫禁城为浓雾所蔽，街上行人尚少。

晓发北平十一月四日

十载闲吟住故都，
凄寒迷雾上征途。
相携红袖非春意，
满座戎衣甚霸图。
鸟雀南飞群未散，
河山北顾泪常俱。
前尘误否今知悔，
整顿身心待世需。

吴宓曾设想过，日本人来了，自己躲在北平隐居、读书。但陈寅恪影响了他。陈家父子的举动在文化"南迁"中起到了精神领袖的标杆作用。大时代下的生存，已经不是个人的事。吴宓毅然决定振作起来，到清华大学的转移地长沙去。

当他登上开往南方的火车，车厢里有很多日本军人。日本军官看他是一介书生，还给他让座。而在吴宓看来，日本人拿着武器血腥地占领了北平，却还在假装礼仪与文雅，他内心更添气愤、屈辱与痛苦。

在诗中,他庆幸师生们未散,他们将在远方会合,有一个目标去奋发。

当长沙临时大学开课时,一位受聘于清华的英国教授如约赶到那没有灯火的山麓中,为学生们上课。他是著名的英国诗人与评论家燕卜荪。在漆黑的夜晚他给同学们背诵莎士比亚的诗章,在泥泞的山路上他跌破了眼镜。

燕卜荪写下长诗《南岳之秋》:

课堂上所讲的一切题目与内容,
都埋在丢在北方的图书馆里。
因此人们奇怪地困惑,
为找线索,搜寻自己的记忆。

战乱中,在如此困难的条件之下,这些中国教师没有教材,却凭借记忆片段仍在传授知识。《南岳之秋》记录了"长沙临大"的处境。

多年后,作家、翻译家赵瑞蕻回忆起这段往事:"战事倥偬之中,上燕卜荪的课,让人恍然觉得如秦火之后,天下无书,儒士背诵整部经书授徒。"

中国历史上有过"诗书丧,犹有舌"的传统。

燕卜荪写他"同北平来的流亡大学在一起"的经验:

那些珀伽索斯应该培养,
就看谁中你的心意。

> 版本的异同不妨讨论,
> 我们讲诗,诗随讲而长成整体。

学校迁到昆明不久,伦敦也被炸了。燕卜荪说:"现在该是我回到祖国的时候了。"于是返回英国。这种知识分子对自己祖国的情怀,已经贯通中西。

植物学家吴征镒出身江南书香人家,古典诗词功底好。他投考清华时,所作游记就受到朱自清欣赏。后来在昆明又与闻一多相交甚厚。

他说:"我是一抗战,就是像杜甫诗里讲的一样:'支离东北风尘际,漂泊西南天地间。'我跟西南联大差不多是'同命运'的、'共呼吸'的,我一毕业,就没有在北京做过事,而是一直在西南联大。"

他本来是七七事变的头一天到西北考察。西北就是现在的陕甘宁一带。到了8月23日,他在宁夏贺兰山后面,就不能再前进了。北平已经沦陷。他从宁夏、从包头一直回到老家,教了几天书,忽然接到学校里通知:清华、北大、南开三所学校要在长沙成立长沙临时大学。他就从扬州赶到长沙。在长沙待了两三个月,因为长沙也开始轰炸了,南京失陷了,又继续向西南方漂泊。

这位当时最年轻的助教,参加了长沙临时大学的"湘黔滇旅行团",从湖南、贵州一直走到昆明,走了3000多里。

由于在长沙仍旧受到轰炸,学校要转移到昆明。而整所学校都从国土外转移,有失学校尊严。人们认为,应该有一批勇士直接从国土上走到昆明。三校组织了湘黔滇旅行团,简称"步行团"。这意味着这批学人对国土主权的宣示。

穆旦的长诗《赞美》就是以此为背景：

走不尽的山峦和起伏，河流和草原，
数不尽的密密的村庄，鸡鸣和狗吠，
接连在原是荒凉的亚洲的土地上
…………
我要以一切拥抱你，你，
我到处看见的人民呵，
在耻辱里生活的人民，佝偻的人民
我要以带血的手和你们一一拥抱。
因为一个民族已经起来。

当时大学里的学子受到西方现代主义诗人里克尔、艾略特等人的影响，他们写的诗看起来驳杂，却在顺应着一种青春生命的原始的姿态、愤怒的姿态和实践的感受。

1946年，胡适在西南联大九周年校庆纪念会上说："临大决迁昆明，当时有最悲壮的一件事引得我感动和注意，师生徒步，历六十八天之久，经整整三千余里之旅程。后来我把这些照片放大，散布全美。这段光荣的历史，不但是联大值得纪念，在世界教育史上也值得纪念。"

照片内容有：步行团出发、乘船渡湘江、步行在崎岖山路上、山路休息、溪水洗脚、山间等候、住宿、挑脚泡、用餐、水边、闻一多写生、闻一多的素描图画、江流、荒野坐地歇息、步行三教授、教授们歇息、山民背篓、盘江激流、每船五人、惊险渡江，等等。

知识分子走出了象牙塔,走入民间,走向人民。

闻一多先生说:"去吧,去认识我们的祖国!"

当年还是学生的任继愈说:"感受到中国民气还在,虽然穷,可是当亡国奴他不干。"

当他们路过一个偏僻的小乡镇时,地保敲着锣,通知赶集的乡民不要涨价,要按照平价把东西卖给师生们。这种细微的、似乎不足道的关照,已经是这块贫困土地能够给予他们的最大关爱。

在进入贵州玉屏时,师生们看见这样一张政府布告:

查临时大学近由长沙迁往昆明,各大学生步行前往,今日(16日)可抵本县住宿。本县无宽大旅店,兹指定城厢内外商民住宅概为各大学生住宿之所。凡县内商民,际此国难严重,对此振兴民族的领导者——各大学生,务须爱护借重。将房屋腾让。打扫清洁,欢迎入内暂住。并予以种种之便宜。

务此布告,仰望商民一体遵照为要。

此布。

县长:刘开彝

这个布告折射出当年社会各阶层对于"保存与保护民族文化与人才"的可贵意识。这个民族在危难时刻涌现出一股巨大的凝聚力量。这股气概,老百姓叫作"血性",史家称为"民气",士大夫讲究"气节",都是指在灵魂深处人的坚贞本性。这是历代中国人最重视的情操。

弦诵幸未绝,竖儒犹仰俯

西南联大初到云南时,文、理、法学院设在蒙自。

正是南湖荷花盛开时,陈寅恪与吴宓一起散步。陈说:"像北平。"吴说:"像西湖。"陈寅恪写诗作二首,以此一首为最著名:

南湖即景
(一九三八年六月作于蒙自)

风物居然似旧京,
荷花海子忆升平。
桥边鬓影还明灭,
楼外歌声杂醉醒。
南渡自应思往事,
北归端恐待来生。
黄河难塞黄金尽,
日暮人间几万程。

诗中用了"南渡"这个典故。自古北方是中华民族文化重心。历史上,凡"南渡",就意味着丢弃北方的山河,很难再回去。

由于这首史家之诗,"南渡"与"北归"成为诠释学人们迁徙轨迹的两个时段标记。这首诗也使得蒙自边城的南湖进入了史家的眼光中。

文科的教授们都住在湖畔的歌胪士法式洋行里。有时年轻的教员们归来大声喧哗,独居的陈寅恪就会用手杖敲击楼板,于是人们肃然。这位半盲的学者,他的遭遇与心境,已经成为国恨家仇的象征。他是西南联大"灵魂级"的人物。

"无名安市隐,有业利群生",这副对联,任继愈先生对我讲过,是吴宓题赠蒙自街头一位卖粥人的。任先生说:"也没有装裱,就是一张白纸贴在墙上,去吃粥的人们都能看到。"它显示了西南联大学人与当地人的友善关系、学者对民间文化的同情与尊重。

蒙自有一个周家大院,主人时常请教授们吃饭。内中的女眷楼也变成女生宿舍。吴宓命名为"听风楼",说在那里可以听到女生的京腔,是一种安慰。可见吴宓比陈寅恪心态更加平和,与外界的联系也多。

郑敏,哲学系女生,与穆旦同为"九叶诗人"。她的父兄们都擅长吟诗,吟的是那种清淡平和的士大夫的闲品。但她那一代青年学子意识到,诗歌不再是休闲小品,诗歌也要承载鲜血、历史和一些沉重的东西:

> 终于像种子,
> 在成熟时,
> 必须脱离母体,
> 我们被轻轻弹入四周的泥土。
> 当每一个嫩芽,在黑暗中挣扎着生长,
> 你是那唯一放射在
> 我们记忆里的太阳。

那年在未名湖畔采访政治学家赵宝煦。他说,自己年轻时最值得回忆的日子,是在美丽的昆明度过的,感觉一切都很自然,没有矫揉造作。老百姓非常纯朴,没有都市的浮华。他吟诵的是自然主义的诗:

树特别绿,水特别蓝。
林荫道上还没有华贵而色彩不调和的衣衫,扭动,
所以,一切都完美,纯真。
包起蓝头巾早起的妇人,走来汲水。
在水边,弯着腰洗脸的,兵士们,
嘻嘻笑着,把草鞋都弄湿了。
我第一次看见,翠湖这么美。

赵宝煦记得,在昆明泡茶馆,没有钱,你可以要一杯"玻璃",就是白水。

昆明人质朴中有一种雅,很令西南联大的师生喜爱。如吃米线不加辣椒,就说"免红"。邓稼先多年后跟妻子回忆昆明,对每天中午五华山"鸣炮报时",印象尤为深刻。他认为昆明非常古朴。

当年担任鸣炮报时工作的,也是勤工俭学的西南联大学生。

朱自清有《近怀示圣陶》一诗:"健儿死国事,头颅掷不数。弦诵幸未绝,竖儒犹仰俯。"

朱先生一家人在昆明时生活很困苦。这首诗整个的苦调与杜甫的《茅屋为秋风所破歌》相似。但就在诗里,朱自清点出了"弦诵未绝"口号。

朱自清之子朱乔生告诉我们,当年日军打来的时候,很多人自问:"我们能做什么?"朱自清提出:我们应该保持"弦诵不绝"。与陈寅恪的"南渡"一样,"弦诵"成为支撑"战时大学"的"骨骼性"理念。

流传甚广的还有刘文典"跑警报"的逸事。刘文典曾拍拍肚子说:"我跑警报,是因为我这里有国学。"他认为"国学"是值得活下去的理由。刘文典为人狂傲,常贬低别人,但他这话里透露出一种对待人生价值的严格标准。

在那种严峻的环境里,每个知识分子都会问自己:活着有什么价值?为什么在前方将士拼死抵抗的时候,自己依然要教书读书?

答案是:为了重建战后的中国。

"春江潮水连海平,海上明月共潮生。"据闻一多之女回忆,在昆明有月亮的晚上,父亲会将家人领到草地上,教小儿女们背诵《春江花月夜》。这体现了他的理想:"诗化生活""诗化家庭"。

"人生代代无穷已,江月年年只相似。"闻一多在西南联大的课堂上讲"这是中国诗歌中最美的诗"。通过闻一多的眼光看《春江花月夜》:它诉离妇游子之思,与抗战时期人们的情感有交集;还具有一些美术元素和很多文化符号,甚合闻一多这位美术出身的教授的审美情趣。他本性是一位唯美的诗人,却在国难深重时拍案而起。

闻一多最喜欢屈原的两句诗:"望崦嵫而勿迫""恐鹈鴃之先鸣"。这显示了他对时光的珍惜之心。所以他关在屋子里做学问,被人称作"何妨一下楼"主人。

王国维说,首先是人的境界风骨,其次才来论定诗。

这种"人、史、诗"统一的风格,在西南联大时期得以体现,纯净透明。

我们的生命像那窗外的原野

昆明的南屏大戏院,成为联大师生和城中文化人的重要休闲处。五分钱一包的五香花生米,边看电影边吃,人们津津有味,是战时难得的享受。

南屏大戏院放映的好莱坞电影都是用话筒现场翻译的。在西南联大迁到昆明之前,电影里所有的男人都被叫作"约翰",女人都叫"玛丽"。

后来,南屏大戏院的老板请吴宓教授任翻译。《魂断蓝桥》《出水芙蓉》就是从南屏大戏院翻译出来,传播到内地去的。昆明人也从此结束了一个"瞎看外国电影"的时期。

吴宓住文林街文化巷,附近有翠湖,是师生最爱的漫步处。于是他将好莱坞影片名译为:《翠堤春晓》。"翠堤"影射昆明翠湖。"蓝桥"则采用了中国情人的典故。

《魂断蓝桥》中男女主角在战火中分离时,跳了一支"烛光舞",插曲的歌词是苏格兰诗人彭斯所填。这歌曲当年唱响昆明,传遍中国:

怎能忘记旧日朋友,
心中能不怀想,
旧日朋友岂能相忘,
友谊地久天长。

我们曾经终日游荡
在故乡的青山上，
我们也曾历尽苦辛
到处奔波流浪。

"诗缘情而绮靡"，西南联大的诗人们也用诗歌表达爱情。

再没有更近的接近，
所有的偶然在我们间定型；
只有阳光透过缤纷的枝叶
分在两片情愿的心上，相同。
等季候一到就要各自飘落，
而赐生我们的巨树永青，
它对我们不仁的嘲弄
（和哭泣）在合一的老根里化为平静。

——穆旦《诗八首》

诗要求有重要的个人情感呈现，如果没有这种元素，诗就失去灵魂的馨香与魅力。

穆旦的情诗不是定向投递的，不是像传统情歌那样，"阿哥找阿妹"。他的情诗显示出那一代青年学子感情的深度、爱的力度。在诗的世界里，男女之间美好的情愫处于一种开阔的精神状态中。

在学人的日记中常常抄录冯至的诗，诗风简明大气，如《我们站立在高高的山巅》：

> 我们站立在高高的山巅
> 化身为一望无边的远景,
> 化成面前的广漠的平原,
> 化成平原上交错的蹊径。

表现的是战乱中的中国知识分子的漂泊情状。

有一首情诗非常坦率:

> 我们有时度过一个亲密的夜
> 在一间生疏的房里,它白昼时
> 是什么模样,我们都无从认识,
> 更不必说它的过去未来。原野——
> 一望无边地在我们窗外展开,
> 我们只依稀地记得在黄昏时
> 来的道路,便算是对它的认识,
> 明天走后,我们也不再回来。
> 闭上眼吧!让那些亲密的夜
> 和生疏的地方织在我们心里:
> 我们的生命像那窗外的原野。

诗人是如何看待男女之间在战乱中的情感呢?《我们有时度过一个亲密的夜》,令人在战争中感到生命短暂和可贵。不能用世俗的道德眼光来看待人们在战争年代的亲密关系,而应该用"人"的胸襟来理解特定的历史。

开在你腮边的笑的花朵,
它要将人间的哀愁笑落。
你那眸子似海深,
从里面,我捞到逝去的青春,
爱情从古结伴着恨。
时光会从暗中偷换了人心,
我驾着一匹感情的野马去追逐你的笑,你的青春。

臧克家的诗《感情的野马》,是在台湾的西南联大校友刘孚坤念给我听的。他是四川贫苦农家的子弟,考入西南联大后,在朗诵团大显身手,曾经受过光未然的指导。

刘孚坤是一个率性的才子,他一辈子没有结过婚。臧克家这首诗里包含着一个学人的眼泪,包含了他对美好青春和爱情的回忆。臧克家虽然不是西南联大诗人,但他的诗却命中了一位西南联大学子一生的情感。

在诗歌收集过程中,我感受到的不是人的衰老或是卑微,而是人生的价值。这些承载他们一生命运的诗,证明他们有过充实的生命,无论是悲是喜。他们在诗意的陪伴下度过一生,感觉到生命的沉重。

季羡林说,不完美才是人生。

而我以为,人生就是纠结的。有纠结,才是真实的人生。

■ 周晓枫

作 者 简 介

1969年出生于北京。1992年毕业于山东大学中文系。做过20年文学编辑，现为北京作家协会驻会专业作家。出版有散文集《鸟群》《斑纹——兽皮上的地图》《收藏——时光的魔法书》《你的身体是个仙境》《聋天使》《巨鲸歌唱》《有如候鸟》等。曾获鲁迅文学奖、冯牧文学奖、冰心文学奖、朱自清文学奖、人民文学奖、十月文学奖等多种奖项。

作 家 印 象

　　周晓枫的文字精灵古怪，无所不及，无所不能，无所不嬉笑怒骂，然而皆成就她的文章。

　　如同一个老得连自己年龄都记不住的巫师，周晓枫数十、数百，不！数千年、数万年如一日，不厌其烦地熬着她的私密魔法神汤。她将一个又一个简简单单的方块字投进去，将一篇又一篇诡谲莫测的文章捞出来，让周遭的朋友一次又一次瞠目结舌。时光倥偬，她像大树一样隐藏着自己的年轮，魔法在年轮之间沉淀、积蓄、储藏，爆发为磅礴的力量。巫师的心里，有着比她的年龄更庞杂和繁密的丰富。巫师的汤里，是纤毫毕现、色泽斑斓的细腻，还是秉烛探幽、独辟蹊径的勤勉？是心机缜密、水泼不进的沉潜，还是生龙活虎、底气充盈的洞察？那些神奇的配料，只有周晓枫自己知道。

——李　舫

初洗如婴

■ 周晓枫

我想知道记忆是你所持之物还是你所失之物。

——伍迪·艾伦《另一个女人》

边角有些塌陷的黑呢帽,链子银亮的怀表,是爷爷随身不离的两样道具。她记得那只康恩贝怀表的不锈钢硬壳,以及表盘上划分精细的刻度。爷爷早年是私塾先生,后来做过列车车长,因为一次酒后误了货物运输引咎辞职……但酒,一直没戒。

她对爷爷的印象,不是全家福上那个稳重老者。她的回忆,是这个尊崇儒教、善良懦弱的好老头儿,被按在床上打——扫床笤帚打在骨头和皮肉上,交替的脆响和闷响。奶奶在那个年代算得上身材高大的女性,她彪悍地骑跨在自己丈夫身上,使他无法挣脱,抢下来的笤帚躲过挨打者胡乱抵挡的手臂,准确落下。她记得爷爷含混的求饶和呜呜的哭声,眼泪鼻涕,斯文扫地。

爷爷是否记得住侮辱?也许不,否则这样的侮辱不会一再重复。爷爷不长教训，他还是经常醉到不省人事，醒了以后背着家人借钱，用以借酒买醉。在奶奶看来，一个没有记性的人是不值得尊重的。

沉溺于酒精的麻醉之中，也许谈不上什么灵魂之痛或对于伤害的回避，仅仅出于无聊和怠惰。并非不长记性那么简单，加之脑血栓重复发作，曾经知情达理的爷爷逐渐失去了他的记忆。随后几年，他糊涂，迷路，别人找到他的时候，他已衣衫破落地离家数百公里。爷爷不记得自己是谁，他的余生，将置身于陌生人之中。直到死，爷爷不认识这个世界上的任何一个人，像初生婴儿，所有的都还回去。

她和奶奶关系不佳，因为她难以消除隐恨，也许内心的冲突源自奶奶对爷爷的家暴。一个失忆者，将失去全部的经纬，包括亲情温柔的捆绑……她无法安慰爷爷，无法缓解他彻骨的孤独。

爷爷去世以后，她被安排和奶奶一个房间，为了陪伴。奶奶入睡后打呼噜，她摇动椅子，希望终止恼人的噪声。奶奶愤恨的骂声在呼噜声里间歇响起。她不回嘴，沉默，然后持续椅子的反抗。咯吱咯吱。咯吱咯吱。奶奶说她必遭天谴。她们的关系从未真正和好。即使多年以后，奶奶亲手给她做过一个红丝绒背心，她依然不适应这种奇怪的暖意，像喝了一杯不凉不烫、温得无感而近于不舒服的水。

她怀念爷爷。帽子，怀表，他的黑条绒外衣，他的庄重和狼狈。她怀疑，失忆者的骨灰更轻，更虚无。

她从小就粗心大意，丢三落四成了习惯。直到成年，她每天花费大量时间，重复寻找那些无聊、单调又必备的日常用品。钥匙。钱包。手机。身份证。入门证。交通卡。每个人都被那么多琐碎的小事物围绕和干扰，甚至是影响和决定。她的手表经常神秘失踪，有的仅仅佩戴几天，还没有习惯表盘上的指针，就需要重新购买了。无数的耳机，无数的眼镜。她时常认错人，对甲称呼乙的名字，把从丙那里借来的东西还给丁。她不具备精细者的精明，这是性格，是命。

事务繁忙，睡眠不足，她轻易找到许多借口来解释自己的健忘。她以前对文字敏感，年少时曾有过目不忘的阶段，能把自己即兴的高考作文背诵得一字不落；现在她字斟句酌地写完一篇散文，过几天就想不起内容——这是轻量级的，几乎算正常反应，她有时竟连题目也想不起来。口语中错乱更多，张冠李戴，指鹿为马。"三心二用。"她说出的成语，即使隐隐感觉不对劲，也不知哪里错了。别人提醒后，她才明白，把"三心二意"和"一心两用"混淆了。她原来被夸奖为笔舌玲珑，现在，写错别字，说错别话。她感觉自己像个涩住的圆珠笔芯，如果不用力画，就不会呈现字迹。

对人对事，"记错了"的尴尬，往往超过"忘记了"的尴尬，所以，有时即使存在模糊的印象，她干脆说自己忘了。慢慢地，她巩固她的遗忘。

最初她并未慌张。爷爷只是个偶然事件，即使父亲如出一辙地重复家族性的健忘和抑郁，或许是他长期责任感缺乏造成的问题，她并不消沉。她虽然糊涂混乱，但对未来指向精确，像修表匠手下飞快拧动的指针。她不信，或说不愿，自己被套上魔咒。

随后发生的两件事,让她惊恐。

一次笔友聚会。不过是四个人的小场子,其中有个久闻其名、从未谋面的朋友。咖啡香缭绕、弥散,聊了整整一个下午,宾主尽欢。随后大家转场去餐厅吃饭。她去卫生间洗了下手,回到雅室,看到又赶来两位认识的作家。正在研究菜谱、商量点餐的几个人都熟悉,但,那个陌生客是谁呢?看似关系熟络,没有人感觉需要为她介绍。她若无其事,貌似对答如流,其实是在脑子里吃力地寻找线索。直到,陌生客的名字被他人称呼,她内心一凉。这个新朋友,她通过一个下午的了解如遇知己,仅仅数分钟离开视线,她不认识他了……竟然,雁过寒潭,了无痕迹。

另外一次的经历,更让她害怕。把车泊到停车场,她在一家北欧风格的家具店闲逛,买了小鸟造型的铁艺烛台。她在展厅里转着转着,毫无征兆,她想不起自己的家是什么风格的。家在哪个方向,是什么样子呢?她手里攥着一块不知什么时候拿上的织物,毛巾还是枕垫?她尝试辨识里面由红蓝两色编织的雪花图案。瞬间,她丧失了时空的衡量。可能过了三五分钟,或者更长时间,她震惊地发现,她不知道自己是谁,叫什么名字,从哪里来、到哪里去。时间一分一秒地过去,顾客穿梭,无人知晓她脚下的基座已被抽空,整个人沦陷到虚无里。她说不出话,不知怎么自救,每一根落下来的秒针都像压死骆驼的稻草,让她有窒息之感。展厅里造型古怪的灯,照耀着那些空旷的沙发和寝具,其中有张黑色的床。她的行为能力降至为零。很久之后,逻辑能力才有所恢复,她打开双肩背包,寻找携带的证据。小偷般的手在黑暗里摸索,尚未触碰到证件包的拉链……突然，她的障碍消失了。家庭关系和社会角色，重新像编织细密的蛛丝，把她捆绑到半空之中。

她专程去医院请教，大夫说这叫"人格解体"，但她心生疑惑。她并未产生扭曲的知觉，没有置身于梦魇的失真感，她甚至并不承认渗透已久的焦虑。只是瞬间从皮壳中脱落，成为无所佑护的孤魂——她无法解释这种短暂的解离性失忆。

想起祖辈和父辈日渐茫然的眼神，她开始怀疑，自己正是下一任的继承者——阿尔茨海默病，将在她身上表现出越来越明显的征兆。

别人以为她八面玲珑，其实她从未克服社交不适，尤其在健忘缺陷日益严重的情况下，她辞去了编辑岗位。接触的人越来越减少，与此同时，手机里的通信录里不认识的名字越来越多——她经常像面对外语一样，破译那些陌生的笔画。这让她产生隐秘而强烈的不安。她害怕的方式，同时也是害羞的方式。她尽量隐居，不提供让别人指责自己傲慢的机会。曾以尖牙利嘴著称，现在由于脑细胞的运转速度降低，她乔装宽厚的微笑。

雪崩终会来临吗？固如山峰的冰川倘若融化，她的记忆是否会变成一片冰冷的汪洋？

她陪同学去看望他的父亲，一个资深的电影导演。

老导演曾经指导演员如何通过表情和肢体，传达丰富的信息；现在无能为力，他有一张"面具脸"。如果患上阿尔茨海默病，平常说话不多、表情平淡的人开始不易被察觉，可假如平日性情活泼，对比就会明显。他们少言寡语，表情木讷，常走动的人能够勉强认识，不常走动的人根本想不起名字。

同学最早发现父亲的病症，是在堂弟的婚礼上。父亲代表长辈发言，他事先准备了讲话提纲，可他发现段落之间有许多怪字，不认识，不知道怎么念；父亲放下手里的稿子，说得不知所云。从此，他怕面对难堪的处境，开始沉默寡言。阿尔茨海默病患者常伴有抑郁，这是相辅相成的。

病程一般需要三到六年，但老导演就像他迅速消瘦的体形一样，数月间发展变化很快。他分不出冷暖，记不住家里厕所的位置，他不知道自己生活在哪一年，也说不出带有转折的复句……然后是一句完整话都说不出来，然后只剩下几个词，然后过渡到几个发音。

洗澡时，老导演用手遮挡着自己，不让别人碰触他的身体。最开始他易怒，有攻击性，他感觉烦躁和恶心，渐渐，他从暴脾气变成唯唯诺诺，眼神里全是弱势的哀求。医生越努力改善脑供血的不足，老导演越嗜睡。同学虽然觉得自己的父亲可怜，可宁愿父亲维持在这种状态里。因为治疗过程数次受挫，他服药后有时呓语，神经错乱，偶尔化学反应引起亢奋，见到陌生人会打。老导演向来以自持自律为傲，一生体面，却在一次试药过程中变成新花痴和老流氓，热衷以猥亵的动作调戏护士。等老导演的智力和体能速降，家人反而松了口气。她的同学被迫承认事实，父亲的病程不可逆，没救，没有奇迹。药物的作用并非治疗，而是抑制症状的恶化，让它减缓发展，让它相对停滞。所谓"治疗"，似乎针对的是尊严而不是身体。

每个人的成长都像树一样储藏自己的年轮。老导演彻底忘了，忘了春盛秋枯，忘了循序渐进的时间……那些本来易于分辨的年轮，变得像地图等高线一样弯曲变形，他忘记了它们隐约的数目。

半年后，同学告诉她，老导演彻底失去了打理自己的能力。为父亲洗澡的时候，父亲衰老的肌肤浸泡在热水里变成奇怪的粉红色，令他想起晚餐时的鲑鱼。鲑鱼一如树木，它的身体也纹刻清晰的肌理，像是旋涡状的年轮。当鲑鱼呈现艳异的粉红色，它将溯流而上，靠近它童年的栖居地，靠近它临终的死亡。

她想，遗忘并非是专属老年的问题，它可能是一生的忠诚伴侣。

媒体报道夏天的不幸，被遗忘在汽车里的孩子死亡，他们体表变色、灼伤、溃烂、脱皮，器官自溶——玻璃上印着挣扎的手印，座椅上留着扯下的头发和失控的排泄物，幼小的尸体承受过最后的煎熬。孩子的父母因此遭受强烈的舆论谴责与剧烈的内心折磨。是啊，多么粗心、多么不负责任的人才能制造这样的疏忽。致命的分心，简直是犯罪。

然而，调查结果，令人难过。这些被视同作恶的失职者，在意外发生之前，同样是温暖、耐心、慈爱甚至是近乎完美的父母。各种阶层、种族、年龄、职业的人都可能发生这样的悲剧，一次偶然的遗忘，足以将他们的余生推入内疚的深渊。

心理学家用模型来解释，灾难何以穿越重重防御机制发生，就像数片摞起的奶酪，不幸在于：奶酪上的孔洞巧合地重叠在一起。数小时遗忘，是因为父母以为孩子正安然地待在幼儿园或其他某个地方，就像我们上班时日常处理电话、文档、报表甚至安排娱乐活动那么安心，不知道自己的家门没有锁好，不知道贼会乘虚而入，不知道一生的财宝已被窃取，永不复还。

　　对健忘症患者来说，也许危险并未增加。比如她很怕拿公章、票据、证件之类的要物，怕那些需要细心或牢记才能做好的事情。由于不自信，她频繁质疑自己的能力，宁愿绕行，希望借此避开祸患。像猫掩盖自己的尿臊一样，她羞惭，试图掩盖自己昭然若揭的糊涂。她得承认自己害怕，因为不知道什么时候，暮色中的钟声突然敲响，伴随而来的，是绝望无边的黑暗。

　　我们之所以选择性地记忆，因为无法逾越我们选择性的感知。人类的眼睛只能看到百分之三十的光线，动物可以看到更丰富的。我们根本不知道冰山之下还有更大的冰山，甚至是想象也不能抵达。几乎是在沉睡状态，我们危险地漂移在生活的表层。

　　她难以开口谈论隐忧，没有谁会信，她看起来的状态与她所描述的，大相径庭。那么，病症究竟是生理事实还是她的精神臆想？趋势会渐渐严重吗？还是说，她的大脑只有某个区域受损，只要绕过盲区和禁区，就一切无碍，她可以安享自己有尊严的晚年？

　　也许问题并非家庭遗传。她15岁时误服药物，端起满杯开水准备饮用时晕倒，造成颜面烫伤——醒来时发现她自己坐在冰冷的水泥地面上，不知道发生了什么，不知道短短几分钟的失忆从此影响一生。此后，由于各种各样的原因，她经历数次全麻手术，其中一次，术后呼吸暂停。导致她忘记了许多名词：

话梅、暖水瓶、拖鞋，她只能描述它们的功用，却想不起名称。名词，鱼鳞一样的名词细密地覆盖了世界……她看到的却是其中的斑驳。她用了整整八个月，勉强康复。对了，她有情绪抑郁的问题，一直没有根治。还有严重的慢性中耳炎问题，发病时她必须侧躺，头颅里就像一枚倒扣的钟被铜舌持续碰撞，带给她内置的难以消除的震荡。大夫说她需要经常体检，以防颅内生长胆脂瘤。抑或，无他，只是流感、发烧之类的小问题给她带来的大麻烦？人的体温通常保持在37℃左右，体温过高过低，神志就会错乱。看，我们的脑子必须储藏在恒温的育婴箱里。温差、撞击、感染，都会使它致命地损毁。

脑部解剖面有着难以计数的生僻术语：枕叶、颞肌、皮质与并胝小体的联结纤维组织，她印象深的，是那个优美而神秘的命名：海马体。海马体主要承担短期记忆的功能，若遭到损坏，就会导致健忘症和学习能力的下降。她想象自己受损后的海马体，蜷起害羞的尾环，由此给她带来种种阻碍。

怎么解决呢？科学家一方面承认它的不可逆转，一方面又给出积极的应对策略：比如注意饮食、加强锻炼、学习外语、绘画或者听音乐。听起来，健康、明亮、大有希望……又那么，隔靴搔痒，画饼充饥。

她坚持每天食用坚果，据说可提升记忆。核桃状如脑部模型，她怀疑这种所谓的食补，近于仿生学意义上的原始信念。不过，宁信其有，如果消除了那些核桃般的褶皱，她的头脑，就会像被磨平图案的硬币一样失去价值吧？她更偏爱杏仁，清凉微苦，就像记忆本身的味道。她不习惯整个地吃掉那个坚硬、象形的心形；她喜欢像嗑瓜子一样，轻轻的咬力作用在杏仁的顶端……让它变成两扇对称打开的袖珍门。

她太懒惰,缺乏耐心,难以获得坚持才能取得的成绩。体育锻炼、掌握外语都需要滴水穿石的功夫,绘画更需要基础训练的漫长铺垫,不在她的耐力之内。她倒是尝试,去接受音乐洗礼,希望旋律的流水能洗去记忆鹅卵石上的沙粒,使它们得以干净地呈现。她对音乐一窍不通,所谓欣赏,不过是文盲见到了繁体字。庞大的交响乐团,或低婉、如泣如诉,或在高亢的混响里达至辉煌。那是个富有天赋的女性指挥,削紧的黑色礼服,双臂修长……她有燕子般自由灵动的翅翼,仿佛可以数年盘旋,甚至睡眠也悬浮在半空。指挥家镰刀般的双臂下,有无限的丰收。而她,不再是一粒包浆充盈的籽实,时间正抽干往昔的积累。她接受了,那种平静的无望。某个美国作曲家说过:"即使是最野心勃勃的大师之作,它最核心的任务,依然是将你带回一个脆弱的、仅属于你自己的瞬间。"

她每年花大量时间旅行。异国他乡,永远置身于陌生人群,她有时抱有美好而积极的设想:爷爷当年的频繁走失对他自己来说,并非危险,如同旅行,只是好奇之下的冒险,是对个人处境的逃离,是对难堪窘境的解脱——因为,在不熟悉的地方迷路属正常现象,不会被当作病人;异域的语言神秘而复杂,无法沟通、交流,失语者的障碍也是自然的,不会引以为异。一个旅行者,可以任性,可以自由。

在里约热内卢,狂欢的桑巴,到处是炸溅的斑斓色彩,她有如置身于一个放大的望花筒之中。人们脸上的油彩与面具,闪耀的胸乳、蓬勃的大腿和电力充沛的臀部,热烈的情色几乎把人淹没。

在洛杉矶的海岸,巨鲸沉潜,需要从暗色的涡流或浪脊中加以区别。那礁岩般结实宽阔的体魄,就隐现在闪烁的波纹之间,偶尔露出深黑的背脊,或喷出澎湃的水柱。由于鲸鱼伟大的谦逊,她能看到隐约的部分非常有限,但惊心动魄的想象依然令她沉醉。

在加德满都河谷,巴德岗神庙上瑰丽的木雕与漆彩。那里的人民对宗教怀有汹涌的情感,传说他们用收集的露水修建庙宇。那里的人们皮肤黧黑、眼睛渊深,那里的流浪狗皮毛肮脏,却可以在游客稠密之处安眠,在人群错乱的脚步和泥坯色的阳光中松弛地裸露自己的腹部。独木庙,帕坦皇宫,达拉哈拉塔……那些优美的古迹竟然在她参观不久就毁于一场地震,成为坍塌的废墟。

还有,卡萨布兰卡,一座随着阳光而改变面容的城市:阳光下,通透明亮,风情妖娆;阴影里,满是尘垢的沧桑。路途奔波,她枕着陌生的枕头入眠,黑夜巨大,像遥远的童年那样包裹着她。她严重失眠,好像还是置身于集市上那些叫卖地毯、布匹、琥珀、香料、尖脚拖鞋和金属灯具的阿拉伯商人之中。似乎,鼓点延续,有个敲钟的盲人阻止了梦境。

……街上陆续有喇叭的短促声响,贯穿的人声,像在宣告或祈祷。掺杂着欢快的乐曲,高高低低的音阶。车辆驰过,有的在她的左侧,有的在她的右侧,交响嘹亮。车轮摩擦的声音,是破旧而松弛的交通工具碾过颠簸的路面。一声喇叭被另一声喇叭追随、修正,这里响一下,那里响一下……她想象街上的萤火虫之夜。然后是狗叫,昏昏沉沉睡去已久的狗兴奋起来：还是这里一声，那里一声。皮毛松散、身姿曼妙的流浪猫，在汽车底盘的庇护下无声地醒来，伸开柔软的懒腰，埋藏在肉趾之间弦月般的爪钩暴露出来。狗吠不停，穿插在人声和车声里。平底锅上的黎明，像煎蛋一样慢慢热起来。然后是轰鸣，年轻而嚣张的摩托车呼啸而来。她利用窗口的微光，看到表盘反射出的指针：四点二十五分。她以为，城市只有六点半以后才会出现的喧嚣，没想到五点不到，就这么热闹。她感觉疲惫，与这个分贝剧烈的世界格格不入。为什么如此热闹？她隐约想起白天的短信，尽管隔着辽阔的欧亚大陆，她依然屡屡收到祖国传来的商场营销短信，用看似温馨的套语，提醒这是感恩节：一个重要的购物理由。她混沌，想当地穆斯林居多，为什么感恩节如此受到重视？是否居留此地的什么后裔，在遥远之地延续着他们的传统？摩洛哥有一些天主教堂，经常聚集虔诚的信徒。她想到教堂，想到悬置高处的钟舌……忽然，周围一切就像个聋哑者那样安静下来。随后的世界又像翻卷的潮汐，重新裹挟着它的声响，涌上她的床边和梦境……不重要，她睡着了。

  第二天她才从导游那里得知，热闹并非来自宗教节日，只是世俗的欢乐。这只是摩洛哥人的风俗习惯，他们半夜结婚，在纹路好看的特雅木镜框前不断梳妆的新娘要换满七套衣服，欢宴持续到黎明，人们才会散去。想象中是神圣肃穆，其实是新人即将开始缱绻的淫乐。

  作为游客，她难以对他人抱有哪怕是短暂的正确理解，依据记忆所积累的知识可能带来误导。人生，亦如此。当她坐在火车座位的一侧，从窗口窥望，景色飞驰，掠过她的视线和记忆。她能记住那些影像吗?记得一棵果树因丰收而发光,或者一个发疯少年正沉默执斧,无论带给她怎样的触动,意义也难免薄弱。不论禁受着怎样盛大的节日或灾难,对他人来说,只是相当于,一个困倦游客所目睹的、终将遗忘的风景。

人生如旅行,终会忘记一切。她想,包括至美的幻境和剧烈的羞耻。

荒谬的是,她甚至被朋友和亲人,误解为是一个记忆出色的人。她忘记她的财产,被误解为慷慨;她忘记她的仇恨,被误解为宽容。何况,还有白纸黑字的证据:她写下的文字,具有一些能带来现场还原感的细节。

她热爱写作,从未放弃初衷。她最初的职业是编辑,写东西纯属业余。朋友鼓励她说:"业余和专业怎么区分?达至水准的就是专业。"然而,这使得她在后来获得了专业作家的身份之后,依然强烈感受到自己的业余。每每听闻作家逸事,她发现他们可以通过放纵或者贞烈的生活方式来保持写作的极端品质,甚至在同一个人身上保持分裂的两极……在对峙的张力中,他们拥有瀑布般席卷的想象力,既美又暴力,没有什么可以将之阻挡。以她的才智和勇气,只够,勉强支撑到平庸。但她心怀感恩和忠诚,执着于童年至今都模糊不明却依然难以放弃的目标。

辨别事物,有时靠记忆,有时靠想象,而想象是在记忆力的基础上形成的……她明白她的缺陷。她小心翼翼地敲击一个又一个的词,直到它们的蛋壳上出现细小的裂隙。那些精美因她而破裂的纹路，是属于她的创造，属于她的偶然性的奇迹。依靠写作，她才拥有那些时刻，才得以模拟那些瞬间而非凡的记忆。

她记得天上的云，如同无垠的北极冰层，堆云之术如何达至技艺的绝境。她记得夜空满天的霜晶，迁徙的飞鸟日夜兼程。她记得南方小镇，穿睡衣的女子梦游般穿过自己的八月。她记得那些覆满松林的无人山坡，起风时让人嗅到一种冷香。她记得自己在大雨中泡温泉，她无须逃避任何来自天空的击打。尽情的雨在水面砸出小小的凹坑，而打在泡池的水泥台子上，则是另一番状态：底部是平的，四周溅起小小的棘刺，就像饮下尽情的酒，却把起开的啤酒瓶盖子翻过来摆满平台……感觉自己方生方死、一醉方休，她记得。

即使与奶奶关系不睦，她依然记得关于奶奶的生活细节。蒸馒头时，奶奶总在锅里放一片摔破的碗瓷。那片瓷发出轻微的响声，这样可以避免蒸锅耗尽水位而不被察觉。她不知道自己和记忆什么时候会被蒸干，但只要细节的瓷片一直响着，她的头脑里就弥漫云蒸霞蔚的水汽。出于自救，她不断捕捉那些一闪即逝的细节。

很奇怪，她偶尔记住的内容是如此凌乱，几乎难以追踪往昔的线索。她最早忘记的是结构。是逻辑。是关系的骨架。比如，她会忘记和谁、在哪里、什么时间，在一起共享晚餐，但是她会记得铁板烧被厨师浇上醇酒，火焰像只狂怒的马升腾而起。她将进入一个丧失逻辑关系的世界里。全是碎片，她认不出它们曾经属于怎样的整体。

对她来说，保持记忆唯一的办法，是逐字逐句地记录。甚至照片为证都是失效的,因为她想不起合影者,背景也像是照相馆幕布上的虚设。她的秘密武器,是笔纸。别人以为她随身携带记录本是刻苦,其实是失忆者的防范和弥补,是一种过度掩饰。效果倒是显著,她看起来比常人更缜密、更疏而不漏……可离开记录的本册,她回忆不起具体的地名,复述不了大致的行程。

一方面,写作确实是有效的支撑,她欣赏过的风景、见识过的人以及由此涌起的悲欢,过不了多久她就会忘掉,可只要她写过与此有关的文字,哪怕是应景之作,都能提供刻在树干上的线索,让猎人不致在密林中走失,让沉沦大地重新浮现汪洋中的岛屿。另一方面,她不知自己到最后拿什么抵挡。因为,字词也开始了背叛。她喜欢阅读,那些书籍被她贪婪地捕食,很快成为狼藉的猎物,再后来就像被微生物消灭一样无踪无迹——有时到了一本书的结尾,她才羞愧地发现,这是自己的旧日读物。

有一次,边读边写,她在书桌上睡着了。仿佛,所有的秒针都停滞。凄迷的紫丁香般的梦境,从细碎的花枝间散发出浓烈却易逝的气息。她梦到一个占卜者,说着玄虚的语词;翻开对方的手心,那人竟没有一线掌纹,比婴儿更恐怖的纯洁展现在眼前。醒来她立即感觉到冷,并且像做了整夜的梦那样,头昏沉沉的,像玻璃罐里塞满了石头。刚才所见,真实得不像幻觉,她看见自己的掌心布满纷乱的渔网状纹路。这便是树木的纹刻、鲑鱼体内的曲线吗?岁月潜藏,她不知自己将葬身于哪道掌纹之中。

有人说，健忘是好的。就像个魔法雪橇，什么恩怨的沟坎都被掩盖，速滑速降在陡崖，既有恐惧，也有快感。时间抹平沟壑，抹平她核桃般褶皱里所储存的那些词，那些精微的感知……一切，光滑、寒冷，像冰层，像镜面和锋刃，没有什么往事的棘刺能勾住她，摩擦系数变得越来越低，她从万事万物的表层滑过。

没有仇恨，没有积怨。有一次她去讲课，下面有张依稀仿佛的脸，她有印象，可是观察和搜索过后，一无所获。她只好不断微笑，显示出抱歉之下的殷勤。直到交流结束，那人上来问候，自报家门和出处，她才恍然，这是个攀龙附凤的钻营者，写作水准乏善可陈，擅长动用上层关系压制编辑以谋求发表，做人行事为她不齿。她轻蔑且愠怒，曾当着他本人直言不讳，并在内心誓不与此人交往。谁知事隔不久，她荒谬到主动示好。

有位哲学家认为："人的行为是由他们的记忆决定的。社会出于对自己的保护，必须使其公民通过希望和恐惧建立起社会秩序和合作的理念。"她羡慕那些受到记忆管教和盘剥的人，她愿意为昨天缴纳高额的利息……但命运，要给她一个虽破碎却勉强成形的未来，还有一份因丧失痛感而带来的另类的自由。是啊，"记忆是一种相聚的方式"，如果某天彻底失去记忆，她将失去约束，也失去她用一生时间慢慢累积的亲人和敌人。

遗忘带来打击，也象征安慰。记忆的砂纸打磨，多少铭心刻骨的爱恨都变得粗糙而模糊。从某种意义上说，记忆流失，是上苍给予人类的一份特殊礼物，它作用于摆脱那些易于让人沉陷的苦恼、哀怨、痛楚和仇恨——如果记忆不被磨损,这些不快将如影随形,烙印终生。毕竟,幸福在人生中所占的比例微小,更多时候我们被失意、疾病和灾难主宰。忘记了,能否就此不必偿还往昔的债务,负担瞬间清零?没有储存受挫的经验和教训,忘记了"害怕",是否谁都勇敢无畏,人人皆英雄,刀山火海如履平地?不过,记忆真的提供了那么确凿的保障吗?不错,它是重要的储藏器,可它同样也是个容易变形的容器。某些时刻,有了记忆,我们反而丧失真相。几个记忆卓越的人回想同一桩事却大相径庭,甚至南辕北辙。每个人都言之凿凿,笃定别人撒谎。记忆天然地带有个人偏见,各自的利益和立场,不动声色地渗透进去,从而导致真相的歪曲和迷失。

  小时候,她喜欢挤压塑料包装膜上均匀分布的气泡,指端压力下,破裂的小小气囊噼啪作响。她所存储的记忆将被时间压榨,被磨损或摧毁,她的人生将失去减震般的呵护。不过,无论是悲观者还是乐观者,多多少少都有自毁倾向,以期缓解和逐渐适应死亡的冲击。所以人们在过程中不断寻找理由,失落的亲情、受挫的爱情、背叛的友情……受够了这些,就可以释然于最后的劫掠。人人终将陷入遗忘,像服用退烧药之后陷入安详的睡眠,化学分子作用于生物原子,物质、情绪、幻象、梦境以及凝结的种种记忆,都被分解。她想,死神之所以不等于魔鬼,是因为他比魔鬼严肃、公正,也比魔鬼更日常。无论是忘情水还是孟婆汤,抹除前生记忆,死神最后把所有人都变成阿尔茨海默病患者。

  忘掉表达,忘掉爱恨达至忘情,她能否获得唯婴孩才能体会的澄澈？无善无恶，无概念的困扰；无喜无悲，无利益的纠缠；无生无死，漂浮在冥河，飘浮在丧失坐标系的虚空之中……她是老胎儿，浑身布满新生的皱褶。往事中的羞耻或荣耀，将葬入马里亚纳海沟那样不可打捞的深处。每个清晨醒来，都是全新世界，像爱情中即将遇到的那个人。

2012年9月，大卫·希尔菲克被确诊为阿尔茨海默病患者，这位退休医生兼作家开始记录患病后发生的一切。博客题为《看着灯光熄灭》，他以此形容逐渐丧失心智的过程；然而，他希望为数百万处于黑暗中的人指引方向。乐观得令人惊讶，因为大卫认为自己由此开始了"有生以来最为快乐和幸福的时光"。

在确诊之前，大卫沿着同样路线，重复同样事情，却丝毫不记得。他曾以为这是"离奇的记忆丧失事件"，仅仅因为上了年纪，并未予以重视。直到两年半以后，他知道自己成了阿尔茨海默病患者。所有事情都在崩塌。他看不懂自己亲手制作的表格，经常遗失钱包，在一次认知测试中没能画出立方体，有一次他在离家只有30米的地方迷路，靠路牌和询问行人才得以返回。从卧室到厨房贴满蓝色字条，上面记录着大卫不想忘记的事情。

"我们倾向于对老年痴呆症感到害怕，或是自觉尴尬……我们视其为生命的终点，而非一个阶段，一个给我们机会去成长、学习和去爱人的阶段。"谈吐依然迷人的大卫说，"如果我活在未来，这是痛苦的疾病；但如果我活在当下，却不是。"

大卫失去了"自我"，却开始享受生活。"我可以'出离自己'

了,这是一个巨大的礼物。"他说,"跟佛教的'无我'是一样的,我们所认为的自己是不断改变的。坚持自己让人受罪,拥抱变化却开启了光明。"大卫·希尔菲克不知道自己还能活多久,但他试着以全新角度来理解放手,接受频繁犯错的自己,并学会对付可怕的无助感。

……读到这样的励志故事总是令人鼓舞。

她曾经幻想自己的晚年,能够拥有写作者寒意凛冽的笔。如果命运答案出乎意外,如果和大卫一样,她能够因为长期的心理准备而从容吗?因受挫而厌弃自己,还是深怀感恩地接受陌生的成长?她可以更豁达吗,忘记怨恨,就像把雨水葬进河流?她喜欢喝棕色的饮料:浓茶、咖啡、热巧克力;她喜欢口感跨界的食材:笋、蘑菇、茄子;她恐惧蛇的形象:一种全身密布关节的动物;她敬畏烟花,仿佛那是神明放大的彩色瞳孔……随着病程变化,她在丧失学习能力的同时,也会忘记如影随形的习惯吗?至少,未来让她好奇,这已算作对今天的贡献。

一生无论怎样壮烈或优雅,终点,不过是一支烟弹下的骨灰。她看到一个肉体被蚀空的昆虫外壳挂在悬动的蛛丝末端,被风吹拂,像打秋千的小亡灵……一切皆空,它说它看见真理耀目的条纹。

她父亲的视力急剧下降,分不出黄昏之后的台阶,分不出河水中鳞色灰暗的鱼。开始误诊为白内障,其实是青光眼,眼压增高导致的种种问题。他所看到的世界越来越狭窄,如同他所记忆的内容越来越遥远。某天,父亲心情大好,竟然跑到楼下参加象棋比赛,他自信掌握所有的规则和计谋——结果当然尴尬,握着圆润的棋子一味沉吟,他不敌招数简单的初学者。好在,他能够迅速忘记不快,记忆的粗筛,漏下他生命里的宝石和砖砾。

未必是阿尔茨海默病,医学检查只是支持智力和记忆衰减的猜测,父亲的颅内区域出现明显腔梗;或者更悲观地说,不仅是阿尔茨海默病的问题,老年带来了综合的麻烦。鲜衣怒马的少年,能够匹配上驰骋的未来;对一个年迈者来说,世界充满频繁的敌意。

为了掩饰沮丧,父亲的脾气变得急躁、易怒;但他失神的时候越来越多。除了日常服药,新鲜事物的刺激也有助于大脑运转,当她发现旅游中父亲的活跃思维,她每隔一段时间,就会安排父母出行。即使衰老掠走体能,记忆逐渐闭合,她仍希望父母能够克服重重障碍,晚年过得平顺安详。

置身异地,母亲和她最担心的,是父亲万一走失。她们不会让他远离视线。防范之下,有一次父亲也险些迷路,他自己毫无慌张,闲庭信步。如同,当年的爷爷。有一次,她发现父亲的额头撞出硕大、青瘀的肿包,手背尚在流血,他自己并未留意,也不知道是什么时候造成这些伤痕。

她想起自己的童年。蒙住脸,把额头抵在粗糙纵裂的树干上,开始倒数。在她看不见的背后,小伙伴们陆续藏匿,直至,在她回望的时刻全部消失。寻找的道路,她既兴奋又慌张……她不畏惧,即使暮色正在降临,巨兽正在打开饥饿的肠胃。但愿自己和家人,在降临的暮色中不会失去曾经的勇气。

人间流徙,还有什么可供感慨?情到绝处,不留后路,不留令人唏嘘的归宿。

事实上,她自己也曾在只有一条主街的彼得堡迷路。她不急于寻找归途,随意走进路边一间餐馆。意外的相遇:那是著名之地,诗人普希金在这里喝下生命里最后一杯咖啡,他随后被决斗的子弹击中。室内设计复古,氛围低沉,墙面暗红,有一股暗杀的味道。播放的音乐,是歌剧里高亢的咏叹调。

她暂时想不起酒店的名称,没关系,这使她获得理由,可以不慌不忙地品尝餐馆里的鱼子酱。橘黄色,黏着呈团状,带有失真的化学色泽和质感。用舌头和上颚压碎,既脆弱又坚韧的鱼卵,爆涌出微甜、微咸、微腥的味道。几乎带来进食中的游戏感,那些颗粒释放一股股细小的暖流。她记得住饱满卵粒在齿间的破裂,却无法得知那条在溪流间闪耀鳞光的鱼。她将被滞留,在精心酝酿的未来被一天天摧毁却由此得到快意的这个瞬间。

她慢慢地喝着一杯含有气泡的饮料。泡沫破碎:明天、梦想、机会、健康……好在,什么也不多,什么也不少。一切,如溯流之鱼,重归亲切又生疏的远方。决斗的枪声尚未响起,命运的刺客还在途中。